揺籃《ようらん》の星　上

ガン

地球はかつて土星の衛星であった——。こんな大胆な説が出現し，宇宙開発が進む未来，土星の各衛星では，数十年前に地球から移住した人びと，クロニア人たちが理想社会を築いていた。地球を訪問したクロニアの科学者たちは，この星の科学者にとって到底受け入れがたい惑星理論を展開する。太陽系は何十億年も同じ状態を保ってきたのではない。現に今，木星から生まれた小惑星のアテナは突如彗星と化し，地球を襲おうとしているのだと。『衝突する宇宙』で名高い“ヴェリコフスキー理論”を大胆に応用，宇宙の謎に迫るハード SF 新三部作の開幕！

揺籃の星　上

ジェイムズ・P・ホーガン
内　田　昌　之　訳

創元ＳＦ文庫

CRADLE OF SATURN

by

James P. Hogan

登場人物

ランデン・キーン……………………主人公。原子力エンジニア。プロトニクス社代表
リカルド・ファレス
ジョー・エルムズ｝……………アムスペース社のパイロット
ウォレン・ファスナー……………アムスペース社推進系部の研究プロジェクトリーダー
セリーナ……………………………土星の衛星に住むクロニア人。惑星地質学者
ガリアン……………………………クロニア派遣団代表
ハリー・ハロラン…………………アムスペース社技術部部長
ヴィッキー…………………………プロトニクス社の一員。キーンの旧友
ロビン………………………………ヴィッキーの息子
ウォリー・ロマック………………アムスペース社のスポークスマン。主任設計士
トマス・モンデール………………カリフォルニアの法廷弁護士。革命家
クレメント・ウォルツ……………遺伝学者
レオ・カヴァン……………………科学産業調整局の調査官
ハーバート・ヴォラー……………エール大学天文学部部長

デイヴィッド・サリオ……………惑星学者
レス・アーキン……………アムスペース社広報部部長
マーヴィン・カーティス……………アムスペース社最高経営責任者
ジェリー・アレンダー……………アムスペース社研究部責任者
チャーリー・フー……………ジェット推進研究所の科学者
アーウィン・シャッツ……………アメリカ科学推進協会会長
キャサリン・ゼトル……………スミソニアン博物館の歴史学者
カールトン・マーリー……………アムスペース社法務部部長
サリー・パンチャード
クリフ・イークス } ……アムスペース社の弁護士
ロイ・スローン……………大統領の防衛顧問
イドーフ……………クロニア人の船長

イマニュエル・ヴェリコフスキーの業績と
チャールズ・ジネンタールのたゆまぬ努力に

以下にあげる方々の支援と助言に感謝する。

アメリカ空軍のダグ・ビースン、スティーヴ・フェアチャイルド、太平洋天文学会のアンドリュー・フラクノイ、チャールズ・ジネンタール、ジャッキー・ホーガン、NASAマーシャル宇宙飛行センター（アラバマ州ハンツヴィル）のレス・ジョンスン、フランク・ルクセン、メリンダ・マードック、ジェフリー・スロスタッド、NASAゴダード宇宙飛行センター（メリーランド州グリーンベルト）のブレント・ワーナー、アメリカ空軍のベッツィ・ウィルコックス。

揺籃の星　上

プロローグ

時代はつねに豊饒《ほうじょう》だった。祖先が世界に最初の一歩をしるしたときから、〈民〉は、自然界のさまざまな要素と調和した生活をしていた。彼らの言語には、〝争い〟や〝貧困〟、〝飢饉〟や〝干ばつ〟といった単語は存在しなかった。森は広大だったし、平原は豊かだった。順風が暖かな海から雨をはこんでくれた。あらゆる生物が隆盛をきわめていた。

〈民〉がどこからやってきたのかという記憶は伝えられていなかった。

教えでは、〈民〉の生誕の地はネヴェヤとされていた。ネヴェヤは、大きさでは劣るが明るさでは勝る太陽がないために光が少なかったこの時代における空の支配者であり、人がそのかぎりある生を終えるときに、世界の浮かんでいる黄金の大海をわたってもどっていく場所だ。〈民〉は、大地を耕し動物を飼いならす方法を学んだ。木や、石や、金属の扱い方を学んだ。音楽や、肖像や、美術品を鑑賞し、それをつくりだす方法を学んだ。賢人たちは、精神や五感について、生命や運動について、数や物体の性質について深く考察した。いくつもの共同体が、社会的な要求を満たし、さまざまな概念をやりとりする場として誕生し、やがては政治や通商の中心となった。

イリョンは、とある大河の河口近く、遠い山々へとつながる緑の丘のあいだにひろがっていた。もっとも大きな都市というわけではなかったが、建物の形や装飾はじつにみごとで、彫刻をほどこされた門や、豪華な窓のはざま飾りや、中央広場を取り囲む大理石のレリーフのおかげで、全体がひとつの芸術作品のようだった。イリョンは五つの丘の上に築かれており、そのひとつの頂《いただき》に立つアストラル聖堂では、ネヴェヤの司祭たちが天界の動きを記録していた。

日々のはじまりに世界を見渡すと、はるかにひろがる天の〝大海〟が、丸い果実をまっぷたつにするナイフのようにネヴェヤを均等に分割しているため、ネヴェヤは上の半球だけが見えている。その後、大海が角度を変えながら上昇して幅が狭くなり、世界を横切る薄い刃のようになると、つかのま、ネヴェヤの表面すべてが見えるようになる。大海がさらに上昇し、今度はその裏面の幅がひろがってネヴェヤの上半分を覆い隠すと、半日が経過したことになり、その後、大海は下降してもとの状態へともどっていく。こうした一連のできごとが、年に五千六百二十三回くりかえされると、星々は星座のなかでひとめぐりする。

日々における光と闇の比率は、太陽が見えているかどうかということと、季節ごとに変化する状況によって決まってくる。太陽がネヴェヤのむこう側で輝くときには、〝青の時刻〟がおとずれて、通常はオレンジ色に輝くネヴェヤが、黒い影となって黄金の大海に投じられる。一年のある時期、黄金の大海が青の時刻に世界を横切ると、太陽はネヴェヤの背後に完全に隠れ、昼間がいきなり漆黒の闇夜に変わる。そのとき、ネヴェヤのまわりで動くほかの世界が、その姿と色彩を華々しく現出させる。これは〝闇の到来〟と呼ばれている。大勢の〈民〉が、このときにおこなわれる儀式や祝典に参加するために、遠方からイリョンへやってくるのだ。

ピラミッドの造りはよく考えられており、〝ネヴェヤの語り手〟が、半円形にならぶ天文学者たちや司祭たちの真ん中で〝要石《かなめいし》〟の上に立つと、円盤がピラミッドの頂で支えられているように見える――ちょうど山頂にかかる雲のように。ネヴェヤは天空でけっして位置を変えないので、円盤はつねにその位置でバランスをたもっている。遠い太陽がネヴェヤと世界の周囲をめぐり、天の大海が上昇して下降するという日々の動きをくりかえしても、円盤は、黄色い宝石から、だんだんと痩せて細い三日月状へと変化するだけだ。〝闇の到来〟の瞬間が近づくと、ネヴェヤは全身で世界を睥睨《へいげい》し、太陽がその肩にふれたとき、黒くのっぺりした姿をまばゆい輝きのなかに消した。

斜面に集まった群衆は押し黙り、語り手が「運行の詩」を詠唱した。聖堂のまわりや眼下の都市のいたるところで、この〝闇〟の到来にそなえてたいまつがともされていた。ピラミッドの頂で、突然、ネヴェヤが太陽をするすると横切る黒い弧となって輝きのなかに姿をあらわし、その影が、大海から切り出された黒い光線のようにのびて、刻一刻と接近してきた。影が世界にまで到達し、大海にかかる橋のようにネヴェヤと世界をつなぐとき、教えによれば、帰還のときを迎えた魂たちが旅立つのだ。

空が暗くなると、畏怖《いふ》と驚きのつぶやきが、音というよりは風のように群衆のなかを駆け抜けた。天文学者たちは観測器具や記録用の石板を用意した。語り手たちはむきを変え、ローブに包まれた両腕を大きくひろげてこの壮大な光景を迎えた。いっとき、ネヴェヤの輪郭が、ゆらめく細い光の帯と化した。あたかも、消えゆく太陽が必死になってネヴェヤのへりから鉤爪《かぎづめ》をのばしているかのように……。

やがて、空からすべての光が消え、星々が姿をあらわした。ネヴェヤの斜め上には、ジェナスと呼ばれるピンク色の球体が出現し、そのむこうでは、白い筋のはいったセフェルゴが三日月状の水晶のように輝いていた。もっと下のほうでは、灰色で斑点のあるアニアが、ネヴェヤのわきに浮かび、一本の線のように見える天の大海の槍に刺し貫かれていた。同じ線をもっと外側へたどった先にあるのが、デレムの白い点だ。天文学者たちが目をこらして観測結果を読みあげ、筆記者たちがそれを石板に書きつけていた。そうした記録は、あとできちんと彫りこまれて保存されるのだ。

そこに描かれていたのは、わずかに傾いた線に刺し貫かれた円盤が矢じりの上にのっている絵だった。いくつかのもっと小さな円は、空に見えたほかの世界とその配置をあらわし、おもだった星々はそれぞれのシンボルによって描写されていた。絵の下に刻みこまれた表には、星々の正確な方向と高さが記されていた。

第一部

木星——世界をつくるもの

1

二十年近くまえ、カレッジの工学部の学生だった十九歳のランデン・キーンは、キャンパスのそばをとおる州間高速道路《インターステート》で、ドライバーたちの度肝を抜いた。一九五九年型ナッシュ・ランブラーのボディを、レース用サスペンションをそなえた強化シャシーに据えつけ、Ｌ８８コルベットのエンジンを搭載した改造車で、ほかの車をやすやすと追い抜いたのだ。ふたりの州警察官が、これにおおいに感銘を受けて、キーンに違反切符を渡すことになったが、車のほうに安全義務違反を適用することはできなかった。片方の州警察官などは、キーンにこの車を売る気はないかとほのめかしたほどだった。

「がんばれよ、ぼうず」その州警察官はキーンにいった。「いずれ、ものすごいエンジニアになれるから——むろん、それまで生きていられたらの話だが」

このところ、事態はまったく正反対の方向へ進んでいるようだった。時代遅れの工学技術に未来っぽい殻をかぶせただけのしろものが、これぞ現代の驚異であり、納税者にとって最適なものだと喧伝されている。キーンは、ＮＩＦＴＶ《ニフティーヴ》——固有燃料式原子力エンジン試験機——の狭苦しい搭乗員室で、機体を自由落下軌道から引き離すおだやかな四分の一Ｇの継続推進によって機関士ステーションの座席にゆったりと押しつけられたまま、メインスクリーンの映像を見つめた。左舷下方、約四十キロメートル前方から、スペースプレーンの細長い胴体と、後方へ向かってひろがる先端に垂直安定板がついた三角形の尾翼が、NIFTVが追いつくにつれてゆっくりと接近していた。そのスペースプレーンは、公式にはAPU──高性能推進ユニット──と呼ばれていた。船体にのびる白線は、地球のシルエットの上に浮かぶ太陽からの直射日光を受けて輝き、アメリカ空軍スペースコマンドと国連地球防衛軍（地球をなにから守るのかが明確にされたことはいちどもない）の両方の記章が浮かびあがっている。対照的に、NIFTVのほうは、つぎはぎのフレームにテスト用エンジンと補助モーターと外部燃料タンクと搭乗員用モジュールを詰めこんだしろもので、じつに不格好でみっともない。APUは、見た目がすらりとした、政府発行のぴかぴかの宣伝用パンフレットであり、役人たちにもうけがいい。NIFTVのほうは、エンジニアの創造物だ──宇宙の馬車馬であり、実用性と利便性だけを追求している。

通信&計算ステーションにいるリカルドの声が回線に飛びこんできた。「あちらさんから通信ビームが届いている。メインスクリーンのウインドウに表示するぞ、ウォレン」

〈了解〉アムスペース・コーポレーション推進系部の研究プロジェクトリーダーであり、今回のミッションのコーディネーターでもあるウォレン・ファスナーが、スペースドックの管制室から応答した。現在、スペースドックは、地球の反対側で高度一万九千キロメートルの軌道上にあった。〈きみたちがいよいよ舞台に登場するわけだ。うまくやれよ。しっかり中

継放送されているからな〉

キーンは、どこかにいるおせっかいな連中に口出しする隙をあたえないために、このミッションのことは最後の瞬間までマスコミに漏らさないでくれと、アムスペース社の広報部に頼んでいた。目新しい刺激的なミッションだけに、各放送ネットワークも関心をしめしていたのだ。

ヘルメットをかぶった頭と、スペースコマンドの記章がついた灰色のフライトスーツに包まれた両肩が、スクリーンの右上隅八分の一を占めるウインドウのなかにあらわれた。〈アメリカ空軍スペースコマンドに所属するAPUのヴォークス船長から、接近中のU-ASC-16Rへ。貴船が進入しようとしているゾーンは、スペースコマンドの公式オペレーションのために立入禁止とされている。身元をあきらかにし、進入の目的を述べよ〉

この呼びかけに応答したのは、操縦ステーションにいるジョーだった。彼の座席は、ほかのふたりの座席の後方中央に強引に押しこまれ、内側に傾いて、各スクリーンがならぶ隔壁に面していた。「U-ASC-16Rのエルムズ船長からAPUへ。本船は民間の調査船で、アムスペース・コーポレーションに所属している」

〈これより高加速テストを開始する。貴船の安全確保のため、立入禁止ゾーンからの離脱を命じる〉

「本船は立入禁止ゾーンの外側で貴船とならんで飛行している。リングサイドの席についているだけだ。われわれのことは気にせず、ショーをはじめてくれ」

リカルドがまた口をはさんだ。「べつの通信がはいったぞ——軍の優先帯域の識別コード付きだ」

〈こちらはスペースコマンド地上管制センターのバージェス将軍だ。ただちに責任者を——〉

キーンのコンソールの背後で、ジョーが首を横にふった。「これから忙しくなるからな。ウォレン、そっちで相手をしてくれ」

〈わかった。回線を切り替えてくれ。なんとかする〉スペースドックのウォレン・ファスナーが応じた。予想していたのだろう。リカルドが補助スクリーンでいくつかの項目をクリックすると、将軍が怒鳴りこんできた回線は、地球を取り巻く通信衛星リンクへと引き渡された。

〈APUからアムスペース16Rへ。貴船に対しては規定どおりに警告をおこなった。忠告しておくが、このまま立入禁止ゾーンの近くにとどまるというのは、協力的な望ましい態度とはみなされない。不愉快な結果をもたらす可能性がある。こちらAPU、通信終了〉ウィンドウは消えた。

「不愉快な結果だそうだ」キーンはいった。「決まりだな——ぼくたちはもうおしまいだ。会社の駐車場に盗聴器が仕掛けられることになりそうだから、防御をかためないと。本社は閉鎖するしかないかな」

「どこであういう連中を見つけるんだろう?」リカルドは、ならんだディスプレイを監視しながら調整を続けていた。「つまり、ああいうしゃべりかたをするようにプログラムされているのかな……?」ことばを切り、ぐっと身を乗りだす。「おっ、きたぞ。APUの噴出炎の熱をとらえた。ブースト直前の特性だ」

リカルドがしゃべっているあいだに、スペースプレーンから白く輝く尾が生えて、機体の数倍の長さまでぐんぐんのびていった。

「フル噴射だな」ジョーの声が告げた。「初期加速は、およそ……2Gか。ダウンレンジ局のレーダーが追跡中」

空軍のスペースプレーンが加速して遠ざかりはじめた。テストが開始されたのだ。ジョーがデータの読みあげを続けているあいだに、キーンは、NIFTVのシステムの準備がすべて完了していることを自分のパネルで再確認してから、あらためて、メインスクリーン上でだんだん小さくなっていく機体に目を向けた。〝高性能推進〟か——と、胸のうちであざけりをこめてつぶやく。純粋な水素と最新の酸化剤とやらを利用していても、しょせんは化学ロケットにすぎない。NASAは、一九六〇年代に空軍のスーツに着替えて、当初の目的とはかけ離れた存在になってしまった——構想中の世界国家のパトロールをおこなう高々度パトカーだ。このNIFTVには、太陽系全域を地球の裏庭に変えるほどの可能性があるのに、地球の運命を握る権力者たちはいっこうに興味をしめさなかった。もしも世界国家体制が現実となる日がおとずれそうになったら、キーンは、そのときこそすべてを捨ててクロニア人の仲間に加わろうと心に決めていた。とはいえ、アムスペース社のような企業がまだ後援者を見つけられるのであれば、希望は残っていた。

ウォレン・ファスナーが、将軍の相手をだれかにまかせたらしく、ふたたびスペースドックとの通信回線に舞いもどってきた。〈よし、なかなかいいぞ。やつらを追いかけよう〉

「点火準備完了」キーンはいった。

「エンジン点火。八十まであげろ」ジョーが命じた。

キーンは起動操作をおこない、体が座席にがくんと押しつけられるのを感じながら、反応剤の流量を増大させて、ＮＩＦＴＶのエンジン出力を八十パーセントまで急激にあげた。鉛の手袋が両手をぎゅっと包みこんだ。頬と唇が顔面の骨にへばりつき、歯がむきだしになった。目のまえの隔壁にならぶ小型スクリーンには、不格好にゆがんだリカルドとジョーの顔が映しだされていた。

「側方姿勢制御ロケット点火。パルス噴射でロールを開始」ジョーが口をほとんど動かさずに声を絞りだした。

「ＡＰＵは前方下方、偏角は二十七度で増大中」リカルドが報告した。「軸線から十九・八キロメートルの距離を維持。進路に障害物なし」

これは世界の注目を集めるための曲芸だった。ニュースチャンネルでは、国防省が低軌道操船用の新型推進システムのテストをおこなうことが公表されていて、まさに画期的な発明だと紹介されていた。現在、あのスペースプレーンは全力で加速中だったが、ＮＩＦＴＶは、それをただ追い抜くのではなく、その進路に沿って直径三十キロメートル強のらせん軌道を描きながら飛行していた。圧倒的なスピードの差を見せつけようというのだ。通信ビームがまたもやNIFTVをとらえて、長々と文句をつけはじめた。リカルドが問いかけるような目でジョーを見た。ジョーはうっちゃっておけというように頭をふった。リカルドはにやりと笑い、その回線を管制室のほうへ切り替えた。

「いやっほう！」キーンは歓声をあげ、座席のアームレストをぴしゃりと叩いた。「あれは鳥か？　あれは飛行機か？　ちがう、あれはぼくたちだ。おい、やつらを見てみろよ。まるで泥にはまったアヒルだぞ」

「ごゆっくり、将軍さん」リカルドが歌うようにいった。

APUがゆっくりと進路を変えはじめた。ジョーは噴射パラメータを変更して、やすやすとそれに対応した。ならんだモニターに視線を走らせて、満足げにうなずく。「よし。フル噴射へ移行しよう。われわれが本気を出したらどうなるか見せてやる」

NIFTVがらせんを描きながら加速すると、遠くにある白い光が、スクリーンの上端に姿をあらわし、ゆっくりと降下して背景の星野をかき消しはじめた。光はぐんぐん大きくなって、スクリーンの端から端までのびる巨大な帯の一部となり、APUスペースプレーンはそのまばゆい輝きにのみこまれて背景へと消えていった。

2

その小惑星は木星から生まれた。そしてアテナと名付けられた。

半世紀以上のあいだ、何人もの天文学者たちが、惑星の起源にまつわる主流派の見解に異議をとなえてきた。太陽や惑星や衛星は原始のガスと塵の雲が凝縮して生まれたという一般に認められている理論はとても容認できないと主張した。観測された角運動量の分布は従来のモデルには適合しないし、木星がもたらす潮汐効果が、その軌道の内側にあるコンパクト天体の降着をさまたげるはずだと。内惑星形成のメカニズムを木星の核の流体力学的分析によって説明する新たな理論を提示した者もいた。この理論によると、巨大惑星は、その急速な自転と物質捕捉率によって周期的に不安定な状態となり、最終的には余剰物質のかたまりを放出する。そうした物体は、ふつうは太陽系外へ飛び去るのだが、分離した一部のかたまりが太陽をめぐる軌道にとらえられることがある。

科学界の正統派は、おおむね、この理論を従来の概念とはあまりにもかけ離れているとして一蹴《いっしゅう》し、それがありえない理由を筋道立てて説明した。だが、木星の自転が突然不規則になり、それから数週間にわたってガスのおおいの下で変形が進行したあと、それは現実のできごととなった。

アテナは地球に匹敵するほどの大きさで、誕生時のエネルギーで白熱化しており、光り輝く尾は数千万キロメートルの長さに達していた。太陽めがけて落下してきた十カ月のあいだ、その速度と輝きは増すいっぽうだった。スペクトル分析の結果、本体は核と外殻から成っていて、イオン化した木星の大気ガスのおおいを引き連れていることが判明した。現在は、九千五百万キロメートル前方で地球の軌道を横切っていたので、夜明けまえや日没直後には、肉眼でも空の四分の一を占めるその姿を見ることができた。これからの一カ月で、アテナは急カーブを描いて太陽をめぐり、四十万キロメートルに満たない近日点を、時速百六十万キロメートル以上の速度で通過し、進路をほぼ反転させる。その後太陽系の外側へ向かって引き返す途中で、接近する地球の前方二千四百万キロメートルほどの位置を横切ることになる。予想では、過去に目撃されたあらゆる彗星がかすんでしまうほどの、すばらしい見ものになるはずだ。

3

スペースドックは、短いずんぐりしたダンベルが円筒形のハブを輻射状に貫通したかたちをしている。狭くて汚れていて、やかましくてオイルだらけで、通常は二十名から三十名が滞在するのがやっとだ。数年まえに、アムスペース社も参画する民間コンソーシアムの合弁事業で建設されたもので、その目的は、宇宙船などさまざまなテクノロジー開発のために軌道上のテスト基地を提供することにあった。それまでは政府の施設を利用するしかなく、スケジュールの遅れや政治がらみのごたごたなど、いろいろと問題が多すぎたのだ。

ジョーがＮＩＦＴＶをスペースドックのポートに接舷させたとき、ハブの反対側の端には、ずんぐりした翼の輸送機がドッキングしていた。アムスペース社のロゴをつけた小型シャトルも、すこし離れたところに突き立っていた。ＮＩＦＴＶが空軍のスペースプレーンと別れてから四十分。それからずっとらせん飛行を続けてきたにもかかわらず、ＮＩＦＴＶは優に百五十キロメートルの差をつけていた。三名の搭乗員は、歓喜にわきながらエアロックを抜けて、ごちゃごちゃに集まったパイプや機械装置のなかへ飛びこみ、待ち受ける同僚たちから出迎えの叫びと背中への平手打ちをあびせられた。先陣を切ったキーンは、手をふって満面の笑みでこの歓迎にこたえた。そのあとに続いたリカルドは、地中海人種らしいオリーブ色の肌に真っ白な歯をきらめかせ、最後にふわふわと登場したジョーは、両手の親指をぐいと突き立てていた。三人とも、いまのうちにできるだけ大騒ぎをしておくつもりだった。世界がこんな熱狂的な歓迎をしてくれるはずはなかった。大半の人びとは、感心するよりもショックを受けるにちがいない。だが、まさにそれこそが狙いなのだ。

ウォレン・ファスナーは、トレーニングパンツに赤いTシャツという姿で、エアロックを抜けた先にある更衣室で待っていた。ひとりの技師が、キーンがフライトスーツを脱ぐのを手伝ってくれた。ファスナーは赤毛で、同じ色のもじゃもじゃの口ひげをたくわえている。肉のたっぷりついた大柄な体は、重力があるところではすこしたるんで見えるが、ここでは全体が均等にひろがるので、ふだんに比べるとややふくらんでいるとはいえ、活気に満ちあふれた印象をもたらしていた。

「最高のショーだったぞ、ラン!」ファスナーがいった。「今夜のトップニュースはいただきだ。ベイビーの飛行はきわめて順調だったようだな」

「きみのショーみたいなものさ。あれはきみのベイビーなんだから」キーンは体を前方へ押し出して、あとから更衣室にはいってきたリカルドとジョーのために場所をあけた。「で、われらが友人たちはどんな様子だ?」

ここでいう友人とは、APUのテストにかかわりのある官僚たちのことだ。

ファスナーは顔をしかめ、同時に笑みを浮かべた。「怒り狂ってるよ。コーパスクリスティにはワシントンから弁護士たちが押しかけている」

「もう？」

「激怒した政府のお偉方が送りこんだんだろう。マーヴィンの話によると、連中は、われわれが事前になんらかの許可か承認を得るべきだったという根拠をさがしているらしい」

予想された展開ではあったが、明白な違反行為はなにひとつおこなわれていなかった。おもにロシア人や東南アジア人や中国人が抵抗しているために、現時点では、核技術を軌道上へ持ちこむことは世界的には禁止されていない。ただ、政府に属さない組織がそんなことを実行しようと考えるとはだれも思わなかったし、政府に属する人びとのほうは、圧力団体や世論の声が怖くて、そんなことにかかわろうとしなかっただけだ。いまや、各監督官庁は競うようにして断固たる態度をしめし、エコロジー圧力団体をなだめようとしていた。

「とにかく、きみは任務を果たした」ファスナーがいった。「ワシントンのほうは、コーパスクリスティのオフィスで対処できる。そのために法務部があるんだからな」彼はキーンの肩をぽんと叩き、ほかのふたりに声をかけるために、レールをつたって奥へ向かった。「なあ、リック、そのきらきら光る歯をなんとかしてくれないか？　目がつぶれそうだよ」

リカルドはますます笑みをひろげた。「あのどんくさい七面鳥をぺろりとたいらげてやっただろ？」

「ジョー、最初から最後までじつにいい調子だったな。で、改良した遠隔端末の操作はどんな具合だ？　なかなかよさそうだったが」

「夢のようだよ、ウォレン、夢のようだ……」

キーンは、最後の装備をロッカーに押しこんで、技師がフライトスーツから診断用記録チップを回収したことを確認した。シャツに作業用ズボンという圧迫感の少ない格好で、与圧扉と、第二ポンプ室の外側の横軸シャフトを抜け、ハブのメイン縦軸通路の〈イエロー〉側の端——スペースドックの各セクションの壁は、新参者でも方向を把握しやすくするために色分けされている——にはいった。作業用シャツにジーンズ、あるいはつなぎ服、あるいは与圧服を着た人びとが待ちかまえていて、とおりすぎるキーンに祝いのことばをかけてきた。〈ブロードウェイ〉に出ると、シャフトや分割された各階層が、ありとあらゆる方向へひろがっていた。ここは、ハブと、ダンベルの両端をつなぐアームとが交差する場所なのだ。キーンは隙間を縫うようにしてガイドレールのあいだを抜け、〈ブルー〉の縦穴までたどり着いた。数名の作業員が、さまざまな姿勢で宙に浮いたりふわふわと移動したりしていた。

「やったな、ラン」ひとりが呼びかけてきた。

「よお、最高だったぞ！」

「まだ笑いが止まらねえよ。これで会社がつぶれることになっても、それだけの価値はあったってもんだ」

キーンは足から先に横軸シャフトへ滑りこんだ。体をぐいと押しやり、片手を輪のかたちにして垂直にのびるレールをたどっていくと、片側の壁が軽く肌にこすれた。先へ進むにつれて、レールから伝わる動きが強まり、速度が増して、〝下へ〟向かっているという感覚がはっきりしてきた。ダンベルの〈ブルー〉側の端をかたちづくる三階層のホイールまでおりたところで、レールを握る手に力をこめて速度を落とした。そこからは、両足を使って梯子《はしご》をくだるようにして上部デッキを通過し、中間デッキにおり立つと、通信室の外でジョイスとスティーヴィーが待っていた。

「いかしたショーだったぜ」スティーヴィーがいった。三十歳くらいのイギリス人で、ときどき昔の映画俳優みたいなしゃべりかたをする。キーンはうなずき、ややこわばった笑みを返した。みんな好意で声をかけてくれるのはわかっていたが、すこしばかり疲れてきた。

ジョイスは上級通信技師だ。できるだけ清潔なプロらしい身なりをこころがけているのだが、着たときはきれいだったはずの白いブラウスとスカイブルーのズボンはなんだかほこりっぽかったし、きっちりととのえた黒髪にもぽつぽつと汚れがついていた。ここでは避けようのないことなのだ。ゼロG下のほこりは、すなおに床へ落下して、片づけやすいようにどこかの隅に寄り集まってくれるということはない。しかも、ダクトやフィルターやファンがどれだけ完備されていようと、宇宙の居住施設にはいやなにおいがただようものだ。

ジョイスはにっこり笑い、あらゆる悪条件にもめげずに、さわやかな雰囲気を伝えようとした。「あなたが約束していたよりすごかったわね」ほめことばだった。

「驚きはうれしいものじゃないと」キーンは、むっとする空気のなかであくびをした。「悪い予想がはずれたときは、すぐに忘れてもらえる。でも、いい予想がはずれると、絶対に許してもらえないから」

「なんだか達観してるのね。新手の飛行後シンドロームかなにか?」

「どうかな。でも、飛行後コーヒーなら歓迎だよ」

「わたしがとってこよう」スティーヴィーがこたえ、一本の通路に沿って離れていった。

ジョイスは、通信室の入口のほうへ顎をしゃくった。「いまPCNニュースから連絡がはいっていて、搭乗員と話をしたいといわれているの。あなたが受ける?」

「いいよ。相手は?」

「ロサンジェルスのオフィスにいるジョン・フェルドとかいう人。コーパスクリスティ経由でリンクしてる」

「ふむ」キーンは、ジョイスのあとについて、通信機器がならぶラックと制御パネルのあいだを抜けていった。「友好的な相手かな?」

「なんともいえないわ」ジョイスがこたえたとき、ふたりは一台のコンソールのスクリーンにたどり着いた。そこに映っていたのは、たぶん四十代の男の顔で、澄んだ目は青く、黄色い髪をまっすぐわきへ垂らしていた。キーンがコンソールのカメラに映る位置まで行くと、男はまっすぐこちらに顔を向けた。

「こんにちは。ぼくはランデン・キーン。NIFTVのフライトエンジニアで、このプロジェクトの中心的な設計士のひとりだ」

「パシフィック・コースト・ネットワーク・ニュースのジョン・フェルドです」

「はじめまして」

「あなたはアムスペース・コーポレーションに所属しているのですね、キーン博士？」

「ある意味では。経営している民間のエンジニアリング・コンサルタントが、設計作業や理論研究でアムスペースと契約している」

フェルドはすこし驚いたようだった。「そういうつながりで、あなたはしばしば宇宙へ出かけているのですか？」

「ああ、アムスペースとプロトニクス――ぼくの会社の名前だ――は、ずっと以前から関係があったんだ。ぼくは仕事で必要ならどこへでも行くから。デスクに向かっているほうが脚はのばせるけど、こっちのほうが楽しいからね」

「たしかに、あなたがたが見せたパフォーマンスはじつに華々しいものでした」

「しかも、この国が過去四十年間にさまざまなことをやってきたにもかかわらず、あれはその恩恵をまったく受けていない」

「すると、あなたがたはなにをしめしてみせたのですか？　どう考えても、ただの楽しみとは思えません。よくいわれている、民間企業のほうが政府よりもうまくやれるという主張の新バージョンなのですか？」

キーンは首を横にふった。「とんでもない。ぼくたちが人びとに語っていることは、人類の未来すべてと関係がある。政治的あるいは経済的イデオロギーとは無縁だ。世界はあいかわらず砂のなかに頭を突っ込んで、アテナが教えている事実に直面することを拒否している。宇宙は安全な場所ではない。ぼくたちは、本格的にこの事業に取り組み、クロニア人が開拓した世界をひろげて、人類をもっと宇宙へひろめなければならない。今日、ぼくたちがしめしたのは、クロニア人といっさい取り引きをしなくても、いますぐ自力でそれをはじめられるという事実だ。もっとも、個人的な意見としては、クロニア人が提供してくれる支援はできるだけ受け入れるべきだと思う。人類はすでに技術も産業も手にしている。ぼくたちが実演してみせた宇宙船は、固有燃料式原子力エンジンの試験機だ。つまり、原子炉を使って固有推進ガスを反応物質として加熱する。固有というのは、特定の場所を原産とするという意味だ」

フェルドはその用語を理解したようだったが、けげんな顔をしていた。「なるほど……。ところで、特定の場所というのは、具体的にどこをさしているのですか?」

キーンは両手をひろげた。「まさにそこがポイントなんだ。活動したい場所ならどこでもいい。つまり、その場所にたまたま自然に存在している、ほとんどあらゆる物質によって作動するんだ。金星には炭酸ガスが豊富にある。小惑星帯や、ガス巨星の氷におおわれた衛星には無尽蔵の水がある。土星のタイタンや海王星のトリトンにはメタン。窒素や、一酸化炭素や、水素や、アルゴンさえ利用できる。ことばを換えると、どこへ行っても燃料補給が可能になることで、太陽系全域への道がひらけるわけだ。今日は水を使ったんだが、その結果はきみも見たとおりだ。メタンならさらに五十パーセントほど性能があがる」

「すると、今日の実演は、あなたがたが開発した新しいテクノロジーを宣伝するためだったのですね?　それなら、たしかに成功をおさめたといえるでしょう」

「新しい？　とんでもない。一九六〇年代にはすでに検討されていた。ところが、原子力恐怖症が蔓延したために、ずっと足踏み状態になってしまった。ぼくたちは、この国の目をさまさせようとしているんだ」

「しかし、そうした恐怖にはもっともな理由があったのではありませんか？」フェルドにとっては、急になじみのある話題に変わったようだった。「そんな装置を軌道上へ投入したら、どんな危険があるかわかったものではありません。原子炉のどれかひとつでも、放射性物質を大気中にひろくばらまいてしまったら、それはやはり――」

「惑星全体にひろくばらまいたりはしないよ。どんな都市でも、そこにあるガソリンを合わせたら――」

キーンはことばを切った。フェルドが、画面外のどこかから指示を受けたらしく、ちらりとわきへ目をやったのだ。フェルドは目をもどした。

「ありがとうございました、キーン博士。エルムズ船長が、アムスペース社の衛星回線で待機しているようですから、つながっているあいだに、すこしお話を聞かせていただきたいと思います。とても興味深いですね。では、帰りの道中のぶじを祈っています」

「ありがとう」キーンはぼそりといった。スクリーン上の映像が消えて、テストパターンに替わった。

部屋の反対側にいる当直の通信官のところへ話をしにいっていたジョイスが、見物していたところから一歩まえに踏みだした。「ほら、また相手をびびらせちゃった。どうしても政治の話をせずにはいられないのね」

「そりゃあ、問題は政治にあるからな」キーンはぼやいた。「話もできなかったら、いったいどうやって解決するんだ?」

スティーヴィーが、ブラックコーヒーのはいったプラスチック製のマグカップを手にもどってきて、それをキーンに手渡した。キーンはうなずき、熱さをたしかめるためにひと口すってみてから、ありがたくごくごくと飲んだ。

「でも、きみのいうとおりだな」キーンはジョイスにいった。「いいかげんわかってもよさそうなのに。反射作用みたいなものになりつつあるのかも」

「歳をくって行動がワンパターンになるのは、ごくふつうのことだから」ジョイスは楽しそうにいった。

「ありがとうよ。このうえない励ましだ」

通信官が呼びかけてきた。「むこうは待ってるぞ、ジョイス。もういちどつなぐか?」

「ええ、PCNとの話はすんだから」ジョイスは、コンソール越しに叫び返してから、キーンに声をかけた。「べつの呼び出しがはいってるわよ」

キーンは、勢いをつけるように、マグカップのコーヒーをぐいとあおった。

「今度の相手は、あなたも気に入ると思うけど」ジョイスは、期待のこもった目で、スクリーン上のテストパターンを見つめた。ぱっと映像が切り替わり、ふたたび顔があらわれた。今度は女性だ。

キーンは驚きに目をぱちくりさせ、叫んだ。「セリーナ！」

歳は三十を超えたくらいで、繊細な顔立ちは、ほどよい力強さと、女性らしいやわらかさとを兼ね備えていた。ファッションモデルの事務所や美容業界の広告主だったら、大陸じゅうをめぐってでも見つけたいと思う素材だろう。漆黒の髪は肩までのびて、先端にすこしだけウエーブがかかっている。肌は澄んだ暗褐色で、そこにおさまっている、薄い灰色の、オパールによく似た両目は、はじめは肌の色と合わない気がするのだが、慣れてくると不思議なほど魅惑的に感じられるようになる。まるで、おとぎ話に出てくるアラビアの王女か、ラージャの娘のようだ。しかも、それは映像から受けた印象でしかなかった。ふたりはじかに顔を合わせたことはいちどもない。セリーナは地球人ではなく、土星の各衛星に設置された人間の居住地の総称である。クロニアの生まれなのだ。名前の由来であるクロノス神は、古代ギリシア語で土星を意味することばで、地球の黄金時代に世界を支配したという。

「こんにちは、ラン」セリーナがいった。「いっしょにいるのはジョイスかしら？」

「いるわよ」ジョイスが口をはさみ、そばへ近づいてきた。

「ああ、やっぱり」セリーナの笑顔は、ひかえめで品があったが、にこやかなので冷たい雰囲気ではなかった。「とりあえず伝えておこうと思ったの。いま、シャトルがわたしたちといっしょに軌道上にいて、今日中に地上へ向かうことになっているわ。夜にはワシントンに到着するから」

「連絡がつかなかったとしたら申し訳なかった」キーンはいった。「このところちょっと忙しくて。わかると思うけど」

セリーナが乗っている、クロニアの長距離輸送船オシリス号は、土星系からの三カ月におよぶ旅を終えて地球の軌道上に停泊していた。出発したときには二時間以上あった通信の待ち時間は、この三カ月のあいだに着実に減少してきた。キーンは、NIFTV実演の準備でほとんどの時間をとられていたので、この一週間はクロニア人とまったく話をしていなかった。それが突然、こうしてふつうにやりとりができるようになったのは、うれしい変化だった。

「ええ。今日のあなたたちのショーはすばらしかったと、みんなが思っているわ」セリーナがいった。「タイミングも完璧。わたしたちにとっては、このうえない対話のきっかけになるはず。ガリアンから、お礼をいってくれと頼まれているの。やっとあなたとじかに会えるのを楽しみにしているって」ガリアンというのは、クロニア派遣団の代表だ。

「お礼なら、ぼくたちより空軍スペースコマンドにいうべきだな。今日をテストの日に選んでくれたんだから。こっちはそれに合わせただけだよ」

「あなたといつ会えるのか、まだわからないの？」

「まあ、きみたちは公式レセプションやらなんやらで、しばらくはがんじがらめだろう。ぼくはそういうのにはかかわらないようにしているから。でも、月曜日からしばらくワシントンに滞在するつもりだ。そのときに予定を合わせられるかもしれない」

「ガリアンに伝えておくわ」

キーンは、テキサス州にあるアムスペース社の顧問という立場のほかに、さまざまな政府機関で宇宙関係の原子力問題について相談役をつとめているため、ワシントンにもオフィスをかまえていた。公式の報告書や提案書を評価し、提言の準備をし、委員会の席で証言をする。それだけではなく、連邦議会の議員やそのほかの関係者が、オフレコの意見や背景知識を求めて個人的に相談してくることもある。そうした人びとの多くは、相談する問題について、大衆むけのポーズとして要求される以上の知識を仕込むことになる。

キーンは、スクリーンでしか見たことのない顔を見つめた。うわべは冷静だが、その胸のうちではどんな興奮や不安、ひょっとしたら恐怖が、渦巻いているのだろう？　おとなになってからずっと、海を見たこともなく、惑星の大気を呼吸したこともなく、ひろびろとした空の下を歩いたこともない。まだこどもだったセリーナがクロニアへ移住したのは、土星の衛星ディオネに、クロポトキンと名付けられた最初の基地が建設されたばかりのころだった。アテナの事件が起きたいま、セリーナは、土星のコロニーが地球へ送りだした派遣団の一員として、故郷へもどろうとしていた。キーンがフェルドを相手に要約してみせたのと同じ主張を伝えるために。

キーンはコーヒーのマグカップを差しあげた。「タキシード姿の連中が乾杯やスピーチをはじめるまえに、まずはいわせてくれ――地球へようこそ。おぼえておかなけりゃいけない重要なことも伝えておこう。玄関のドアをあけっぱなしにしておくのはかまわない。だが、青い色をした物質の上を歩こうとはしないこと」

セリーナは声をあげて笑った。「あなたもワシントンへ来られるの、ジョイス?」

「ごめん。しばらくはむりね。この薄汚れた缶詰に、まだ三週間は閉じこめられてるから」

「たったそれだけ?」

「ああ、そうね、うん——あなたのいうとおり。忘れてたわ。あなたたちにとって、宇宙での三週間くらいなんでもないのよね」

「でも、クロニア人の居住区画はもうすこしひろびろとしているんじゃないかな」キーンはジョイスにいった。

「あなたはいつ地球へおりるの、ラン?」セリーナがたずねた。

「二時間くらいあとかな。会社の送迎バスがもう待ってるんだ」キーンは横目でちらりとジョイスを見た。「そのあとは、シャワーと水泳ときれいな服と……」相手の表情の変化を観察する。「ひょっとしたら、今夜はどこかで上等のステーキとワインでも楽しむかな」

「やなやつ」ジョイスが憎々しげにつぶやいた。


アムスペース社の小型シャトルは、およそ三時間後にスペースドックから分離した。シャトルが離れていくとき、キーンの目は頭上を通過するオシリス号の姿をちらりととらえた——高い軌道に浮かぶ、細長い光の筋。視線をもっと低いほうへ移すと、地球の夜側の湾曲によって部分的に隠れてはいたが、太陽風になびくアテナの長い尾という壮大なスペクタルが展開していた。あの超彗星は、太陽めがけて落下しているのだ。

4

アムスペースの本社オフィスは、テキサス州南東部のコーパスクリスティにある。コーパスクリスティ湾のマリーナから二ブロックほど内陸へはいった、ノース・ウォーター・ストリートに面していて、ショァライン・ブールヴァードのファッショナブルな中心街の端にあたる。製造、設計、研究センターは、三十キロメートル南方のキングズヴィルにあり、さらに五十キロメートル南方のサンサウシーロには打ち上げ施設がある。ラレードとメキシコ湾との中間に位置する、砂だらけの大地とセージの茂みばかりの平原だ。ここは石油で栄えた土地であり、会社創立の原動力は、民間資本と好意的な地方政治に根ざす伝統的な独立心だった。とはいえ、宇宙空間でより長期的な活動をおこなうための手段を率先して開発するというのは、議論の的となる不確実な事業なので、アムスペース社は、保険として、メキシコの国境付近にあるモンテモレロスと呼ばれる高原に、第二の打ち上げ施設を建設していた。予備としての機能を提供するだけではなく、政治的な問題でサンサウシーロの施設が閉鎖されることになったときでも打ち上げを継続できるようにするためだ。

昼近くになって、キーンを含めた三名のＮＩＦＴＶの搭乗員と、あのテストミッションにかかわったほかの数名をスペースドックから運んできた小型シャトルが、遠くから見ると平原を青く染めている塵のかすみを抜けて、日射しが照りつけるサンサウシーロへ着陸した。到着した人びとは、バスで打ち上げパッドから滑走路のいちばんはずれにある組み立て場と管理棟の複合施設へ運ばれ、待ちかまえていたテレビ局のレポーターたちからインタビューを受けた。その後、会社のヘリコプターでキングズヴィルの工場へ飛び、技術部のハリー・ハロラン部長のオフィスで、上級技術スタッフといっしょにハンバーガーとフライドポテトの昼食をとりながら、ミッション完了後の報告をおこなった。さまざまな数字や予備飛行データがぽんぽん飛びかい、NIFTVのパフォーマンスが分析された。今回の実演は予想をみごとに上回った、というのが一致した見解だった。

本来なら、それはよいニュースのはずだった。しかし、現在の状況を考えると、ほぼまちがいなく否定的な反応があるものと考えなければならなかった。案の定、午後には早くも動きがあり、ワシントンへの外交通達から、アムスペース社のコーパスクリスティのオフィスのおもてでふられる横断幕まで、さまざまなかたちで抗議の声があがりはじめた。どのニュースチャンネルでも、コメントや世論調査の結果が流れていたし、本社の交換台と電子メールサーバーはパンクしかけていた。となると、もしも悪評などというものは存在しないのが事実だとすれば、注目を集めるのが最大の目的だったのだから、本気で不平をいう理由はどこにもないはずだった。

のちにわかったことだが、送られてくるメッセージの多くは支援の声だった。イギリス政府は、今回の実演は、長いあいだ停滞していた国際世論が方向転換をはじめるきっかけになるかもしれないと明言した。ロシアのある企業は、NIFTVと同じような方向性で開発を進めていて、六カ月以内にテストエンジンによる飛行をおこなう予定だと発表した。三時までに、アムスペース社には、有望なパイロット志望者たちから二十六件の問い合わせがはいった。会議は、つぎの週末は強制的な冷却期間になるかもしれないという期待とともに終了した。それがすぎたら、地球はもっと宇宙開発の努力を進めるべきだというクロニア人の主張が、アムスペース社の立場をより強固なものとしてくれるだろう。というわけで、全体として見ると、すべてのできごとがきわめてタイミングよく進んでいるようだった。

会議の出席者たちがまだ書類をまとめたりノートパソコンを停止したりしていたとき、主任設計士のウォリー・ロマックが、キーンがジョー・エルムズやリカルドといっしょにすわっているところへ近づいてきた。

「あれはランブラーの再現だったんだろ」ロマックは楽しそうにいった。「ちがうか?」

キーンは顔をあげて、一瞬、途方に暮れた。「やあ、ウォリー。なんのことだ?」

「ずっとまえに話してくれたじゃないか。学生時代に、改造したナッシュ・ランブラーでハイウェイ上のすべての車をぶち抜いたことがあるって。今日の離れわざは、その再現だったんだ。あれからヒントを得たんだろ?」

ようやく合点がいった。「ああ、まだあんな話をおぼえていたのか」

「聞いたことがないなあ」ジョーがメモ用紙をまとめながらぼそりといった。

「ランの、いかれた計画を思いついてまわりの連中をそれに巻きこむという歴史は、はるか昔までさかのぼるんだよ」ウォリーがこたえた。それから、キーンに向かって、「こんなことになるとは思ってもみなかったんじゃないか、ええ?」

「そのとおり。まさかこんなことになるとは……」キーンは肩をすくめた。「ところで、週末はどうするんだ、ウォリー? なにか派手で刺激的なことでも?」

ロマックは、ネクタイをゆるめたままジャケットを着こんだが、たっぷりした腹の上でボタンをとめようとはしなかった。「ああ、ちょっとボートに乗って、ちょっと釣りをして——孫たちを楽しませるようなことだよ、わかるだろ。おまえはどうなんだ?」

「おれたちは今回のミッションの搭乗員だからな。週末なんかないよ」リカルドが、キーンのとなりから口をはさんだ。

「明日の午前中はまるまる休息にあてられるはずだろ」キーンは指摘した。

「ああ、たしかに。どうして忘れたりしたのかな?」

「午後は、レスが街で記者会見をひらくから、ぼくたちも出席しなけりゃならない」キーンはウォリーに向かっていった。レス・アーキンは、アムスペース社の広報部長だ。「それがすんだら、ぼくは来週ワシントンへ行く予定になっている。あっちではいろいろな騒ぎが起こりはじめているはずだからな」

「いつむこうへ飛ぶんだ?」ウォリーがたずねた。

「たぶん日曜日の夜だ」

ジョーが眉をひょいとあげて、親指と人差し指で空中に丸をつくった。「そうか！　うるわしき土星人と会うつもりなんだな。まあ、責める気にはなれないけど」

「ああ、もしもスケジュールが合えばな」キーンは認めた。「当然だろ？　彼らとはずいぶん長いあいだ対話を続けてきたんだから」

「惑星間ロマンスがいよいよ開幕するのか？」リカルドがにやにやしながらいった。

キーンは首を横にふった。「ありえないな。そっちはもう経験ずみだ。燃え尽きて、打ちのめされて、すっかり臆病になった。どういう感じかわかるだろ」

ウォリーはちょっと考えこんで、顔をしかめた。「まあ、最初のふたつについては、同意かも。とにかく、楽しんでくれよ、お若い方々」

「きみもな、ウォリー」キーンはいった。「孫たちにボートをひっくり返されないようにしろよ。来週は断面計算の作業できみが必要なんだから」

ウォリー・ロマックは立ち去り、キーンは書類ケースに資料を詰めこみ終えた。ほんとうをいうと、学生時代にナッシュ・ランブラーで暴走したときのことはすっかり忘れていた。空軍がAPUのテストを実施しているときにNIFTVの実演をするというアイディアを思いついたのは、チャールズ・パーソンズの逸話がきっかけだった。この蒸気タービンを発明したイギリス人は、一八九七年の女王の記念祭を利用して、イギリス海軍省の興味を引いたのだ。このとき、イギリス海軍は、百七十三隻の軍艦を集結させて、王室が使うロイヤルヨットと、海軍省のお偉方や、各植民地の代表や、外交団や、上下両院の議員たちが乗りこむ小船団のまえで観艦式を実施した。ところが、パーソンズは、二千馬力のタービン駆動のヨット、タービニア号で、艦隊の周囲を疾走し、ショーの主役の座を奪ってしまった。三十四ノットというスピードは、海軍にはとても追いつけない速さだったのだ。それどころか、このヨットは、当時は世界で最も速い船だった。時代精神のなせるわざか、イギリス海軍省はただちに二隻のタービン駆動船を発注したという。キーンは、書類ケースのジッパーを閉めて椅子から立ちあがりながら、はたして現在の国防総省に、同じような度量の大きさと先見の明を期待できるだろうかと思いめぐらした。

アムスペース社を出たあと、キーンは自分の会社に立ち寄り、留守中の仕事の進み具合を確認することにした。プロトニクス社は、コーパスクリスティの南側、クロスタウン・エクスプレスウェイとサウス・パドレ・アイランド・ドライヴのインターチェンジの近くにあるオフィスパークで、五つの部屋からなるスイートを占有している。社長であるキーンのほかに、四名のスタッフがいて、全員が女性だった。ヴィッキーは、キーンの共同事業者であり、副司令官でもある。セリアはその助手だ。ジュディスは数学の博士号をもっていて、コンピュータの管理をしている。カレンは受付であり、秘書であり、全般的な雑用係でもある。アムスペース社のエンジニアたちは、この会社のことを、ねたましそうにキーンのハーレムと呼んでいた。現実には、プロ意識の観点、および、それでなくても複雑な環境で仕事をしなければならないという純粋に実用的な配慮から、キーンは仕事とプライベートを厳密に切りんざん苦しめられていた。結婚はどうかというと、もっと若いころに、そういう関係がもたらす結果にさいなまされていた。ときどき思うのだが、成人してからの人生の前半は、後半のためのリハーサルだったのかもしれない。後半になってようやく、いろいろなことにきちんと決着をつけられるようになったのだ。

キーンを出迎えたのは、笑い声と拍手喝采、アイリッシュウィスキーのブッシュミルズ・ブラックブッシュのボトル、それと、ヒューストンのジョンソン宇宙センターのみやげ物屋で売っている昔の宇宙飛行士スタイルの帽子だった。女たちは、午前中にＮＩＦＴＶの実演を見ていて、口々にすごかったといった。カレンは、テレビに映るキーンは最高だといった――無精ひげのはえた、すこしやつれた感じの顔は、まさに映画プロデューサーがさがしもとめるものだと。そして、ぜひ映画会社に問い合わせてみるべきだと主張した。キーンは、そんな気楽な状況ではなかったのだとこたえた。

プロトニクス社のことは報道されていなかったのだが、キーンのことを知っている政界およびマスコミの情報通たちは、さっそく彼をつかまえようとしているらしく、ワシントンのオフィスをあずかるシャーリーから、月曜日の仮の面会予定が届いていた。しかし、いちばん大きなニュースは、セリアがナオミから五匹の仔猫をプレゼントされたことだった。二匹はぶち、一匹は黒、一匹はグレイで、残りの一匹は、セリアによれば「なんか縞のついたやつ」だった……。それはともかく、ジュディスは、明日ダラスでひらかれるコンピュータショーに出席するために早退していた。ヴィッキーは、ウェスティングハウス社がサンディエゴで製造している原子炉のための部品のいくつかに機械加工上の問題があるので、その件について来週キーンと話をしたいとのことだった。熱の研究をしている日本の研究者が、キーンが興味をもっているレポートをダウンロードしていた。来週の金曜日から週末いっぱい、再舗装のため駐車場が閉鎖される予定になっていた。そうしたこまごました報告が片づくと、ヴィッキーは、月曜日のためにチェックしておくべき事項のリストを手に、キーンのあとについて彼のオフィスにはいった。残されたカレンとセリアは、デスクの上を片づけ、ハンドバッグの中身を整理し、週末の予定について情報を交換した。

ヴィッキーの髪は明るい茶色で、ほとんどオレンジ色に近く、いくらブラシをあててもウエーブをかけてもどうにもならないほどがっちりと縮れていた。そばかすのある骨張った顔をさらに強調しているのが、つんと立った鼻と、とがった顎と、まっすぐな口だった。体つきは小柄で、腕や足も細く、体質のおかげか、一日中食べ続けても、それがぜんぶエネルギーに変わるので、これっぽっちも体重が増えることはない。仕事に生きる女であり、その意味では優秀だった。もともとはハーヴァード大学の放射線物理学の研究者で、キーンと出会ったのは、彼がプラズマ物理学の研究をしていたサンディエゴのゼネラルアトミック社からハーヴァードへ移って理論研究をはじめたときのことだった。ヴィッキーは、キーンとだいたい同じテンポでアカデミックな科学界に幻滅し、キーンが大学を離れたすぐあとに、彼を追って現実世界へもどり、南のテキサスへ引っ越して、のちにプロトニクス社となる事業を立ちあげた。よちよち歩きのときから自分ひとりで育てた、ロビンという十四歳の息子がいるので、ヴィッキーにとってのキーンは、仕事の同僚というだけでなく、息子の父親のような存在でもあった。

「さてと……」ヴィッキーは、二脚ある来客用の椅子の片方に腰をおろした。背後の壁面には、打ち上げ用ロケットや人工衛星の額入りの写真が飾られていて、クロニアのオシリス号の壮観な写真もまじっていた。

「さてと」キーンもオウム返しにいった。ふたりは椅子に身をもたせかけて、くつろいだ姿勢をとった。当面は日常業務について考えなくていいのはありがたかった。

「またあなたが行くのね。いったでしょ、オフィスのことはほかのスタッフにまかせても平気だって。なぜか、男という動物は気まぐれでどうしようもないという印象があるんだけど」

ふたりのあいだのお決まりのジョークは、キーンがいずれヴィッキーをミッションに連れていくというものだった。宇宙へ行くのは、ヴィッキーの長年の夢なのだ。

キーンは傷ついたような顔をしてみせた。「きみのことをよく知らなかったら、ぼくを信じていないのかと思うところだよ」

「よくそんなことがいえるわね？　わたしが尽きることのない信頼を寄せているのは知ってるでしょ」

「それを維持する秘訣があってね。ヒンズー教の導師のことを知ってるかい。いつでも涅槃《ねはん》を約束するんだ――明日になればと」

ヴィッキーはあきらめたように天井を見あげて、話題を変えた。「明日の午前中は休養のために予定がないと聞いたんだけど」

「ガレー船の奴隷だって、たまには空気を吸わないと。レスが記者会見を午後に設定してくれたんだ」

「途中でうちに寄って遅めの朝食でもどう？　ロビンがあなたに会いたがってるの。最近はまっていることについて、いろいろと話したいらしくて」

キーンは顎をこすった。「ああ、いいよ……。で、ロビンの様子は？」

「元気よ」

「今度はどんなことにはまってるんだ？」

「恐竜。あれが実在したというのはありえないらしいわ」

「へえ、ほんとか？　とすると、集団幻覚か……。なんでそんなことに？」

「いろいろあるんでしょ。明日、本人にきいてみたら？」

「わかった」

ヴィッキーは、ほかにないかと記憶をさらった。「セリーナと話をしたの？　オシリス号からの連絡が転送されたとき、わたしはキングズヴィルにいたのよ。あなたとジョン・フェルドとのやりとりが終わったあとだった」

「ああ、話したよ。ガリアンが事態の進展をよろこんでいると伝えてきたんだ。それと、近いうちに地上へおりるらしい」

「もうおりたみたいよ。午後のニュースでいってた――あなたが報告会に出ていたとき。今夜はホワイトハウスで大がかりな歓迎晩餐会がひらかれるの。自分をひとかどの人物だと思っている連中はみんな出席するみたい」ヴィッキーは手をひょいと差しだして、おたがいをしめした。「で、どうしてわたしたちには招待状が来てないわけ？」

「ぼくたちは高尚な学者さんたちの世界は捨てたんだ――忘れたのか？　たぶん、作業着姿でレンチを片手に会場へあらわれるんじゃないかと心配しているんだろう」キーンは顎をこすった。「サービスタイムのうちに、一杯やりに〈バンダナ〉へ寄ってもいいかもしれない。蝶ネクタイとはいかないが、代わりになるんじゃないか？」

ヴィッキーはにっこり笑って、鼻を鳴らした。「まあ、連れがいるだけでもましかもね」背伸びをして、数秒そのままの姿勢をたもってから、ふっと力を抜く。「じゃあ、週末の人騒ぎのことはどうでもいいわ。クロニア人たちが真剣な対話をはじめたらどういうことになるのかしら？　想像がつく？　世界じゅうの注目を集めたのはたしかだけど、本気でとりあってもらえるのかな？　つまり、アテナはまちがいなくそこにある。でも、ほとんどの人たちは、スポーツ観戦でもするような気分でいるだけで、自分たちの生活にかかわりがあるとは思っていない。クロニア人たちはそういう状況を変えられるの？」

「見込みはあると思っているはずだ。でなけりゃ、こんな遠くまで来るはずがない」キーンは手のひらをひょいと上に向けた。「要するに、地球の科学界の権力者たちに、明白な事実を認めさせるだけでいいんだから」

「へえ」ヴィッキーがそっけなくいった。「ずっと気分がよくなったわ」

クロニアの科学者たちは、すでに結論を出していた。安定した秩序正しい太陽系が、誕生したときからずっと時計仕掛けのように同じ動きをくりかえしてきたという従来の考えは、端的にいえば、まちがいだと。惑星とそのほかの天体との破滅的な遭遇は、歴史上ではごく最近も起きているのであり、そうした事件が今後は続かないと考える理由はどこにもないのだ。クロニアの指導者たちは、この見解を受け入れ、何年もまえから熱心に地球にはたらきかけて、人間という貴重な存在を太陽系全域へ拡散させるために、より多くの労力と資源をつぎこむべきだと主張していた。人類が一カ所にかたまったままでいたら、絶滅の危機におちいる可能性が高くなる。事実、さほど遠くない過去にも、人類はあやうく絶滅しかけたではないかと。

だが、漸進説《ぜんしん》という教義にこりかたまった地球の科学機関は、現在観察されるプロセスは過去からずっと続いてきたものであり、一時の局所的な変動をのぞけば、つねに同じテンポで進むのだと思いこんでいた。堆積と浸食の度合いから地層に刻まれた膨大な歳月を算出するように、現在計測されている進行の度合いから過去を推定するという手法は、まったく疑う余地のないものとみなされていたのだ。

地球の政策立案者たちは、おおむね、正統派の学説を支持して、クロニア人の主張をしりぞけた。軍部はもはや超大国が張り合っていた時代ほどの強制力をもっていなかったし、ほかの圧力団体も連邦政府の財源をいかに確保するかでせめぎあっていたので、宇宙方面の科学や産業の発展というのは、政府にとっては優先順位が高くなかった。民間企業にとっては、月よりはるかに遠い場所でのベンチャー事業は、必要経費が莫大すぎたし、有力な機関投資家の興味を引くにはリスクが大きすぎた。投資家たちは、人工衛星や小規模の科学研究用ペイロードの打ち上げシステムあたりで確実な見返りを得るほうを選んでいた。それなら、従来のテクノロジーで充分に間に合うからだ。地球にとっては、快適で安全であることが最大の関心事となっていた。アムスペース社のような規格外の組織と、それを支援する一部の夢想家たちだけが、クロニア人が開拓した世界を拡張すべしという態度表明を求めて努力を続け、性能の高い長距離宇宙飛行技術の開発、すなわち植民を実現するべきだと声をあげていた。というわけで、アムスペース社のような組織は、自然とクロニア人と手を組むことになり、同じ結末をめざして連絡を取り合い、協力し合うようになった。クロニア人たちは、人類存続のために必要な前提条件をなんとかして伝えたいと願っていたし、地球のキーン――と、軌道上の狭苦しいボイラー室で何週間もぶっ続けですごしたジョイスや、孫たちのためにもっとましな世界をつくりたいと願うウォリー――は、生涯の夢を実現したいと願っていた。

そのとき、アテナが出現したのだ。だれもが考えたように、それはすべてを変えるはずだった。だが、驚くべきことに、現実にはほとんどなにも変わらなかった。もちろん、最初の数カ月はマスコミも大騒ぎで、小惑星そのものや、変形した木星が徐々にもとの姿へもどっていくセンセーショナルな映像が公開された。科学者たちはおおあわてで説明をした。しかし、仰々しい記事やドキュメンタリー番組が果てしなく続くうちに、民衆はだんだんうんざりしはじめた。素人向けの望遠鏡、天文学の参考書やビデオの売上は急上昇した。関連するカレッジのクラスには記録的な数の受講者が押し寄せた。天変地異説が劇的な復活を遂げた。科学界は、もじもじためらったりあれこれ取り繕ったりはしたものの、従来の学説には修正が必要であると認め、これから必要になる新しい研究のためにといって、より多くの予算を要求した。しかし、彼らが考えているような研究を進めるためには、より大規模で資金も豊富な省庁と、粒子物理学者さえうらやましがるようなコンピュータ設備と、より多くの議長と委員会と、太陽系のさまざまな星域への無人ミッションを監督する役職が必要だった。おもだった請負業者は、見込みのありそうな事業の入札に参加したが、それは、ほぼ例外なく、提案されている設備や技術がすべて安全で試験済みのときだけにかぎられていた。彼らの話を聞いているかぎりでは、かなりの数の人間を、近いうちに宇宙へ送りだすことをめざすうえで意味のある行動など、とても期待できなかった。とうとう、せっぱ詰まったクロニア人は、政治家と科学者からなる派遣団を送りだし、自分たちの主張をじかに伝えることにした。地球を太平の夢から揺り起こすために。

ドアをノックする音がして、セリアが顔を突っ込んできた。「わたしたちは帰りますね」彼女はキーンとヴィッキーに向かっていった。「よい週末を」

「お先に」カレンの声が、外側のオフィスのほうから聞こえてきた。

「カウボーイたちには気をつけるんだぞ」キーンはドアの外へ向かっていった。いまオフィスで話題になっているのは、カレンの新しいボーイフレンドのことなのだ。キーンは、セリアにおやすみとうなずきかけた。セリアは姿を消して、ドアを閉めた。キーンはヴィッキーに目をもどした。「これから数週間は成り行きを見守るしかないな」

どう考えても、これは最後のチャンスだった。これだけやっても地球の見解や方針が変わらないようなら、なにをやってもむだだろう。そのときは、キーンもヴィッキーも、サービスタイムに〈バンダナ〉に立ち寄って一杯やるかわりに、そこで働かせてもらうことになるかもしれなかった。

5

三十年まえ、ふたりの非凡な人物が土星の衛星に人間の居留地を建設する意向をあきらかにしたとき、世界は彼らをあざ笑い、そんなことは不可能だといった。二十世紀の最後の数十年が平々凡々にすぎたあと、カリスマ性をもつリーダー格の人物が支持者を鼓舞するというのは、ロックスターや有名スポーツ選手の役割となっていた。それがある日、トマス・モンデールという平凡な名前をもつカリフォルニア州の法廷弁護士が、迷いからさめ、前途有望なキャリアを放棄して、世界の経済システムを糾弾し、人間はもっとましなことをやるために生まれたのだ――創造されたのか、進化したのか、単に〝そこにいる〟のかは、その人がどう信じるかによるが――と主張した。人間をまねたコンピュータやロボットを開発するために何百万ドルも費やし、そのいっぽうで、ロボットのようなふるまいをする人間を育てる社会というのは、どこかまちがっていると。もちろん、カリフォルニア州は、過去に何度も熱狂的な流行やカルト宗教に遭遇していた。しかし、このときの騒ぎは、いくつかの面でそれらとはことなっていた。モンデールの場合、サンダル履きで数珠を垂らしたひげ面の男が、希望のない人生の片隅に塗りこめられたまま必死になって脱出口をさがしている迷える子羊やあらゆる年代の青年に手を差しのべているのとは、わけがちがった。モンデールはプロで、ことばも明瞭で、世界のありさまをちゃんと理解していて、しかも注目を集める方法を知っていた。モンデールが呼びかけた相手は、一日に二度、年に二百五十日渋滞にはまり、クリスマスまで残った収入さえ内国歳入庁にごっそりさらわれそうになって、ゆっくりと痩せ衰えていく原価会計士だった。シカゴのオヘア空港で四時間の乗り継ぎのあいだじっとすわって、孤独なアパートの電子レンジで温めた料理を楽しみに待ちながら、学生時代に映画を見て思い描いた、あの魅力たっぷりで精力的な若手重役はどうなってしまったのだろうと考えている、マーケティング部の薄給の女社員だった。科学者か教師か牧師か医師になろうとして努力したのに、いつのまにか、フルタイムの事務員や資金調達係になって、いらだちをおぼえている人びとだった。つまるところ、世界の生産物のささやかな分け前を得るために、毎年毎年、心を満たされぬまま陰気に働き続けるすべての人びとのことだった。彼らにしてみれば、その世界の最大の関心事が、だれもほんとうには必要としていない過剰に生産された商品を動かすことでしかないように思われるので、どうにも筋がとおらないのだった。しかも、そういう状態におちいる人の数は驚くほど多いのだ。

ものの値打ちをはかる手段を貨幣価値だけに求めることが非難されるのは、これがはじめてというわけではなかった。モンデールは主張した。これまでは、だれがだれにどんな借りがあるかを把握する指標が必要になるのは、つねに物資の欠乏が原因だった。だが、今日《こんにち》の世界がたくわえている知識と、それに匹敵する無限の能力により、もはやそれは真実ではなくなっている。能力という点でいえば、人類の物質面の問題は解決している。解決していないのは、人びとにその能力を認識させるための適切なきっかけをさがすことだ。二十一世紀のテクノロジーを十九世紀の経済概念にかみ合わせようとすれば、どうしてもギアの激しいきしみが響きわたる。支払手段をもつ人びとの欲求が、供給される需要を決定し、それ以外の人びとの要求が無視されるのでは、最終的には、要求をもつ人びとはそれを満足させるために力に訴えるようになる。戦争や暴動や反乱がなくならないのはそのためだ。

〝モンデール主義〟は時代の風潮をとらえてひろがり、あらゆる立場にある支持者たちが、売り買いではなく、責任と信頼、奉仕と義務の原則にもとづく相互支援のネットワークをつくることに専心した。だがそれは、懐疑論者が指摘したとおり、多くのただ乗り連中をも引き寄せることになり、内部には対立が、外部には嘲笑が起こって、全体としてみれば運動は成功しなかった。しかし、モンデールも簡単にあきらめる男ではなかった。彼は、こうした問題が起きたのは、理念にまちがいがあったからではなく、すでに雑草が生えている土地に種をまこうとしたからだと主張した。支持者たちはモンデールを信じ続けて、中心となる勤勉な弟子たちと、大きな影響力をもつ一部の後援者たちとの支えにより、数年のあいだ、断続的におとずれる勝利と危機とをよろよろと踏み越えていった。やがて、トマス・モンデールは、遺伝学者であり企業家でもあるひとりの人物と出会った。クレメント・ウォルツだ。

ウォルツがおこしたジェネンコというバイオエンジニアリングの会社は、数多くの遺伝的出生異常を発見、訂正する手法を、偶然に見つけだした。世界じゅうの保健医療制度が、この手法の認可に殺到した。検査にかかる費用のほうが、異常が起きたあとの治療プログラムでかかる費用よりもはるかに少なかったからだ。その結果、ウォルツは三十歳になるまえにとてつもない億万長者となったが、すぐにその境遇に退屈し、もっとやりがいのあることはないかとさがしまわった。ただ金を稼ぎ続けることにはうんざりしていたのだ。科学界および実業界の仲間たちからモンデールを紹介されると、ウォルツはたちまちとりこになった。そのころのモンデールは、自分のシステムに必要なのは、地球を離れた汚れのない環境でいちからはじめることだ、という結論に達していた。ウォルツは、金に支配された世界では、金による汚染から自由になるためにも金が必要だという皮肉を受け入れて、手持ちの財源と賛同する後援者たちから資金を集め、グアテマラ政府に協力を要請して、タパペーケと呼ばれる場所に組み立て工場と打ち上げセンターを建設した。日本からは科学者を、中国からは製造技術を、NASAとかつてのソビエト軍からは不満をもつロケット工学の専門家を集め、モンデール主義のコロニーをどこかよそに設立すると宣言した。世界は大笑いし、あざけった――が、それもタパペーケから打ち上げられた試験機が地球を周回するまでだった。その三カ月後、地球軌道上のプラットホームから単段式ロケットで飛び立った四人乗りの着陸船が、月面のティコ・クレーターにある国連の実験基地から八十キロメートル離れた地点に着陸した。これは、権力や欲望にしばられることのない献身と人間の創造力がどれほどのことを成し遂げられるかの例証なのだと、モンデールとウォルツは愕然とする世界に向かって語った。孤立した中央アメリカの小さな共同体でなら、モンデール主義は機能した。ふたりはつぎに、約束の地球外コロニーは――ほとんどの解説者たちの予想とはちがって――小規模な国際科学調査グループが一年に二度の補給を受けながら厳しい生活を続けている火星には設置しないと発表した。小惑星帯は、通過してあとで開発することになる。木星も、放射線の強い環境が不確定要素となるので除外される。ふたりの目的地は、はるか遠く離れた土星だった。今度は世界もあざけりはしなかったが、軽々しく信用はできないという態度を隠したりもしなかった。しかし、なんということだろう、彼らはやり遂げたのだ！

その後は、遠大な距離と、最初の宇宙船の帰還の頻度の少なさにもかかわらず、のちにはほかの宇宙船も出発するようになって、コロニーは驚くべき速さで成長した。科学が、昔と同じように、確立した常識や省庁への予算配分という政治課題にとらわれることなく、純粋な調査の道具として自由に機能するという物語は、ある特定の種類の人びとを引きつけた。そこには、物理学者やエンジニアだけではなく、建築家や発明家や哲学者や探検家も含まれていた。好奇心旺盛で、一カ所に落ち着いていられない、あらゆる種類の改革者たちだ。彼らを魅了したのは、予算案や会計報告なしで機能するミニチュア社会、共同事業に対して個人がいかに貢献するかが重んじられる世界だった。ある者は、その社会組織にもっとも近いものとして修道院をあげた。価値の――富の――ものさしは、知識と能力だった。それは、盗むことも、ためこむことも、税を課すことも、偽造することもできない。使わないでほうっておいたら、存在しないのと同じことだ。

いつでも、適応できずに故郷へ帰る者はいた。地球の大多数の人びとは、たとえそういうることを考えて自分に結びつけることができたとしても、氷の砂漠で暮らして、機械が供給する空気を吸うような生活をするために、商店街でショッピングを楽しんだあとで映画を見たり、ビーチで寝そべったり、十月のアイオワでトウモロコシを収穫したりといった生活を捨てる者がいることが理解できなかった。だが、世界各地で、ここに数人、あそこにふたりといった具合に人が集まるだけで、軌道上から出発する輸送船は満員になることが証明され、テティス、レア、タイタン、イアペトゥスにも、あらゆる専門家を困惑させるほどの短期間で基地が建設された。それでもなお、一般にはきちがいじみたベンチャー事業とみなされていて、いずれは先細りになるか、唐突に終焉を迎えるにちがいないと思われていた。地球の民間組織や政府機関は、大急ぎであとに続こうとはしなかった。彼らにとっては、なにも得るものがなかったからだ。それは、モンデール主義がつくりだした非現実的な経済システムだった。利他的な後援者が莫大な資金をつぎこみ、地球が生みだした偉大な才人たちが文字どおりただ働きをしているだけだとすれば、これほど遠方の事業に多額の投資をするには熟慮が必要だった。

キーンも、何度か土星行きの宇宙船に乗りこもうかと考えたことがあった。初期ではない。そのころは自分のほうが若すぎた。もっとあとになって、遠い世界で自分に提供するものができてからだ。結婚生活が破綻したばかりのころもそんな気分になった。クロニアの設立にいたった特異な状況の組み合わせにもかかわらず、地球で独自の活動がまったく起こらないことに幻滅したときもそうだ――少なくとも、キーンがまだ若かったころはそうだったのだ。

それでも、キーンは地球にとどまった。いずれそんな気分は消えると思ったし、事実そのとおりになった。

　もし地球を離れていたら、降参したような気分になっていただろう。大きな変化は容易なことではなく、不可能なこと以外はなんでも信じられるという珍しいタイプの人びとがいなければ実現しない。それに、キーンは日没をながめるのも好きだった。枯れ葉をがさがさと踏んで歩くのも、しゃれた岸辺のレストランで食事をするのも、ビーチに寝そべるのも。そういったものすべてを、なぜ意見の合わない人びとに残していかなければならない？　まだまだ闘えるのに？　それに、いまは、地球文化の存続のためには外の世界へひろがることが絶対に必要だという主張が公式に認められる可能性がこれまでにないほど高まっている。亡命者になるにはまだ早すぎるのだ。

　はじめのうち、コロニーは、クロニアの革新的なテクノロジーと、地球のほうがずっと容易に供給できる製品や物資を交換することで、地球との協力関係を維持しようと考えていた。しかし、地球がずっと保留にしていた高度な推進システムを、クロニアが二十年で実現させると、地球の態度はいっそう慎重になり、その結果、クロニア人たちは協調をやめて、自分たちのことは自分でやるようになった。モンデールとウォルツは、八年まえ、タイタンへの再突入時に、乗っていた宇宙船がばらばらに分解して死んだ。だが、そのころには、クロニアは足場をかためて、事実上自給自足できるようになっていた。タパペーケの複合施設はグアテマラ政府が引き継ぎ、クロニアの宇宙船が軌道上にいるときは、出発する移民をシャトルで運び、それ以外のときは、余剰設備をさまざまな国営事業や民間事業のために賃貸しして、ありがたく国家の収入の足しにしていた。

キーンは本気で信じているのか？　世界のほとんどから錯乱しているとか理解できないといって見捨てられた異端者や不適応者の集団が、人類の運命の道筋を変えることができるのだと？

「もちろん信じている」キーンは、その夜のうちに連絡してきた大勢の記者やインタビュアーに向かっていった。「空軍を悠々と負かすのとまったく同じことさ」

6

コーパスクリスティの南東では、入江を横断する一本の橋がフラワ・ブラフ半島へとつながっていて、その半島の先端に海軍航空基地がひろがっている。半島を越えると、土手道がパドレ島へと続いている。フロリダ西部からメキシコまでの湾岸を数珠つなぎにふちどる、砂だらけの細長い島々のひとつだ。ヴィッキーはここで、古びてはいるがよく手入れされ、くつろいだ雰囲気のある一戸建ての家に住んでいた。キーンが設立したプロトニクス社の一員となるために北東部から引っ越してきたときに購入したものだ。ロビンの父親は海軍の軍人だったが、数年まえに中東で政治的な爆破事件に巻きこまれて亡くなっていた。キーンは、家族一同の友人および父親の代理という役割をそっと引き受けて、自分とヴィッキーの生活にぽっかりあいた穴を埋めた。それはロビンにとっても大きな影響があった。

キーンは、コーパスクリスティの南部、湾に面したオーシャン・ドライヴにある自分のタウンハウスから二十分ほど車を走らせて、十時すこしまえにヴィッキーの家に着いた。スポーツシャツにスラックスという服装は、あとで記者会見のときに、ジャケットをさっとはおれるようにするためだ。出迎えたヴィッキーは、週末用の気軽なブラウスとショートパンツ姿だった。そこへロビンが加わり、三人は草の上に腰をおろして朝食をとった——キッチンにつなげるかたちで建て増ししたガラス張りのサマールームのなかだ。キーンから見たロビンは、だれとでも自然に仲良く付き合うことのできるすばらしい少年で、実の父親がいないとは信じられないくらいだった。母親とよく似ているが、髪はもっと黄色味が濃く、肌のほうは、母親とはちがって一年中日焼けしていた。顔立ちはといえば、なにかに熱中して眉間にしわを寄せているときもあれば、遠い虚空をながめてぽかんと目を見ひらき、どこだかわからないが、べつの領域にはいりこんでいることもある。キーンは、ときどき、知り合ってからロビンが投げかけてきた質問をノートに書きとめておけばよかったと思うことがあった。以前、ロビンの学校のだれかから、この少年は注意欠陥障害をかかえているといわれたことがあったが、ヴィッキーは、むしろ意思疎通がうまくいっていないせいだと考えていた。どんな意思疎通の経路にも端がふたつある。他人が干渉することではないので口には出さなかったが、キーンもヴィッキーと同意見だった。彼自身の経験からいって、ロビンは引っ込み思案になることもあったが、興味のあるものごとに対して集中力を維持することもできた。

ヴィッキーは、プロトニクス社での仕事のほかに、自宅で広告画を描くという副業をもっていた。一家の大黒柱でもなくシングルマザーでもないとき、彼女は自分の関心事のための時間をなんとかひねりだしていて、キーンはいつもそのことに驚嘆するのだった。その範囲は、生物学や中世史から、ペン画や家の装飾までさまざまで、その合間に、地元の教会グループのためにパソコンでニュースレターを作成し、ロビンにちゃんと食事をさせ、風変わりなペットたちの世話をし、およそ思いつくかぎりあらゆるテーマの書物をためこんでいた。テレビや新聞でなにか興味を引かれることがあっても、その報道内容はまったく信用しない。本気でなにかを知りたいときには、しつこくさがしまわって信頼できる情報源を見つけるか、それについて知っている人物のところへ行く。ヴィッキーがはじめてキーンの世界へはいりこんできたのは、ふたりがまだハーヴァード大学に在籍していたときだった。ヴィッキーは、銀河の変則的な動きを暗黒物質の存在によって説明する仮説が納得できないからといって、わざわざキーンの居所を突き止め、宇宙の電磁特性について質問したのだ。

「うるさがたが騒いでいるわ」ヴィッキーはそういって、前日のアムスペース社の派手な実演に対してわきあがってきた反応をあげた。「まあ、そうなることはわかっていたけど。そのへんのことはだいたい把握しているの?」

キーンは首を横にふった。「そっちのほうは無視していた。アムスペース社に広報部があるのはそのためなんだから。今日の午後にはたっぷり聞かされるだろう。だれがなんていってるんだ?」

「環境庁《EA》の秘書官がひどく不機嫌なの」ヴィッキーはいった。以前は環境保護庁《EPA》だったのが短縮されたのは、もとの名称がいささか大仰だったからだ。「刑法上は責任を問えないから、宇宙での原子力利用を差し止める国際的な禁止令を布告したいって」

「忠実な支持者のために自分のイメージを守ろうとしてるだけさ。そんなことが現実になるわけはない。国防総省は、いざというときに中国に対抗できるような選択肢を残しておく必要がある。中国がそんな禁止令を受け入れるはずがないからね」

ロビンが卵とベーコンを注視していた。おとなたちが政治の話に熱中しているあいだに、少年の精神はいずことも知れぬ領域へさまよいこんでいた。キーンは、ヴィッキーがカップにふたたびコーヒーを満たすのを見守ってから、キッチンのほうへ目を向けて、べつの話題をさがそうとした。飼い犬のサムが、戸口で寝そべり、片目をあけてこちらを見つめていた。いまだにキーンがこの家の住人なのかどうか判断しかねているらしい。ラブラドルとコリーの血を引いているのはあきらかだが、それ以外にもさまざまな要素が入り交じっているようだ。ヴィッキーが最初につけた名前は〝サムライ〟だったが、そういう雰囲気ではまったくなかった。奥のキッチンで、籠のなかのインコがやかましい鳴き声をあげた。

数枚の写真や絵画が壁面を飾っていた。冷蔵庫の上にはティラノリウルスの模型。

「お、これはなんだ？」キーンはつぶやいた。そして、まえの日の夜にオフィスでヴィッキーにいわれたことを思いだした。「ロビンは恐竜方面を通過しているのかな？　まあそういう歳かもしれないけど」

ロビンがたちまちどこかからもどってきて、興味をあらわにした。

ヴィッキーがため息をついてうなずいた。「ロビンの部屋はダウンロードした写真のプリントアウトで埋まってるわ。ＳＦ映画によく出てくるテーマパークみたい。近くの図書館で恐竜に関する参考書を一冊残らず調べたにちがいないわ」

「専用動物園に新しい動物が加わったりしないことを祈るよ、ＣＲ」キーンはロビンに顔を向けていった。イギリスの児童書に出てくるキャラクターからとった、クリスファー・ロビンというあだ名をつけているのだ。

ロビンは、その可能性についてじっくり考えていたようだったが、首を横にふった。「後始末がたいへんすぎるよ。たぶん、近所の人たちもいやがるし」

「恐竜は実在しないとかいう話を聞いたんだけど、いったいどういうことかな？」キーンはたずねた。「長いあいだずっと、みんなが想像していたってことかい？」

「ママから聞いたの？」

「ああ」

「理論上は恐竜は存在できるはずがない。実在することはありえないんだ」

キーンは続きを待ってから、うながすように手のひらを差しだした。ロビンはふたたびしゃべりだした。

「ランはエンジニアでしょ。基本的なスケーリング則の問題だよ。動物でもなんでも、重さはその大きさの三乗に比例して増大する。そうだよね？」

キーンはうなずいた。「そうだ」

ロビンは肩をすくめた。「でも、筋力は筋肉の断面積によって決まり、二乗に比例して増大するだけだ。だから、動物が大きくなると、体重あたりの筋力は減少する。昆虫は自分の体重の何倍もの重さを持ち運べるとかいうけど、ほんとはたいしたことじゃないんだ。ランが昆虫の大きさになれば、片手でピアノを頭の上に持ちあげて歩きまわることだってできる」

キーンは眉をあげて、ちらりとヴィッキーを見た。「ロビンはちゃんと宿題をやってきたみたいだな」その法則のことはよく知っていたが、恐竜にあてはめたらどうなるかをじっくり考えてみたことはなかった。

「ロビンだもの」ヴィッキーがいった。

キーンはロビンに顔をもどした。「続けてくれ」

「体が大きくなると、話が逆になる。世界でいちばん力が強い人間はだれだか知ってる?」

「うーん……ああ、オリンピックのパワーリフティングの選手かな?」

「そうだね。で、種類は、デッドリフトかスクワットにしようか。いちばん重くてどれくらいになるかな——自分の体重も含めて六百キロくらい?」

キーンは肩をすくめた。「きみがそういうなら。調べてあるみたいだからな」

「そりゃもちろん」ヴィッキーが口をはさんだ。

「じゃあ、その選手をブロントサウルスの大きさにすると、最大のリフティング能力は二十三トンくらいになる」ロビンはいった。「でも、ブロントサウルスの体重は三十二トン。スーパーサウルスはもっと重いし、ウルトラサウルスになると、信じられないかもしれないけど、百六十トンもあるんだよ!」

「へえ」キーンは椅子に背をもたせかけ、それがなにを意味するかにようやく気づいて目をまるくした。「ほんとにそんなに重かったのか?」

ロビンはうなずいた。「こういう推定値は、トロントの博物館で古脊椎動物学のキュレーターをしているヤングっていう人から教わった。スミソニアン博物館でも、べつの人にたしかめてみたよ」ロビンは、ヴィッキーから調査のこつを吸収しているようだ。表情はあいかわらず真剣そのものだった。「でも、ここで重要なのは、世界でいちばん力が強い人間は、自分の体が重すぎて、歩くどころか立つことさえできないっていうことなんだ。しかも、パワーリフターは体のほとんどが筋肉だけど、恐竜はぜんぶ消化器系みたいなものだ。じゃあ、恐竜はどうやって活動していたの？　これでわかるでしょ――恐竜は存在できるはずがないんだ」

キーンはたずねるような視線をヴィッキーに向けた。どんなエンジニアにとっても、これはひとつの挑戦といえる。ヴィッキーは、あいているほうの手をひょいと差しあげて、首を横にふった。

「恐竜は優秀な筋肉をもっていたのかもしれないぞ」キーンはロビンに目をもどし、とりあえずいってみた。

ロビンはちゃんと準備ができていたようだった。「ううん、それはだめだよ。筋肉が生みだせる最大の力は、太い繊維や細い繊維の大きさと、そのあいだの架橋の数によって決まる。これはネズミの場合でもゾウの場合でもほとんど変わらない――脊椎動物全般について同じことがいえる。つまり、体が大きくなることで得られるのは、断面積が増えることからくる利点だけなんだ」

「効率があがることはないわけか」キーンは確認した。

ロビンはうなずいた。「その逆だよ。むしろ効率は悪くなる」

「なるほど……」キーンは、議論のためにあえて反論しようとした。「恐竜は水生動物だった。湖や沼で頭だけをつきだしている絵を本で見たことがある」

「もうだれもそんなことは信じてないよ。水中に適応していた証拠がひとつもないんだ。歯のすり減り方を見れば、やわらかい水草じゃなくて、陸上の硬い植物を食べていたことがわかる。足跡も残っている。水中ではありえない」

「ロビンはこれをぜんぶ自分で調べたのか?」キーンはヴィッキーに顔を向けてたずねた。

「わたしもすこしは手伝ったわ」ヴィッキーはこたえた――案の定だ。「でも、これはほんとの謎みたいに思える――しかも重大な。ただ耳にすることがないだけで」あいまいな身ぶりをしてみせる。「ロビンが指摘した問題のほかに、竜脚類――つまり、長い首と尻尾があるやつだけど――その循環系にまつわる大きな問題があるの。彼らはどうやって血液を脳まで運びあげていたのか? キリンの頭は六メートルほどの高さにあるけど、そのために必要な圧力には、ほかのどんな動物の血管系でも耐えきれない。キリンは、分厚い動脈壁と与圧服みたいな働きをするしっかりした皮膚でそれを実現しているの。でも、竜脚類の脳の高さは十五、六メートル。キリンの三倍か四倍の圧力が必要になる。この問題を調べた人たちは、とてもありえないと考えているわ」

「ふーむ。じゃあ、恐竜は首をまっすぐ上にあげなかったのかもしれない。体を水平にして歩きまわっていたとしたらどうだろう？　……だめか」自分でも信じられず、キーンは首を横にふった。そんなことをしてなんの意味がある？　それに、正確な数値を教えられるまでもなく、付け根の部分にかかる力が生物の組織に耐えられるものではないだろうということは直観的にわかった。

ロビンが引き継いだ。「それに、体重百六十キロでどうやってか空を飛んでいた翼竜なんてのもいる。九十キロの肉食鳥とかね。現在では、最大のシベリアン・ベルクートという鷲でも十一キロくらい。ブリーダーたちが何世紀ものあいだ、もっと大きくしようと努力してきたんだけど、飛行可能な鳥ではそれが限界なんだ」

キーンはヴィッキーに顔を向けた。

「それより大きくなると、どんくさくなるの」ヴィッキーはいった。「アルバトロスみたいな大型の滑空鳥は、飛ぶのがうまくないわ。離陸するまでに何度かやり直すのもしょっちゅうだし、着陸のほうはほんとにぶざま」

ロビンがうなずいた。「だからアホウドリって呼ばれてるんだ」

ヴィッキーは椅子に背をもたせかけてコーヒーの残りを飲み、キーンはふたりから聞かされた話について考えこんだ。ほかに議論できるような点はなさそうだった。やがて、キーンはいった。「恐竜の専門家たちはこういうことを知っているのか？」もちろんそうだろう。ちょっとした妄想というわけではないのだ。

「まあ、わたしたちが思いついた話じゃないことはたしかよ」ヴィッキーがこたえた。「たぶん、なるべく考えないようにして、骨を洗ったり組み合わせたりといった仕事に没頭しているのよ。べつに目新しい話じゃないでしょ？」

アテナの再現というわけか――キーンが物理学をやめてエンジニアリングの世界にもどった理由と同じだ。たいていの研究者は、給料のもとになる助成金を運んでくれる日々の仕事にかまけて、アテナがなにを意味するのかをあまり真剣に考えなかった。だれもが既知のことと認めている題材について論文や教科書を書いているほうが、ずっと安全なのだ。ほかの分野の人びとが既知のこととしている事実と矛盾する可能性がある、やっかいな問題をほじくりだすよりも。そんなことをすれば、いずれ組織全体が危機に直面して、あらゆる方向からトラブルが舞いこむことになる。

「当時の世界環境そのものに、いまとはまったくちがうところがあるはずなのよ」ヴィッキーがぼんやりといった。「恐竜のことだけじゃなくて、すべてのことについて。植物、昆虫、海洋生物。博物館を歩きまわって、復元された展示物を見るといいわ。設計のスケールがまったくことなっている。あんなものを、わたしたちがいま知っている世界と結びつけるのは不可能よ。当時から現在までのあいだに、宇宙規模でなにかが変化している。すべてに説明をつけられるのは重力だけ。当時の地球の重力は、いまよりずっと弱かったにちがいないわ」

キーンは自分の思考を中断して、ヴィッキーに顔をもどした。眉間にしわが寄った。「どうしてそんなことが？」

「知らないわ。でも、そうじゃないとしたら、恐竜は存在できるはずがなかった。でも、現実には存在していた。だったら、ほかにどんな説明があるというの？」

ロビンが前髪をいじくった。なにか奇抜な意見を口にしようとしているときによくやるしぐさだ。「ひとつ思いついたことがあるよ。いまとちがっていたのは地球の重力じゃないのかもしれない」

「ん？」キーンは眉をひそめた。「じゃあ、ほかになにが？　つまり、いったいなんの話をしているのかな？」

「恐竜を絶滅させたのが小惑星かなにかだと考えられていることは知ってるよね」

「ああ」

「みんなが考えているのとはちがって、小惑星が衝突するまで、恐竜はそもそも地球にいなかったんだとしたらどうかな。いっしょにやってきたのかもしれない」

「いっしょにやってきた？　小惑星といっしょに？」

「そう——いや、なんでもいいんだけど」ロビンは訴えるような身ぶりをした。「地球の重力が恐竜が暮らすには大きすぎるのなら、どこかよその場所で暮らしていたはずだよ。理屈からいけばそうだよね？　で、よその場所というのが、地球にぶつかったなにかだとする。それは、みんなが考えているような小惑星だとはかぎらない——だって、ただの岩のかたまりだからね。ひょっとしたら、恐竜が暮らせるだけの大気をもったなにかかもしれない」

「しかし、大気があるとしたら、かなりの大きさが必要になるんじゃないか？」

「そうでもないよ。寒くてガスの密度が濃ければ。タイタンにだって大気があるし……。どっちにしろ、まるごと地球にぶつかる必要はないんだ。そいつは、地球のすぐそばを通過したときに分解して、一部だけがぶつかったのかもしれない」

キーンはあざけりの笑い声をあげそうになったが、ふと思い直した。それでは、キーン自身が一般の科学機関を相手にさんざん苦労させられた、あの自動的な反発と似たようなものではないか。ロビンの意見を否定するだけの材料はあるような気がするが、従来の学説と矛盾しているというだけでは、ああいう手合いの仲間入りをする理由にはならない。ロビンは努力しているのだ。キーンは充分に間をおいて、否定的な態度をとらないようにした。

「衝撃はどうなんだ？」キーンはたずねた。「ああいう小惑星は大気圏に突入したところで爆発してしまう。シベリアに落ちたでかいやつもそうだった……いつだったかは忘れたが。あるいは、アリゾナのクレーターができたときになにが起きたかを想像してみるといい。恐竜の骨は、復元できるほどの完全な状態で残っているんだろう。それに卵も……。足跡まであるんだぞ。そんなものが強烈な衝突を生きのびられるものかな？」

「ロビンからこの話を聞いたとき、わたしも同じことを考えたわ」ヴィッキーがいった。

「可能性はあるよ。充分に大きな岩のかたまりのなかに閉じこめられていれば――それで、毛布みたいに広い範囲にばらまかれたとしたら」ロビンはくいさがった。「空気がクッションの役目をするから」

「すると、恐竜はそもそも地球に住んでいなかったのかもしれないというんだな」キーンはようやく要点をつかんだ。

「そういうこと。恐竜が住んでいたのは……どこかよそなんだ」ロビンは、ヴィッキーのほうへ視線をもどし、〝そっちが意見を求めたんだからね〟といいたそうな顔をした。

キーンは椅子に背をもたせかけ、敬服したように鼻を鳴らした。たしかに利口な少年だ。しかし、利口だからといってかならずしも正しいわけではない。まだ〝証拠〟と呼ばれるささやかな要素について考えなければならない。

「約束はできないが、これからどうするつもりかを伝えておこう」キーンはいった。「この問題を知り合いのふたりの惑星学者に話してみる。意見を聞いてみよう」ロビンには、それだけのことをしてやってしかるべきだった。

「ほんとに!」ロビンはぱっと顔を輝かせた。「わあ、そりゃすごいや!」

「ああ。当然だろ?」


　朝食のあとは、地球におり立ったクロニア人たちが車をつらねてワシントンへ向かう場面の再放送をながめた。キーンは、クロニア人が地球人とならんだ場面をはじめて目にして、以前は本気で考えていなかったことを痛感した。クロニア人は背が高い。セリーナは、当然のごとくひとりだけアップでカメラにとらえられていて、順番に大統領からの歓迎のあいさつにこたえたときにもいい感じだった。クロニア人は椅子から立とうとしなかったし、全員が屋外ではサングラスをかけていた。

キーンとロビンは、一時間ほどかけて、少年が自分のパソコンに新しく増設した電子ペイントボードを試してみた。父親の役割を演じていると、その気になれば社会的責任を果たす能力があると思えるので、セルフイメージを高める役に立った。全体としてみると、のんびりくつろいだ午前中だった。きつかった一週間のあとで再充電をして、同じくらい厳しいこれからの一週間にそなえるには、まさにうってつけだった。そろそろ記者会見のために市内へもどろうかと思ったとき、ワシントンのレオ・カヴァンが、キーンの自宅からの転送で電話をかけてきて、いまは話さないほうがいいが、クロニア人に関していくつか知らせることがあると告げた。きみは来週の頭にやはりワシントンDCへ来るつもりなのか？　キーンは、たぶん明日の夜の飛行機になりますとこたえた。それはよかった、とカヴァンはいった。すこし予定を早めていっしょに夕食でもどうだ？　いいですよ、とキーンはこたえた。なにか重要な話があるみたいですね。カヴァンは、ああ、わたしはそう思うといった。カヴァンという男は、理由もなく行動を起こすようなタイプではなかった。

7

記者会見がひらかれたのは、コーパスクリスティの中心街にあるアムスペース本社ビルの役員会議室だった。ＮＩＦＴＶのほかのふたりの搭乗員、リカルド・フアレスとジョー・エルムズが、キーンといっしょに出席していた。ウォリー・ロマックも、会社の公式のスポークスマンとして、ならんだカメラのまえでテーブルについた。広報部長のレス・アーキンと、技術部長のハリー・ハロランも、画面には映らないところで席についていた。彼らのまえに集まっているのは、ほぼ均等にまじった紙のニュースと電子ニュースのジャーナリストたちで、敵対派もいれば支持派もいたが、大半はことの成り行きを追っているだけだった。前日のテストの緊張はすでにやわらぎ、結果についての予備評価が期待以上のものだったことで、アムスペース社の面々は意気盛んだった。

予想されたとおり、最初のいくつかの質問は、アメリカの企業が予告もなしに宇宙で原子力推進システムのテストをおこなったことではじまった政治的騒動にまつわるものだった。自由派や環境保護派の各種グループは、主義としてこのテストに抗議しており、多くのマスコミの意見もこれに同調していた。ジョー・エルムズとリカルドは、自分たちの仕事は宇宙船を飛ばすことだといってこの手の質問をパスし、さっさとキーンに回答役を押しつけた。キーンはそういう説明をするのに慣れていたので、むりからぬことではあった。しばらくのあいだ、キーンは、前日にジョン・フェルドを相手におこなった主張をくりかえした。それは何十年もまえから宣伝されてきた危険ですが、誇張されすぎていますし、世界が日常的に受け入れているほかの危険に比べればささやかなものです。もっとよしなことを効率よくやるためには、エネルギーの量だけではなく密度が重要なのです。原子核の状態遷移がもたらす密度は、意味あるかたちで宇宙へ進出するためにはどうしても必要であり、いわゆる〝代替エネルギー〟では実現できません。いずれも、とりたてて目新しい主張ではなかった。しかし、キーンが世界に注目されている状況でなによりも期待していたのは、クロニア人が呼びかけているように、人類が種としての安全を確保するために太陽系内へひろがるには、こうした推進方式が絶対不可欠だとあらためて強調することだった。そのチャンスがやってきたのは、あるテレビ局のレポーターが、アムスペース社はクロニア人の大義を利用して金儲けをたくらんでいるだけだという主張に対してどう思うかとたずねたときだった。アムスペース社のスタッフではないので、キーンが回答するわけにはいかなかった。ウォリー・ロマックが、いささか不機嫌そうに口をひらいた。

「アムスペース社が利益を期待していることを否定するのは、あきらかに偽善でしょう。しかし、われわれにはこの四半期の貸借対照表のいちばん下の行しか見えていないのだと考える人びとの相手をするのは、もううんざりなのです。もしも本格的な宇宙開発計画が公式の政策になれば、すべての請負業者が分け前を求めて行動を起こすでしょう。たしかに、アムスペース社も、提供する技術をもっているほかのあらゆる業者と同じように、その列に加わることを期待しています。しかし、われわれみんなにまちがいなく関係する問題とは、人類の未来とその安全です。わたしがなにを話しているのか忘れてしまっている人は、今夜、日没のすぐあとで西の空を見てください。あれは以前にも起きたことであり、ここまでくると、もういちど同じことが起きるまでのんびり待っていられる状況ではありません。つぎのときにはあなたもわたしもとっくに死んでいるというのは、答にならないのです」

「クロニア人が以前にも起きたことだといっているんです」部屋のうしろのほうでだれかがいった。「そうはいっても、彼らは宇宙の辺境で暮らしていて、地球の支援を必要としています。アムスペース社の取り扱う商品が、たまたまクロニアが地球に対して実現を求めているものだというのは、ただの偶然なんですか?」

リカルドが首を激しく横にふり、応援を求めて左右の仲間に目をやった。「クロニア人が暮らしているのは辺境なんかじゃない。それどころか、クロニア人の駆動システムには、おれたちが実演したやつをあっさり負かすほどの能力があるんだ」

「しかし、クロニアは経済的には自立できないでしょう」べつのだれかが口をはさんだ。「彼らのシステムが崩壊しているのは確実です。なんとかして地球の支援を得なかったら、滅亡するしかないのでは」

「それは政治家たちの主張そのものだ」ジョー・エルムズが反論した。キーンのとなり、ロマックとは反対側の席についている。「予算にどんな影響があるか考えたくないんだろう」

「わたしだって考えたくないですよ。あなたはそんなに税金を払いたいんですか？」

「べつに税金でまかなう必要はない」ジョーは応じた。「全体としてみると、この惑星には膨大な資源がある。いまみたいに美容整形やアルコールや娯楽やペットフードにつぎこむのではなく――」

「やはり企業の利益のためでしょう」べつの声がいった。「一部の人びとが疑問視しているのはそこのところなんですよ」

キーンは、こんなところで、だれもがすでに耳にしている疑惑について議論したくはなかった。もっと大きな問題に焦点を合わせなければいけないのだ。「待ってください」キーンは両手をあげた。「そういう話はしばらく脇に置いておくわけにはいきません か？ われわれが語り合うべき問題に比べたらささいなことなのですから。ここで語り合うべきことは、すべての人びとに関係があることなのです……」すこし間をおいて、場の雰囲気が変わるのを待つ。「なにもクロニア人だけが、地球が過去にほかの天体との遭遇によって大規模な変動に見舞われたと主張しているわけではありません。地球や月の表面のいたるところに記された傷跡や隆起が物語っています。すさまじい大量絶滅の膨大な記録が物語っています。突然の気候の変化や極の移動が物語っています。世界じゅうの文化に残された記録が、有史時代にもそういう事件があったことを物語っています。従来は、神話や伝説と片づけられてきましたが、それらは偶然というにはあまりにも確実な証拠になっているのです。事実は何世紀もまえからそこにあったのに、ほとんどの人びとは、それが意味するものから目をそむけてきました。アテナがわれわれに教えているのは、もはやそんなふうに目を閉じている余裕はないということです」

「そのとおり」ロマックが力強くうなずいた。

まえのほうにすわっている黒髪の男が、手をあげて、しゃべりだした。「ヒューストン・クロニクル紙のフィル・オンズロウです。すると、あなたがたは、金星が新しい惑星だというクロニア人の主張を支持していると考えていいのですね？」

一瞬、キーンは虚をつかれた。それは明白なことだと思っていたからだ。「ええ……もちろんです。それも、われわれが語ろうとしていること、昨日の実演がなんだったのかということと密接に関係しています。三千五百年まえ、人類は絶滅の危機に立たされたのです」

「あなたがたは、それを信じて数兆ドルの資金をつぎこめといっているわけです」オンズロウはいった。「しかし、科学者たちはずっと以前からそれはまちがいだと反論してきたのではありませんか？」

「ああ、そうさ」リカルドがあざけるようにいった。「その科学者たちは、木星から彗星が放出されることはありえないといっていた。惑星サイズの物体などもってのほかだと。それで、十カ月まえになにが起きた？　なのに、連中はいまでも同じ主張をくりかえしているんだ！」

「ちょっとちがうぞ。科学者たちは、以前に同じことが起きた証拠はどこにもないといっているだけだ」だれかが指摘した。

「だとしたら、ずっと以前から続いている現実否認の状態から抜けだしていないということでしょう。はっきりしているのはそれだけです」キーンがこたえた。

クロニア人がアテナの出現以前から人びとに認めさせようと努力してきたのは、紀元前第二千年紀のなかごろに、地球が巨大な彗星と接近遭遇したという事実だった。地球の軸は傾き、軌道は変化し、海があふれて大陸をのみこみ、地殻がねじれて山になり、地表の広大な範囲に走る深さ一キロメートルもの裂け目からは溶岩が流れだした。気候は急変し、草原は氷におおわれ、森は砂漠に変わった。文明は崩壊した。数百万という単位で動物が死滅した。いくつもの種がそっくり絶滅した。クロニア人の主張によれば、これらのできごとは、ヘブライ聖書でかいま見ることができる――エジプトを苦しめた〝災い〟や、それに続くできごとの描写がまさにそれなのだ。

大地や川を赤く染めた〝血〟、その後にふりそそいだ灰や燃える岩や炎。こうした描写は、地球が彗星の尾に突入して、まずは鉄を含む塵に、ついで砂礫や隕石の奔流に襲われ、最後に炭化水素ガスが酸素の豊富な大気のなかで発火したという説にぴったり符合する。そのあと、燃える世界からわきあがる煙と塵で太陽が隠され、闇がおとずれる。これと同じ流れのできごとは、中東全域に残る文書だけではなく、アイスランドやグリーンランドやインドの伝説でも描写されている。ポリネシアの島々でもシベリアの大草原でも。日本やメキシコ、中国やペルーといった遠く離れた地でも。強烈なハリケーンが地表を洗い流し、海水が山地にまで押し寄せたという記録は、旧約聖書の『出エジプト記』だけではなく、ペルシアの『アベスタ』、インドの『ベーダ』、マヤの『トロアノ』でも読むことができるし、マオリ族や、インドネシア人や、ラップランド人や、アメリカインディアンのチョクトー族でも、同じように語り伝えられている。そして最後に、彗星の頭と、のたうつゆがんだ尾の各部とのあいだで起きる巨大な放電現象が、天空の神々の戦いとして、ほぼ同じように描写されている。聖書では神とラハブが、ギリシア神話ではゼウスとテュポーンが、エジプト神話ではホルスとセトが、バビロニア神話ではマルドゥックとティアマトが戦い、ヒンズー神話ではシバやヴィシュヌが蛇を倒す。

「それは公平な主張とはいえないと思います」オンズロウが反論した。「現在では、多くの科学者が、その時代になにか異例の事件が起きたことは認めています。巨大彗星がすぐ近くを通過したという説も、たくさんのモデルのなかで提示されています。しかし、金星はどんな彗星よりもはるかに大きいのですよ」

「最近目撃されたどんな彗星よりも、だな」ジョーがいった。

「いまから三千五百年たって尾がなくなったら、アテナは金星そっくりに見えるでしょう」ロマックが付け加えた。

会見場の雰囲気は、ぎりぎりのところで揺れ動いていた。宇宙から帰還したばかりの三人はこの日のヒーローであり、ジャーナリストたちは、プロとしての本能で彼らをこきおろしてはならないと感じていた。オンズロウはまだ眉間にしわを寄せていたが、自分の否定的な意見をしつこく主張することには嫌気がさしてきたようだった。とはいえ、彼らは長年聞かされてきた公式の説明に大きな影響を受けていた。キーンは、この件について説得力のあることばで語れば、ジャーナリストたちをもうすこしこちら寄りにして、ひとりかふたりくらいは味方につけられるかもしれないと感じた。組み合わせた両手をじっと見つめて、顔をあげる。

「みなさんはマスコミ関係者です。われわれが過去に見たどんなものともちがう、空に浮かぶあの物体を、みなさんはどんなふうに呼んでいますか？　ここ数カ月でいちばんよく見かけたのは〝巨大彗星〟でした。まあ、太古の人びとも同じ呼び方をしていたのですが、彼らは天空の物体を神とみなしていました。どの種族でも、どの文化でも、人びとがこれらのできごとに結びつけた神々の名前は、彼らの言語で〝彗星〟を意味する単語と交換可能または同一だっただけではなく、彼らが金星につけた名前と同じだったのです」キーンはあたりを見渡した。会見場はあきらかに静かになっていて、人びとはキーンをじっと見つめていた。

「それは気づかなかったな」新しい声がいった。「なかなか興味深い」

オンズロウはメモ帳になにやらせっせと書きつけていて、声をあげようとはしなかった。

キーンはこたえた。「そのとおりです。興味深いことをもっと教えてあげましょう。エジプト、シュメール、インド、中国、メキシコという、おたがいに遠く離れた場所で作成された昔の天文図には――これらのいくつかは、匹敵するものが十九世紀まであらわれなかったほど正確でした――どれも四つの目視可能な惑星が記されていました。五つではなく。そしていずれの場合も、欠けている惑星は金星でした」キーンはちょっと口をつぐんで、聴衆にその意味を理解する時間をあたえた。そこかしこで、人びとが頭をめぐらして顔を見合わせた。キーンは締めくくりにはいった。「これらの天文図に金星が追加されたのはほぼ同じ時期でした。いずれも、出現したときにはそれを彗星とみなしていました。そしていずれも、彗星が尾を失って惑星へと発達する様子を描いていました。さて、みなさん。これ以上どんな説明が必要だというのですか？」

記者会見は成功だったということで、全員の意見は一致した。その後の、軽食をとりながらのパーティでは、投げかけられる質問の大半から、もっと事情を知りたいという純粋な好奇心と関心を感じとることができた。キーンはことの成り行きに大きな満足をおぼえていたし、ハリー・ハロランもうれしそうな顔をしていた。パーティがおひらきになりかけたころ、外で電話を受けていたレス・アーキンがもどってきて、キーンを部屋の隅へ引っぱっていった。

「明日の晩は予定どおりワシントンDCへ行くんだよな、ラン？」

「すこし早い便にしたんだ」キーンはこたえた。「知り合いと夕食をとろうと思って」

「よし。クロニア人たちが、月曜日の夜に、宿泊中のエングルトンホテルのスイートで非公式なレセプションをひらくことになっている。ガリアンが、きみが街にいるという話を聞きつけて、ぜひ招待したいと伝えてくれといってきた。こっちで返事をしておこうか？　でなければ、むこうの電話番号を教えるが」

「もちろん出席するよ。ぼくに電話をさせてくれ。通信の待ち時間なしに彼らと話ができるのが楽しくてしょうがないんだ。これで、いよいよクロニア人と対面できるわけか」

事態はどんどんいい方向へ進んでいるようだった。

8

あくる日曜日、キーンは昼下がりにワシントンのレーガン空港に到着し、タクシーでシェラトンホテルへ向かった。こちらへ来るときにはよく使うホテルで、ジョージタウンのむこう側にひろがるポトマック川をのぞむことができる。チェックインしたあと、カヴァンに連絡を入れて、予定に変更がないことを確認した。これで、カヴァンが来るまでの二時間、シャワーをあびて、服を着替え、部屋の端末でたまっている仕事をいくらか片づけることができる。

レオ・カヴァンは、官僚主義の奇怪な産物である科学産業調整局で、事実上の内務部に所属しており、〝調査官〟という名目で、国内の科学研究政策を遂行するための立案および監督をまかされていた。キーンがカヴァンと知り合ったのは、まだゼネラルアトミック社にいたころのことだった。カヴァンは、旅と刺激のある人生を求めて空軍にはいったが、結局は、経理部門で品質管理報告と原価分析をするはめになった。歳をくいすぎるまえに宇宙へ飛びだすチャンスを得ようと、スペースコマンドへの配属を申し出たところ、ワシントンへ転属になり、規定と手続きの再検討をするはめになった。キーンの経験からすると、カヴァンはその役割にはまったく向いていなかった。技術的な知識がありすぎるために、官僚主義が当然のようにもたらす効率の悪さを予想できないし、自分ではたいしたことがないと判断した違反をよろこんで見逃してしまう。結果として、ふたりは申し分なくうまが合い、キーンが政府主導の科学政策に絶望してエンジニアリングの世界にもどり、アムスペース社で原子力エンジンの開発をはじめたあとも、ずっと友人のままでいるのだった。

キーンが思うに、カヴァンが彼のことを気にかけるのは、父親が息子がわりの男に自分が思い描いた人生を歩ませたいと願うようなものなのかもしれない。カヴァンは奇妙な二重生活を送っていた。おもてむきは体制の勤勉な奴隷でありながら、その同じ体制を打ち倒すことに邪悪な満足感をおぼえているのだ。体制の敵を有利にする可能性がある内部情報をもらし、体制の犠牲者に埋め合わせをすることは、長いあいだカヴァンをあざむき、ついには罠にかけた権力者に対する、彼なりの復讐なのだろう。もうひとつ、カヴァンには、キーンが過去に遭遇したなかではもっとも奇妙な部類に属するユーモアのセンスもあった。

そのレストランはホテルの裏手にあり、木陰のある川堤へとくだる芝地を見渡すことができた。キーンが窓際のテーブルについて、ブッシュミルズをちびちび飲みながら、岸の近くで演習中のアヒルの小艦隊をながめていると、カヴァンが、ロビーに通じる入口を抜けて姿をあらわし、すぐにキーンを見つけて近づいてきた。キーンは立ちあがってカヴァンと握手をかわし、いっしょに腰をおろした。ウエイターがやってきて、なにか飲み物はとたずね、カヴァンはハウスワインのシャブリで手を打った。

「店としても、まずいワインを客に飲ませて評判を落としたくはないだろうからな」カヴァンはウエイターにいった。「それとも、例によって、最近は経理担当者がワインの仕入を引き受けているのかな?」

カヴァンは定年までそれほど長くないはずだった。その姿を見れば、効率だけが重視されていることは一目瞭然だった。あたかも、長年にわたって専門分野の理想化を推し進めてきた結果、自分の存在にふさわしい外見を見つけたかのようだった——飼い主と犬についてよくいわれるようなかたちで。髪は薄くなりかけていて、体つきも貧弱で、地味な灰色のスーツがだらりと身にまとわりついている。予算内の物資によってかたちづくられた、細い鼻と鋭い顎。骨張った、鳥のような顔は、最小限の皮膚によっておおわれている。ネクタイさえきっちりと正確に結ばれていて、あらゆる種類の無節操を忌み嫌っているように見えた。だが、色の薄い厳格な両目だけは、その内面を隠しようもなく、生気にあふれて敏捷《びんしょう》で、今度は世界にどんな悪さを仕掛けてやろうかと狙っていた。カヴァンの私生活については、キーンはなにも知らないにひとしかった。市内のどこかに住んでいて、アリシアという名のポーランド人のガールフレンドがいる。カヴァンにいわせると、じつにクレイジーな女だそうだが、けっしてその理由が語られることはなかったし、話の様子からすると、ふたりは何年もいっしょに暮らしているようだった。

カヴァンは、もちろん金曜日の実演のことは承知していて、個人的に祝いのことばをかけてくれた。ニュースでは報道されないくわしい話をせがみ、スペースプレーンのロボットみたいな船長のことや、空軍のお偉方のあわてっぷりなどを聞いておおいに楽しんだあと、マスコミの反応はすべてが敵対的というわけではないと認めた。ワインが運ばれてくると、これなら許容範囲だといった。夕食を注文することになり、キーンは旅のあとで食欲が増していたので、特上のヒレステーキと、赤ワインをデキャンタで半分だけもらうことにした。カヴァンはシタビラメを頼んだ。

「あれからずっと大忙しだったんだろうな」カヴァンが、ウエイターを見送ってから話を続けた。「昨日、きみがまだスペースドックにいたときにフェルドとかわしたやりとりと、関連するマスコミの報道をひととおり見たんだ。よくやったな、ランデン。これで大勢の人びとがちゃんと考えはじめるはずだ」

「今度ばかりは話を聞いてもらえたような気がします」キーンはいった。「何カ月も同じことをしゃべり続けて、あらゆる事実を明快にしめしたところで、記者たちはずっと信じていた公式の説明にしがみついたままだったでしょう。でも、今回は彼らに話を聞いてもらうことができたんです」

カヴァンはうなずいたが、キーンが期待したほどよろこんではいないようだった。キーンとしては、カヴァンが話したがっていたことが、良いニュースを相殺してしまうのだと結論づけるしかなかった。

「で、きみはこれだけの騒ぎの合間にも、時間を見つけては例のご婦人の友だちと会っているのかね?」カヴァンはたずねた。すぐに本題にはいるのはやめにしたらしい。目がきらきらと光っている。

「ヴィッキーのことですか?」

「もちろん」

キーンはため息をついた。「レオ、ぼくたちがただの仕事上のパートナーだということはよく知っているでしょう。たしかに、長年のうちに良い友人にもなりましたけどね。どうしていつも、もっとなにかあるんじゃないかと穿鑿するんです?」

「まあ、わたしには関係のないことだとは思うが、きみの年頃の男なら、ものごとをすこしばかり安定させるのも悪くはなかろう」カヴァンはワインをひと口飲んだ。「ヴィッキーには若い息子がいて、広告の仕事もしている。そうだったな?」たぶん習慣になっているのだろうが、カヴァンがつねに情報の確認と相互参照を求めることに、キーンは気づいていた。生まれ変わったら税務監査官になるかもしれない。

キーンはうなずいた。「でも、いまはやるべきことが多すぎて。いずれにせよ、自分だけの空間は必要ですし」

カヴァンは頭を動かして、上のほうをしめした。「あっちには充分な空間がないということかね?」しばらくキーンを見つめてから、くるりとグラスをまわす。「ほんとうは選択の自由を残しておきたいんじゃないのか? きみがここしばらく気にかけているもうひとりのご婦人について、状況を見きわめるまでのあいだ」

キーンは困惑し、眉をひそめてカヴァンを見つめた。

「シバの女王の映画で主役をはれそうな女性だよ」カヴァンはヒントを出した。

キーンは目をまるくした。「ええっ！　セリーナのことをいってるんですか？」

「当然だろう。なぜ驚いたふりをする？」

「なんでまたそんなことを思いついたんです？」

「刺激。変化。異質で未知なるものの魅力」カヴァンの鉤爪《かぎづめ》のような両手が、ロールパンをふたつに割り、その片方にバターを塗りはじめた。「きわめてよく理解できる反応だよ、ランデン――とりわけ、きみのように冒険好きな男なら。ほら、きみはオシリス号が土星を出発するまえから連絡をとっていたじゃないか」ことばを切り、キーンが聞いていることをたしかめるかのようにちらりと目をあげ、さりげない口調で話を続ける。「きみの気持ちもわかる。セリーナはじつにすばらしい。昨夜、クロニア人たちといっしょだったとき、わたしが話をした相手はだれもがそう思っていた」

「なんですって？」キーンは、そのときはじめて、カヴァンが奇妙な回り道をして木題にはいろうとしていることに気づいた。たしかに効果的だった。キーンの最初の反応が怒りからくる胸のうずきだったことは、否定しようがなかった。「もうセリーナと会ったんですか？」

そのとき食事が運ばれてきたので、キーンはなんとか驚きをおさえることができた。皿がならべられ、カバーが取り去られ、グラスにワインがつぎ足された。お楽しみが終わり、カヴァンはぐっと真剣になった。

「わたしは金曜日にべつの夕食会に出席した。ホワイトハウスで、クロニア人の公式レセプションがひらかれたんだ――わたしが〝マーク〟する相手との顔合わせだな。ほかに適当なことばがない」カヴァンは、反応を待つかのように、キーンに思わせぶりな目を向けた。キーンがじっと待っていたので、カヴァンは説明をはじめた。「うちの局は、調査官のなすべき仕事について新しい見解をもつようになった。どうやら、わたしは、国家の客人たちから信頼を得なければいけないらしい。目的はクロニア人をスパイすることだ。われわれの住む世界はどんどん薄汚くなっていると思わないか、ランデン?」

コメントのつけようもなかったので、キーンは身ぶりで話を続けるよううながした。

「わたしは、ほかの数名とともに、ホスト側の公式の代表者――ツアーガイドとでもいうかな――に任命された。今後はクロニア人たちとつねに接触をもつことになる。われわれの任務は、クロニア人たちに接近して、できるだけ多くの事前情報を手に入れ、こちらの交渉者たちが議論の場で優位に立てるようにすることだ」カヴァンは、キーンが口へ運びかけたフォークを止めたのを見て、陰気にうなずいた。「見込みがないんだよ、ランデン。すでに地球はクロニアの主張を受け入れないという方針をかためている。当局が考えているのは、クロニア人たちの信用を落とし、できるだけ早く世間の注目をよそへ向けることだけだ」一瞬、キーンは啞然としてカヴァンを見つめることしかできなかった。料理に目を落としたが、急に食欲が失せていた。しばらくして、カヴァンが付け加えた。「きみの夕食をだいなしにしたならすまなかった。気休めになるかどうかわからないが、勘定はわたしがもつから」

沈黙がおりた。やがて、キーンはいった。「いったいどうなっているんです、レオ？　みんな目が見えなくなったかどうかしたんですか？」

「見えないというより見たくないんだな」カヴァンはスープにとりかかった。「この方面でものごとがどんなふうに動くかは知っているだろう。既成学会は、クロニア人のことを、なわばりへの侵略者とみなし、伝統的な予算配分に対する大きな潜在的脅威と考えている——ここ数年は、ただでさえ予算が減少しているからな。国家科学なんてものはとっくの昔に売り切れになって、国家政策を正当化するための道具と化している。連邦議会の連中はだれも費用の話なんかしたくないんだ。民間企業にしてみれば、投資額が莫大になるのに、その見返りは皆無にひとしい。それが宇宙計画が失速したそもそもの理由なんだ」

キーンは信じられないというように首を横にふった。「いずれ、そんなことは問題ではなくなります。この件については、やらないなどという余裕はありません。つまり、いま話しているのは洗剤の売り方じゃないんですよ、レオ。たぶん、われわれはクロニア人からなにか学ばなければいけないのでしょう。彼らにはノウハウと能力があり、それこそがまさに必要なものなんです。だから、商人の経済学はぜんぶ忘れて、とにかく行動しないと」

「充分に論理的で、たいへん賢明な考えだ」カヴァンは認めた。「しかし、ここでものごとを動かしている権力者たちは、そういうふうには考えられないんだよ」

それ以上の説明は必要なかった。キーンはグラスを見つめて、ため息をついた。「で、どういう話になるんです？　ここしばらく耳にしているのはこんな感じですかね。クロニア人の計画は最初からまちがっていた。あんな遠隔地で社会が自力で存続できると想像することが、そもそもばかげていた……」

カヴァンは早くもうなずいていた。「そしていま、クロニア人は現実に目覚め、自分たちがひろがりすぎたことに気づいた。超彗星や世界の破滅にまつわる今回の主張は、アテナ事件を利用して地球の各国政府から支援をとりつけようという策謀なのだ。これが政府の主張になる。もちろん、既成学会のお偉方は、連係してこの主張を裏付ける。だれだって、勲章をどんどんくばって小切手を書いてくれる連中を失望させたくはないだろう？」カヴァンはスプーンで最後のスープを口へ——薄くてまっすぐで、唇も肉が少ない——運び、キーンをじっと見つめた。キーンが食事を再開できるくらいまで回復するのを待っているらしい。やがて、カヴァンは付け加えた。「連中がかつぎだそうとしているお偉方のひとりは、エール大学の天文学部で学部長をつとめている教授で、最近になって国際天文学連合の事務総長に指名された。紹介の必要はないだろう」

「まさかヴォラーじゃないですよね？」

「もちろんその男だ」

キーンはフォークをゆっくりと皿にもどした。ハーバート・ヴォラーは、まさに完璧を絵に描いたような男だ。キーンの前妻のフェイは、このヴォラーのもとへ走って、のちに結婚したのだ。あれは、キーンが学者としての栄誉ある未来を捨てて薄汚れたエンジニアリングの世界にもどることで、フェイの社会的野望を打ち砕いてしまったときのことだった。

「現段階では、それがどのように関連してくるのかはわからない」カヴァンは認めた。「だが、ひょっとすると、状況が変化して、社会的な結びつきが、純粋に公式なルートでは入手できない可能性を提供してくれるかもしれない。いずれにせよ、ほかのだれにもあてはまらない選択肢だったから、まず最初にきみに声をかけようと思ったわけだ」

キーンは、あいているほうの手でどうぞという身ぶりをしてみせた。「声をかけるって、なんのためです？　まだ、これがどういうことなのか話してくれていませんよ」

「まずは、彼らがどんなふうにそれを実行するつもりでいるかを説明しよう。そうすればもっと話が見えてくるだろう。大衆の抵抗をやわらげるための作戦は、しばらくまえからはじまっている。昨日、テレビできみの友人のヴォラーを見たかね？」

「いえ、あなたが指摘したように、かなり忙しかったので。なにがあったんです？」

「ヴォラーはコロンビア大学で講演をおこなって、太古のさまざまな記録にまつわる主張をあざ笑った……。だが、あれはクロニア人の到着に合わせて数カ月まえから計画されていたことなんだ」カヴァンは上着のポケットから通信パッドを取りだした。「見てみようか」

カヴァンは装置を起動し、いくつかコマンドを打ちこんでネット上に保存されている映像を呼びだすと、キーンのほうから見えるようにむきを変えて、差しだした。キーンは表情を変えることなく、おなじみの男の姿をじっと見つめた。

ヴォラーはたぶん四十歳くらい——ふりかざすことのできる肩書きと実績を考えるとかなり若い。豊かな黒髪をマスコミの有名人みたいに襟《えり》までのばしており、日焼けした肌が、好戦的な顎と相まって、きれいにならんだ歯をきわだたせている。真っ白な歯は、満面に笑みを浮かべたりしかめっ面をしたりと表情豊かな顔に、じつに良い効果をもたらしている。キーンから見ると、学問の世界の表看板にしてはすこしばかりおしゃれな印象が強すぎる気がしたが、そういう特色こそ、トップへのぼりつめるために必要な政治的イメージを高めるのに役立つかもしれない。むしろ、押しの強い検察官とか、ウォールストリートの勝負師のほうが似合いそうだ。ヴォラーの背後のスクリーンには、惑星と太古の神々の名前を載せた表が映しだされていた。ここまでの話に出てきたのだろう。キーンは、近くのテーブルに迷惑にならない程度に音量をあげた。

「……遠く離れた複数の文化において同じ伝説が見られる原因は、四つ考えられます。ひとつ目は〈共通の観察〉――すべての文化が同じできごとを目撃し、それを似たようなかたちで解釈した。ふたつ目は〈伝搬〉――伝説はひとつの場所で生まれ、人間の移住にともなってほかの土地へとひろがった。三つ目は〈心理の共通性〉――どこにいようと人間はとてもよく似ているので、共通する希望や恐怖を反映した伝説を脳が生みだす。そして四つ目が、〈偶然〉です」ヴォラーはことばを切り、演壇をつかんだまま、聴衆を見渡した。「だれもが同じ意見だと思いますが、最後のは合理的に除外できるでしょう。三つ目の〈心理の共通性〉については、ここで確信をもって主張できるだけのデータがありませんが、わたしには可能性が低いように思われます」合理性と謙虚さが充分に伝わったところで、焦点が絞られて核心に近づいてきた。ヴォラーの自信満々の笑顔がひろがり、おおっぴらな嘲笑に変わる寸前で止まった。「いうまでもなく、クロニア人たちは、われわれも〈共通の観察〉という仮説を受け入れるべきだと主張しています。それ以外には選択肢がないとでもいうように。しかし、彼らはあまりにも無頓着に——性急さゆえにと思いたいところですが——ふたつ目の可能性を排除しています。すなわち、さまざまな民族が地球上に分散して、神話や伝説をひろめたということです。言語や宗教や工業技術と同じように……」

「どういう作戦かはわかるだろう」カヴァンがテーブルのむこうから口をはさんだ。「クロニア人たちは、誠実だが誤った信念をもつ未熟者として扱われている。数日かけて旅の疲れを癒したあと、彼らは地球上の選り抜きの場所をめぐるツアーに出発することになる。どのメンバーも地球のことをほとんどおぼえていないし、地球に住んだことがいちどもない者もいる。そこで、グランドキャニオンやアマゾンで唖然とさせ、ロンドンやパリで観光客のようにぽかんと口をあけさせ、わたしのような付き添い役がいろいろと案内したり説明したりする。地球は度量の大きさを見せるだろう。地球は親切さを見せるだろう。しかし、クロニア人たちのイメージはどうなる。彼らがなにも知らずにここへ来たから、われわれは現実を教えてやらなければならない。同じイメージが、世界が科学とみなしているものに引き継がれれば、クロニア人たちの主張に勝ち目はない」

ヴォラーのほうは、人間のさまざまな移住についてくわしく説明をはじめていた。キーンはもう充分だと思い、通信パッドをぱちんと消した。「地球の表面のいたるところに残っている証拠はどうなるんです？　あれはまったく勘定にはいらないんですか？」キーンがいっているのは、地質や化石や気候の記録に残るさまざまな異常のことだ。いずれも、遠い昔の人間たちが語らなければならなかったこととはまったく無関係だ。たとえば、ときには数十メートルというレベルにまで達する急激な海面の変化をしめす証拠が、世界じゅうで見つかっている。開墾されたときには海面の近くだった段々畑が、いまはアンデスの五千メートルを超える山中で雪の下に埋もれている。ばらばらになった何百万もの動物や木々の遺骸が、洞窟や岩の割れ目に山積みになっているのが、ヨーロッパや中国、さらには北極地域でも見つかっていて、シベリア北部では、島をほとんどまるごとかたちづくっている場合さえある。マンモス、バッファロー、馬、ラクダ、カバなどの動物たちの大きな群れが、現在ではそれらの餌となる草地から何千キロメートルも離れた場所で唐突に死滅している。その謎めいた千年紀の真ん中に、古代の人びとが記録を書き残しているのだ。これらすべてが無視されてしまうのか？

「できることならふれないでおくだろうな」カヴァンがいった。「クロニア人たちはいくつもの鋭い指摘をしていて、政界や学界の主流派からはずれた多くの科学者たちがその味方をしている。地球上で大変動が起きたという点については、もはや議論の余地はほとんどない。連中がこれだけは認められないと考えているのは、惑星規模の大変動だ――つまり、アテナが金星のようになるかもしれないという主張だ。そんなことを認めたら、現在の経済力を中心とした体制の基盤を根本的に変えなければならない。クロニア人がいっているのはそういうことなんだ。当然ながら、そんなことは受け入れられない。そこで、連中の狙いは、どんな手段を使ってでもクロニア人の主張をおとしめて、アテナが太陽系の外へ消えて忘れ去られるのを待つことにある。例外的な現象として何年も先まで論文が発表され続けるだろうが、それ以外は、だれもがいままでどおりの安全で快適な生活へもどれるからな」

カヴァンは通信パッドを受け取って、話を続けた。「ランデン、きみが明日クロニア人と会うまえに、こうして話をしておきたかったのは、彼らにこの状況を認識させる必要があることを伝えるためだ。わたしの立場ではとてもそんなことはできない。だが、きみには、政府の帽子をかぶって活動するという足かせがついているわけではない。しかも、クロニア人と接触するという点についてはすでに……」あとはいわずと知れたことだった。

「ええ、まかせてください」キーンはうなずいた。考えることなどなにもなかった。彼はナイフを取りあげて、それをいじくった。

「そういってくれると信じていたよ」カヴァンはいったん口をつぐみ、キーンのグラスにワインをつぎ足した。「ほら、にらむのはやめて食事を楽しみたまえ。テキサスからはるばるやってきたのはこいつのためだろう。すごくうまそうじゃないか」

9

キーンは、ワシントン近辺における仕事用の拠点として、インフォメーション&オフィスサービスという会社でスペースを借りていた。ここの運営役として、キーンが不在のときには代理をつとめるシャーリーが、金曜日から続々とはいりはじめた電話から、いくつか月曜日の面会の段取りをつけていた。十時までは予定がなかったので、キーンはそのあいだの時間を使って、シャーリーが一覧にしていたほかの電話の相手に連絡をとることにした。ひとり目のデイヴィッド・サリオは、本人の自己紹介によれば、キーンもときどきおとずれることがある、ヒューストンの航空宇宙科学協会に所属する惑星学者とのことだった。クロニア人は、ウェブのニュースグループだけでなく、サリオのような大勢の独立系の科学者の注目も集めていた。彼らは学界や政府おかかえの科学者のサークルに属さないので、資金が宇宙関係の企業に流れることを恐れたりはしなかった。サリオは、金星が誕生したばかりの惑星だという説をしばらくまえから気に入っていて、古文書の記述とはべつに、現代の宇宙探査や科学的調査から、それを裏付けるかなりの量の事実やデータを集めていた。アテナの存在は、クロニア人の呼びかけに従って行動を起こさなければならないという明白な警告であり、サリオは、それに協力するために自分になにができるのかを知りたがっていた。キーンはすぐに興味を引かれ、もっと話を聞くために、コーパスクリスティへ帰るときに立ち寄りたいと提案した。どのみちヒューストンを経由するのだ。キーンは、帰る日が決まったら連絡するとサリオに伝えた。

おつぎは、ワシントンに拠点をおくニュース配給会社につとめるバーニーという男で、アムスペース社とのつながりからキーンを見つけだしたようだった。「ええっ、いまワシントンにいるんですか！」電話を受けて、バーニーは叫んだ。「ぜひインタビューを収録させてください。うちの者をふたりホテルへ派遣します。そのほうが雰囲気がいいでしょう。四時はいかがです？　それなら、今夜の配信には間に合います。ご心配なく、いつもやってることですから。問題ありません」

キーンはスケジュールを確認して、承諾した。ほかのふたつの会社も、ホテルでのテープ録音によろこんで同意してくれた。地元にオフィスがある科学雑誌は、今日の夜、テレビ収録のあとで、こちらへ専属のライターを派遣してくることになった。キーンは、ワシントンに滞在するこれからの二日間にそなえて、さらにいくつか段取りをつけてから、この日の最初の会合に出かけた。テキサス州選出の上院議員のひとりと、上院ビルにあるオフィスで会うことになっていたのだ。

週末のテレビインタビューで、この上院議員はレポーターに向かって、アムスペース社のような企業はきっちりひざまずかせ、より従順になるよう仕向けることが「社会的責任」なのだと述べていた。上院議員はキーンに、あんなふうに話したのは大衆に受け入れられるイメージを守るためだったと説明した。「しかし、アムスペース社のみなさんには、わたしが現実的な人間であるということも信じていただきたいのです」それは、警告にも、目くばせにも、うなずきにもとれることばだったが、いずれにせよ、翻訳すればこういうことだった――「献金の流れを止めないようにして、あとは神頼み」

キーンは、活動家グループをなだめながら企業の機嫌をとるなどということよりもずっと大きな問題について語ろうとしたが、ほとんど感銘をあたえることはできなかった。上院議員は自分だけの世界に住んでいた。

昼食は、二年ほどまえから好感をおぼえていた、チャールズ・マクラレンというドキュメンタリー番組のプロデューサーといっしょにとった。マクラレンは、金曜日の実演によってしばらくは原子力賛成派と反対派の議論が復活するかもしれないと考えて、さっそく政治問題チャンネルやニュースネットとのタイアップ番組を検討していた。この話が進んだら、以前のようにキーンに相談役をおねがいしてもいいだろうか？　もちろん、とキーンは承諾した。マクラレンは、センセーショナルであるまえに正確であれというタイプで、事実関係についてはなるべくきっちりさせようとする。キーンは、この男なら公平な報道をしてくれると確信していた。だが、それは退屈な協力作業だった。打ち合わせは、優秀な専門家がはやりのトピックについて番組を作る手伝いをする、というレベルでしかなかった。世界に向かってこの文明は終焉を迎えようとしていると告げるドキュメンタリーを制作する、という話にはならなかった。

午後にはいってから、ペンシルヴェニア・アヴェニューにあるホテルのカクテルラウンジで、ヘイヤー大統領の技術顧問のひとりと会った。彼は、アムスペース社の経営陣をとおして、ほかの同じような企業に非公式に伝えてほしいことがあるといった。国内の大騒ぎや国際世論をなだめるためには、合衆国の領土からの民間企業による原子力装置の打ち上げを禁止する法案を可決する必要があると。だが、そのメッセージは、開発の努力だけは継続するというものだった。というのも、国家の安全保障にとってきわめて重大と思われる状況になれば、この法律は廃止することができる——ただし、それは翌年の大統領選挙が終わってからだ。現実に、防衛方面の省庁は中国の脅威を重視しているので、一時的な不便をおぎなうためのひかえめな資金の供出を認めさせることは可能だろう。顧問はことばを切り、キーンの反応を値踏みしてから、声をひそめてこれは内密の話だという意思を伝えた。

「好奇心でうかがいますが、クロニア人が有している推進システムに匹敵するものを、たとえば五年以内に開発できる可能性はどれくらいあるのでしょう——それなりの資金をつぎこむという前提で。空軍はすでに、その活動範囲を月の外側までひろげることを検討していま す。彼らが特別に関心をもっていることだけはたしかです」

「プラズマ力学、超伝導低温工学、自然渦流計算理論、核変換処理の世界的権威を十人集めて、政治的障害をすべて排除すれば、三年で実現できるでしょう」キーンはこたえた。

顧問は興味を引かれたようだった。「ほんとうですか？　それで、あなたはそういう人材に心当たりがあるのですか？」

「もちろん。わたしの専門ですから」

「仮に、その専門家たちを合衆国へ呼び集めて働いてもらうことを決めたとしましょう。そのためにはなにが必要だと思われますか？　そうしたグループの組織にあたり、あなたに協力していただくことは可能でしょうか？」顧問はことばを切り、いささか微妙な点について考えこんだ。「もちろん、われわれとしては……このうえなく気前のよい姿勢を見せるのが適当だと思いますが」

「その件についてては、もはやわれわれに選択肢があるかどうかわかりません」キーンはこたえた。「優秀な人材はすべて土星へ移住してしまいましたから」

キーンは、三十分だけ時間を見つけて仕事場に立ち寄り、シャーリーにあれこれと確認をとってから、シェラトンホテルへもどり、七時からのクロニア人のレセプションにそなえてシャワーをあびて着替えをすませた。そのころには頭の整理がついたので、アムスペース社の最高経営責任者であるマーヴィン・カーティスに電話をかけ、まえの晩にカヴァンから聞いた状況を説明し、キーン自身がワシントンで一日をすごしたあとで感じたことを付け加えた。それは、カーティスが独自に調べていた情報とおおむね一致していた。

「同業の請負業者からの支援はあまり期待できそうにない」カーティスが、ホテルの部屋にある端末のスクリーンからいった。「科学的に正しいかどうかを決めるのは民間企業の仕事ではないということだ。大学や国立研究所があるのはそのためなんだと」

カーティスはわざわざ説明したりはしなかったが、それはすなわち、大学や研究所のレフェリーがこれならむりがないと判断して承認した、投資家たちを怯《おび》えさせる心配のない低リスクの請負契約だけなら、継続が期待できるということだ。

「困ったよ、マーティン」キーンはため息をついた。長い一日をすごしたあとで疲れ切っていた。「きみはどういう対応をとるつもりなんだ?」

「これまでいってきたことをくりかえすだけだ。クロニア人の主張は真剣に検討するに値《あたい》するのだから、だれもが既得権益を忘れて、事実と思われるものに対して心をひらく努力をするべきだ」キーンが予想したとおりの返事だった。カーティスがもしも闘士でなかったら、そもそもアムスペース社のような企業を運営することはなかっただろう。カーティスは続けた。「ひとつだけこっちで試すかもしれないのは、レスに動いてもらって、独立した立場をとっている科学者たちの声や姿をもっとひろめることだ――きみが話をしたというサリオみたいな連中だな。われわれにはそういう人びとが必要なんだ」

「サリオとは帰る途中で会うことになっているけど」

「そいつはいい。サリオの主張を確認して、ほかに話ができる仲間がいないかどうかきいてみてくれ。体制側にばかりマスコミを利用されなくてすむかもしれない」

「政治のほうはどうなんだ? 防衛方面の抜け穴や、法案が通過したら裏口から空軍の資金が流れこんでくるとかいう話は、どれくらい信用できるのかな?」

その情報は、カーティスにとってはまったくの驚きというわけでもなかった。べつの情報源から、似たような話を聞いていたのだろう。

「そうなればありがたいが、わたしはつねに保険をかける男なんでね。こっちでは、モンテモレロスの運用開始までのスケジュールを早めようという話をしている」カーティスがいっているのは、国境のすぐ南側の高原に建設中の、予備の打ち上げおよび着陸用の施設のことだった。そこなら合衆国の権限はおよばない。「すこしだけ早めるんじゃなく、あれを最優先で進めようということだ」

「なるほど。しかし、それも急場しのぎにしかならないかもしれないな。メキシコ人は、あいかわらずこっちからの圧力にはもろいから」

カーティスはうなずいた。「わかっている。それだけではなく、以前に交渉した、もっと合衆国から遠く離れた見込みのありそうな用地についての再検討も進めている」

「たしか、グアテマラのタパペーケにある最初の複合施設では、一部を賃貸しにしているんじゃなかったかな」

「そうなのか？」

「一カ月か二カ月まえにそう聞いたけど」

「うちでも調べてみよう」スクリーンの手前側にぼやけた影が映り、カーティスが腕時計に目をやった。「このあとべつの約束があるんだ、ラン。今夜のクロニア人との会合はきっとおもしろいものになるだろうな。どんな様子だったか、明日電話を入れてくれ」

「わかった。それじゃまた、マーヴィン」

キーンのほうは、テレビ局のレポーターが来るまですこし時間があった。好奇心から、ニュース検索でクロニアがらみの番組をさがし、いまトップにならんでいるなかからひとつを選んでみた。それは、NBCの中継パネルディスカッションで、太古の情報源には科学的に信用がおけるだけの確実な根拠があるのかどうかが議論されていた。

「絶対にない！」ひとりの参加者がいった。字幕には、カリフォルニア大学の天文学者、ウィリアム・レデンと出ていた。「観測や計測をくりかえしてこそ、適切な科学といえるのだ。」「古文書の筆者が起きたといっていること、起きたと考えていること、起きたにちがいないと考えていることなど、まったくなんの……」レデンは激しく手をふった。怒りが強すぎて、それ以上は筋のとおった思考ができないといわんばかりだった。

灰色の髪の女がこれに賛同した。バンクーバーにある考古学協会の会長だ。「空想から事実を解き放つための信頼できる手法と基準を確立するには、何世紀もかかったのです。わたしはレデン博士に賛成です。このての話は、新聞の日曜版を売るには好都合ですし、これからニュースでさんざん聞かされることになるでしょうが、科学とは無縁のしろものです」

「すると、われわれは良きホストと隣人になるべきだが、こんな主張に大騒ぎするべきではないとおっしゃるのですね？」司会者が思慮深く確認した。

「そのとおりです」

ほかの参加者もほぼ同意見のようだった。反対意見を述べたのは——すこし弱気だな、とキーンは思った――イングランドのどこかにいる歴史学者兼作家だった。「ここで異議をとなえることにはためらいをおぼえるのですが、古代の人びとが、現実に目撃したできごとを描写して、なにか重要なことをわれわれに伝えているというのは考えられませんか？」

「こんな議論をしていること自体が恥ずべきことだ！」レデンがいきまいた。「科学者を自称する連中が、なぜ聖書の引用などに関心をもつ？　おつぎは、水の上を歩いたり、死者をよみがえらせたりといった話をすることになるのか？　クロニアの一件は、なかば宗教的なカルトからはじまっている。なにもかも、でっちあげのエセ科学で聖書に信憑性をあたえようという試みにすぎない。背後で原理主義者の資金が動いている可能性も高いんだ。クロニア人だってむこうでなんとか自活しなければならないからな」

聞いているうちに、キーンはだんだん困惑してきた。クロニア人は聖書の教えを信じろなどという主張はいちどもしていない。あくまでも歴史上のできごとの報告として聖書の記述を引用しているのであり、それも、ほかの情報源で裏付けがとれている場合だけだ。イングランドの男はそれを指摘しようとしたが、効果はなかった。

バーニーが派遣したクルーは時間どおりにあらわれたが、ホテルの裏手の芝生におおわれた川堤でおこなわれたインタビューは、宇宙空間に原子力装置が存在することの危険性をキーンに認めさせようとすることに重点がおかれすぎていた。そのあとでやってきたジャーナリストは、もうすこしバランスのとれた取材をしてくれたが、キーンの予想以上に専門的な話題に深入りしてしまったため、時間がなくなって、続きは翌日の朝食の席でということになった。そのあとでようやく、キーンはエングルトンホテルへ向かうためのタクシーに乗りこんだ。

「今日はどんな調子でした？」運転手が肩越しに話しかけてきた。車は、ロビーの張り出し屋根の下を離れたところだった。

「休む暇もなかったよ」キーンは実感をこめていった。「きみのほうは？」

「まあ、それほど悪くないです。わかるでしょう。あと二年ほど働いてもうすこし金を稼いだら引退します。いまは女房とわたしだけなんで。コロラドへ引っ越そうと思ってるんです。むこうに孫が何人かいるんで。山もあるし、景色はいいし。くつろぐにはいい土地です」

「楽しそうだな」キーンは後席からいった。彼はときどき自分にいい聞かせなければならなかった。たいていの人びとは——たぶん惑星上の大多数の人びとは——どのみちアテナのことをあまり考えていないか、気にもしていないのだと。

10

クロニアの派遣団は、同行している警備要員や管理職員といっしょに、エングルトンホテルの最上部のふたつの階に滞在していた。そこは、ホテルの一般エリアからの立ち入りはできないようになっていて、ワシントンへの公式訪問者の正規宿泊施設となっていた。クロニア人をぜんぶ合わせると、使節が十二名に搭乗員が八名。人数が少なめに抑えられているのは、オシリス号が帰還するときに移民を乗せるための余地を残してあるからだ。ただ、搭乗員の一部は、宇宙船の保守のために最低限必要な作業をするために軌道上に残っていて、あとで地上へおりることになっていた。

ホテルに着くと、キーンは指示されたとおりにまっすぐ八階にあがり、８０９号室で警備要員のチェックを受けた。ダークスーツに身を包んだ愛想のよい若者が、キーンが招待されていることを確認して、上の階のもっと大きなスイートまで案内してくれた。そこで、さらにふたりのスーツ姿の警備要員の許可を得てから、キーンはドアの奥へと向かった。にぎやかな話し声からすると、パーティはすでにはじまっているようだった。キーンは、クロニア派遣団の代表である白髪頭のガリアンが、会場へすこしはいったあたりで椅子にすわっているのを見つけた。やはり到着したばかりらしい東洋人の男女と話をしている。どうやら、来客のひとりひとりをみずから出迎えているようだ。ガリアンは、キーンの姿を見ると、手をふってそばへ招き寄せ、東洋人の男女のことを、日本の宇宙開発担当の行政官とその妻だと紹介した。そして、すわったまま来客を出迎えることを謝罪した。

「むろん、重力の問題だ――おまけに、この二日間はいろいろな会合があったのでね。あなたがた地球の人は、わたしをさんざんこきつかってくれる。それはそうと、わたしはなぜ弁解をしているのかな？　この歳になったら、弁解など必要なくなるものだが」

キーンはにやりと笑い、何度この台詞《せりふ》を聞いたかは知りませんがと前置きして、「……地球へようこそ」といってから、心をこめて握手をした。

日本人の夫婦は、儀礼的なあいさつをかわしたあと、ほかの人びとと顔合わせをするために、べつのクロニア人の案内で部屋の奥へと導かれていった。ガリアンの説明によると、トーレルというそのクロニア人は、オシリス号の正規搭乗員で、身長は二メートル十センチほどあるにちがいなかった。

ガリアンがキーンに顔をもどした。皮の厚い顔に、小悪魔のような鼻、澄んだ両目にはいたずらっぽい輝きがあった。何度かあった待ち時間の長いメッセージの交換から、キーンは、ガリアンのわきたつエネルギーを感じとり、いちどにひとつのことをするだけでは満足できない人物なのだという印象をもっていた。実際に会ってから間もないのに、すべてがその印象を裏付けていた。

「さてと、ラン、ようこそ」ガリアンはいった。「ようやく会えたな。なんとかここまでたどり着いたよ。きみのほうも同じだな。レス・アーキンが伝言を伝えてくれたというわけか。ありがたい」

「みなさんはツアーに引っぱりだされるという話を聞きました」キーンはいった。

「ああ、まずはニューヨークシティ、それからナイアガラの滝……」ガリアンはさっと手をふった。「あとはなんだったか忘れた」

「いつ出発するんです？」

「たしか、明日の朝いちばんだったはずだが……」

「そんなに早く？　冗談でしょう」

「……延期になるかもしれん」

「おや？」

「アレルギー反応だよ」

「ああ、なるほど。それは忘れていました」クロニア生まれの人間がはじめて地球をおとずれるときに、その危険性があることは知られていた。キーンは同情して肩をすくめた。「なにか打てる手はないんですか？」

「あまりないようだな。わたしのような移民はなんの問題もない。はじめて地球へ来る者には勧められた薬を投与しておいたのだが、何人かはやはりだめだった。ふたりは動けなくなって寝込んでいる。朝になったら状況がはっきりするだろう」

ドアをノックする音がした。警備要員がドアをあけると、ふたりの男とひとりの女が姿をあらわした。ガリアンは手を差しだした。「とにかく、わたしはここでホスト役を続けなければならん。奥にはいって仲間と会ってくれ。セリーナもどこかにいるはずだ。今夜は非公式な集まりだからな。スイートにはビュッフェもある。そうそう、これはわれわれ全員の統一見解だが、ほかにいろいろ問題はあるにせよ、地球の食事はすばらしい。わたしはとくにワインが気に入った。クロニアにはまだまだブドウ園は贅沢《ぜいたく》すぎるからな。うちの合成品ではまるで比較にならん。帰ったらかならずそこのところを改善するつもりだ」

ガリアンは、べつのクロニア人に合図をした。褐色の肌の女性で、背の高さと、カジュアルな明るい色のパンツスーツ——どう見てもワシントンの夕食会に出席する格好ではない——のおかげで、すぐに見分けがついた。

「ポーリ、こちらはランデン・キーン、われわれの古い友人だ。彼を案内してみんなに紹介してくれるかな?」ガリアンがキーンに目をもどしたとき、三人の訪問者が近づいてきた。「あとで、かならずきみを見つけだして、パーティがだいなしになるような深刻な質問をするからな。約束だぞ」

ビュッフェはスイートの中央にしつらえられていて、ホテルの従業員が給仕をしていた。サラダバー、薄切りの冷肉にチーズ、温かい料理がいくつか、デザートのカート、飲み物の用意されたバー。キーンの見たところ、すでに十人から二十人の人びとが集まっていたが、スイートの突き当たりはL字形になっていたので、見えないところにもっと大勢いるのかもしれなかった。セリーナは、反対側の窓ぎわで一団の人びとといっしょにいて、カウチの腕に腰かけていた。バーのむこう側には、いささか驚いたことに――本人が説明した仕事を考えれば驚くようなことではなかったのだが――ふたりの男と話をしているレオ・カヴァンの姿があった。

ポーリもやはりオシリス号の搭乗員だった。キーンは、ポーリの話を聞きながら、冷たい料理を盛り合わせた皿を選び、バーでワインのグラスを受け取った。宇宙船の八名の搭乗員のうち四名が、使節といっしょに地球へおりていた。船内に残っている四名のなかには、イドーフ船長も含まれている。ポーリは、キーンが先週の金曜日にニュースになった三人のうちのひとりだと聞いて、驚き、大よろこびして、そばをとおりかかったトーレルを呼び寄せた。トーレルは、使用済みの皿をサイドテーブルに片づけたところだった。

「ここにいる人がだれだと思う、トーレル？ ランデンはね、あたしたちがこっちへ到着したときに見た、あのスペースプレーンと競争をした地球人のひとりなのよ」

トーレルは三十歳くらいで、髪は巻き毛、顔色は悪いが体つきは屈強で、親しみやすいあけっぴろげな態度の男だった。やはり専門がエンジニアリングだったので、キーンとともに、しばらくのあいだＮＩＦＴＶとその実演について専門的なことがらを話し合った。

「すると、明白なことを地球の各政府に納得させるために、これだけの手間をかけているんですか？」トーレルは締めくくりにたずねた。「エネルギーのたいへんな浪費のように思えますね。ここでは、ただ立っているだけでも、たいへんなエネルギーが必要だというのに」

キーンは、部屋にいるクロニア人がほぼ全員腰をおろしていることに気づいた。「やっぱり立っているのはつらいのかい？」

「おまけに、目がまわりそうですよ」ポーリはいった。「あたしはもう、生まれてから目にしたすべての人間を合わせたよりも大勢の人間を見てしまいました。それに、あいかわらずあの発作が……外へ出るのが怖いのをなんていうんでしたっけ？」

「広場恐怖症？」

「そう、それです。重力に対する訓練はしましたけど、完全に準備ができるわけじゃないですから。でも、いちばんびっくりしたのは日中の光のまぶしさです。スクリーンで見るものとは比較になりません。逆に、夜はほとんど星が見えないんですね」

トーレルは、ガリアンからさらに来訪者を引き継ぐために離れていった。ポーリは、キーンを連れ歩いてほかの来客への紹介を続けた。同じアメリカ人だけでなく、さらに日本人が何人かと、ロシア人がふたりと、ドイツ人、中国人、ブラジル人、オーストラリア人がそれぞれひとりずつ。セリーナが、部屋の反対側からキーンを見つけて、手をふった。地球の基準でいえば長身ではあるが、クロニア人のなかでは小柄なほうだ。そういえば、土星へ移住したのはこどものときで、急速に成長発達する時期はもう終わっていたと聞いたことがある。もっと年齢が若い、土星の衛星や低重力の軌道上の居住施設で生まれた者は、そろって二一センチから六十センチは背が高かった。

「先週の金曜日の実演」に加わった搭乗員が来ているという話がひろまったらしく、「夕方のニュースでやってたよ――見たかい？　あそこにいる人がそうなんだ」という声があがるようになり、キーンは引っぱりだこになってしまった。

「きみはほんとうに将来性があると思うのかね――現実的な意味合いで？」アメリカ人のひとりが疑わしそうにたずねた。あとでわかったことだが、チェースマンハッタン銀行の取締役だった。「どうやって利益を出す？　われわれがまだ手にしていないものを、なにかむこうから持ちこむことができるのかね？　より安価に？」

「あなたがたの宇宙船が、あなたがたを地球へおろした国連のシャトルとドッキングできるというのは興味深い」キーンは、ドイツ人がクロニア人のひとりに向かって、ひどいドイツなまりの英語で話しかけているのを小耳にはさんだ。クロニア人のほうは、できものだらけの顔をして、頻繁にくしゃみをしていた。「情報交換した機械的結合規格にもとづいて製造をおこなっているのですか、ヤー？」

キーンは、話に割りこみ、男のドイツなまりをまねして「クロニアの宇宙船とドッキングするための台座があるんだよ」といってやりたくてたまらなかった。だが、行儀よくしなければと、黙ってこらえた。

ガリアンがふたたびあらわれて、キーンを見つけだした。いっしょにいたのは、国防総省で宇宙問題を扱っている部署から来たドルーチェという男で、キーンも一度か二度会ったことのある相手だった。

「地球の宇宙船はこの男に作らせるべきですよ」ガリアンがドルーチェにいった。「ランデンは、長距離システムがどんなふうに機能しなければならないかをちゃんと理解しています。ラン、きみもほんものの宇宙船を見ておくべきだな。われわれが土星へ帰るまえに、オシリス号を見せてあげよう」

キーンは驚いて、目をぱちくりさせた。「本気ですか？」

「わたしは友人をからかったりはしない。手はずはこっちでととのえるから、心配するな。この件については、あとで声をかけてくれ」

ガリアンとドルーチェが移動していくと、キーンはあっというまに三人連れの日本人につかまった。「アムスペース社と提携している企業はどこなんでしょう？」しばらく話をしたあとで、最年長と思われる男がたずねた。「われわれはさらなる資金提供について話し合いたいと思っています。どうすれば適切な相手と連絡をとれるか教えてくれませんか？」

キーンは、マーヴィン・カーティスを紹介しましょうと提案した。日本人たちはよろこんだようだった。キーンがその場を離れると、カヴァンがグラスを手に近づいてきた。

「仕事をしているだけだからな」カヴァンはぼそりといった。『彼らが安心しているときに情報を聞きだせ』といわれているんだ。ここは薄汚い世界だよ、ランデン。薄汚い世界だ」

そして、ふたたび歩み去っていった。

ほかのだれかにつかまるまえにと、キーンはセリーナのもとへ近づいていった。ここまでひとこともことばをかわしていなかったのだ。そのセリーナは、カウチの腕のところに腰かけて、派手ではないがしゃれたドレス――色は黒、ノースリーブ、東洋風の高い襟《えり》、華美にならない程度の飾り――にふさわしい態度をなんとか維持していたが、近づいてみると、さすがに疲労があらわれているのがわかった。明るい緑色のドレスを着て、白くなりかけた髪を高く結いあげた細身の女が、そばに立ってセリーナと話をしていた。たしか、さっきスミソニアン博物館のだれかだと紹介された女だが、名前は思いだせなかった。セリーナが、そばに来たキーンにほほえみかけた。

「ラン、いっしょにどうぞ。おふたりはもう会ったのかしら？」

「あら、この人のことはだれでも知ってるわ」女はいった。

キーンはちょっと不安な笑みを浮かべた。「スミソニアンの方ですよね」

「キャサリン・ゼトルです」女は自己紹介をして、キーンを窮地から救ってくれた。「歴史学者の」

「ああ、そうでした」

「古代史のほうです――でも、わたしまで古びているわけじゃないですよ。とにかく、自分ではそう願っているんですけど」

「キャサリンはいろいろとおもしろい話をしてくれたのよ」セリーナがいった。「アラビアからもどったばかりで――ヨクタン人の発見にかかわっていたんですって」

キーンは記憶をさぐった。たしか二年ほどまえにニュースで大騒ぎになって、それからも科学文献でときどき言及されていた。「はるか太古の文明が新たに発見されたんですよね？専門家のあいだではかなりの驚きがあったとか」この件に関するキーンの知識は、これで品切れだった。

「それではひかえめすぎますね」ゼトルはいった。「従来の概念がすべてひっくり返されたんですから。シュメール人やバビロニア人は世界最古の定住民族だと考えられてきましたが、ヨクタン人はそれよりもさらに時代をさかのぼるんです。それなのに、彼らの建築物や細工品のほうがずっと洗練されているんです。しかも、のちに出現した文化とのはっきりした関連はありません。まるで、本来可能になるよりずっと早く繁栄した、失われた時代の存在を暗示するかのように。なんらかの理由で、ヨクタン文明はいきなり終焉を迎えたんです。となると、わたしたちが文明の曙と考えてきたものは、ずっとあとになってはじまった、第二のスタートだったということになります」

「おもしろいでしょ、ラン?」セリーナがもういちどいった。

「なにがその文明を終わらせたのかわかっているんですか?」キーンは興味を引かれてたずねた。「またもやクロニアの超彗星ですか?」

「ああ、わたしもクロニア人の主張には興味をそそられますが、今夜はそちらのほうの話に踏みこむのはやめておきましょう」ゼトルは片手をあげた。「いずれにせよ、彗星とか金星とかそういったものではありえません。この種族が存在していたのは、エジプトの中王国やイスラエル人のエジプト脱出よりずっとまえのことなんです。わたしは意図的に〝種族〟ということばを使っています。彼らは大柄でした——ここにいるクロニア人たちに匹敵するほど」

「ヨクタン人という呼び名は、ノアの孫息子からとられたのよ」セリーナがキーンに向かって説明した。「わたしは知らなかったけど」

「古代アラビアの伝説によれば、半島南西部の最初の民はその人物の子孫にあたります」ゼトルがいった。「アラビア語ではカフタンになります」彼女はちらりと視線をそらした。「あら、会っておかなければいけない人が帰ろうとしているみたい。失礼します」ゼトルはセリーナの腕にそっと手を置いた。「セリーナ、ふたりでもっとたくさんこういう話をしたいわ。時間ができたら電話をちょうだい――もしも時間ができたら」

「きっとするわ」

ゼトルは、もういちど失礼しますといってから、急いでその場を離れていった。

セリーナはキーンに顔を向けると、ため息をつき、ゆっくりと頭をめぐらして首筋をのばした。「はあ。有名人になるっていうのはこういうものなの？　あなたはいつもこんなことをしているの？　どこからそんなスタミナを手に入れるの？　なにか秘訣でも？」

「ちょっとちがうな」キーンはいった。「ほとんどの時間、ぼくは原子炉やエンジンの相手をしている。これは金曜日からの、ほんの一時的なことだ。この世界では、注目が続く時間はたいていい短いからね」セリーナが手にしているグラスに目を向ける。「おかわりを取ってきてあげようか？　足がきついだろう」

「ああ、おねがい。ウォッカを加えたフルーツジュースならなんでもいいから……」セリーナはキーンにグラスを渡した。「止まり木の小鳥みたいにカウチの腕に腰かけていたら、ちっともレディらしくないわよね？　もしもこのカウチにすわったら、二度と立ちあがれない。消化されちゃう」

「きみだったら、つなぎの作業服でもレディらしく見えないということはないと思うよ。食べ物のほうは？」

「ありがとう。でも、もう充分」

キーンは、バーに行ってセリーナのおかわりを頼み、自分はスコッチをストレートでもらった。今夜は運転することもない。できるだけ楽しむほうがいいだろう。

「ほかにご注文は？」バーで給仕をしているウエイターがたずねた。そして、キーンの顔をまじまじと見つめた。「あれ、あなたは例の三人のうちのひとり――」

「当たりだ」キーンは口もとをおおって小声でささやき、チップ用に置かれているグラスに十ドル札をすべりこませた。「でも、その話はここだけにしてくれ」

セリーナのところへもどって、グラスを渡し、スコッチを飲みながら彼女をながめた。じかに顔を合わせたら質問してみたいと考えていたことがたくさんあった。セリーナの世界や、そこでの暮らしについて知りたかった。自動的に再生して、生物のために必要なものをなにもかも補充してくれる惑星がないというのはどんな感じなのか。生きのびるためにつねに機械に頼らなければならないというのはどんな気分なのか。貨幣のないシステムがどうやって機能し、現在にいたるまで――見たところは――維持されているのかを知りたかった。地球のほぼすべての政府が絶対不可欠だと主張する罰と褒美のかわりに、助け合いによって生きていこうと思えるのはなぜなのか……？　質問は山のようにあった。ところが、いざ会ってみると、そんな質問がこの場にふさわしいとは思えなくなってきた。

「まあ、あなたがずいぶん注目を集めているのはたしかね」セリーナがいった。「地球との対話がうまくいくというお告げだったらいいけど」

「とにかくやってみるさ」

「ところで、どうしてこんなに早く会えることになったの？　大統領がすごく感銘を受けて、ついにあなたたちをほんとうの宇宙計画に参加させることにしたとか？」

「だったらいいんだが」キーンはスコッチをひと口飲んで、カヴァンが部屋の反対側からこっそりとふたりを観察しているのに目をとめた。「ほんとは、ある人物から、ぼくがこっちにいるあいだにきみたちと話をしてほしいと頼まれたんだ。大統領じゃないけど、きみたちの任務に関係のあることだ」セリーナは好奇心をあらわにして、話の続きを待っていた。キーンはあたりを見まわした。このスイートはペントハウスのなかにあり、周囲はぐるりとバルコニーになっていた。「外に出よう。ガリアンも、空気に慣れておく必要があるといっているし」

セリーナは立ちあがり、開けっ放しになっているスライド式のガラスパネルへと歩きだした。キーンは椅子をひとつ持ちあげて、セリーナのあとからバルコニーに出ると、やはり外で話をしている人びとから離れて隅のほうへ向かった。壁ぎわに椅子を置き、手すりに片肘をついて寄りかかり、セリーナが腰をおろすのを待った。

「さっきいった人物というのは、政府の内情を知りうる立場にある。ぼく自身も、今日、どんな反応が起きているかをこの目で見てきた」キーンはかぶりをふった。「地球は、アテナが金星のようになるという主張を受け入れるつもりがない。たしかに、アテナは現実に存在しているし、従来の学説はまちがっていた。だれもそれは否定できない。でも、アテナと金星に共通点があるという指摘に対しては徹底的に闘うつもりだ。連中からすれば、金星は惑星で、ちゃんと惑星らしい動きをする。アテナは一時的な変則であり、太陽系を離れるまでの一年だけの見世物にすぎない……」

キーンは、セリーナが話を聞いていないのかと思って、ちょっとことばを切った。そのセリーナは、窓ガラスに背をもたせかけて、夜空を見あげたまま、はるか遠くを、うっとりしたような目で見つめていた。

「わたしは星が大好き」セリーナがいった。

キーンは頭上をふりあおいだ。「ポーリが、ここにはほとんど星がないといっていた」よく晴れた夜で、ワシントンの基準からすれば条件は悪くなかった。壁がほぼ北を向いていたので、左手のビルのむこうにアテナの尾の端がのぞいていた。キーンはそのときはじめて気づいた。ほんの数日まえまで、セリーナの記憶にある空というのは、なんらかの囲いやヘルメットのなかから見たものでしかなかったのだ。

「少ないわ」セリーナは同意した。「でも、あなたは知ってるのよね、ラン。やっぱり宇宙へ出ているんだから……。ただし、あなたは衛星のひとつから見る土星の姿を知らない。ここの空とは比較にならないわ。写真でもわからない――日光の強さが伝わらないのと同じよ。あれはまるで……」ふたたび顔を空に向ける。「いままでに見た虹をぜんぶ合わせてかき混ぜて、月の十倍の大きさがある輝く球体をつくったみたいなの。で、リングの外側の端からそれをながめる。空へ向かってひろがる金色の海に浮かんでいるような気がするわ。傾いた軌道をもつ衛星にいると、海がのぼったり沈んだりするように見えるし」セリーナはキーンに視線をもどした。「遠い昔から――それこそ、キャサリンが話していたような、文明の曙よりもまえの時代から――土星を空のもっとも偉大な神とみなし、それが海からのぼる姿を描写している伝説がたくさん伝わっているのを知ってる？　おかしいと思わない？　まるで古代人が同じものを見ていたみたい」

　キーンは、街の明かりに向かって眉をひそめ、もっと差し迫った問題に話をもどす方法はないかと思いめぐらした。

「あなたは空の土星を見つけられる？」

「いや……たぶんむりだな。そっちは専門じゃないから」

「見つけられる人は多くないわ――ほかの惑星についても同じ。それもおかしなことじゃないかしら？　惑星はとてもちっぽけな点だから、たいていの人はそれを見つけることさえできない。それなのに、大昔のほとんどすべての宗教や神話のなかで、惑星は人びとの心を畏《い》怖《ふ》と恐怖で満たし、空で激しい戦いをくりひろげる神々を連想させた――しかも、太陽や月よりも強大な存在として。どうしてそんなことになるの？」セリーナは、キーンが返事をするより先にことばを継いだ。「なぜなら、当時は各惑星がべつの軌道で動いていて、おたがいがずっと近くにあったから」

キーンは、セリーナが話題をそらしているのではないことに気づいた。遠まわしに、キーンが持ちだした問題について語っているのだ。

セリーナは続けた。「太古の人びとは金星が木星から放出されたのを見たのよ。ギリシア人にとって、それはゼウスの額《ひたい》から生まれたパラス・アテーネ。ヒンズーにとっては、シバから生まれたヴィシュヌ。エジプト人にとっては、ホルス。すべての名前が同じ惑星をさしていて、それと関連のある空で起きたできごとが、世界のいたるところで何度も何度も同じように描写されている。さあ、あのアテナがその再現ではないという理由を教えて」

「ぼくを説得する必要はないよ。とっくにきみたちの味方なんだから。忘れたのかい？　ただ、この国の政府の判断を左右する科学者たちが、古い神話や伝説に興味をもっていないんだ。ああいう連中は、意見を変えるためには事実と証拠と数字が必要だというだろうが、だれひとりとして意見を変えたいとは思っていない。従来の考えや、いまの世の中の仕組みに満足しているからね」

セリーナはキーンに疑いの目を向けた。「ここでは、ほんとうにそんなことしか重要ではないの？　快適な暮らしと安全な仕事？　名声と昇進？　長期的に人類がどこへ向かっているかとか、真実を知りたいとかいったことには意味がないの？」

「かつては意味があったのかもしれない——よくわからないけど、話だけは聞いたことがあるから。ただ、人びとはいつでも昔のほうが良かったと思っている。いまのモットーはこうだ――〝いまやれることをやって、できるだけたくさんのものをつかみとれ〟。明日なんてどこにもないみたいだ」

「いつの日か、それはおぞましい自己達成的な予言になってしまうかもしれないわね。わたしには、土台に敵意以外のなにもないように見えるシステムがどうやって機能しているのか理解できない」

キーンはユーモアの欠けた笑みを浮かべた。「こっちのほとんどの人びとは、きみたちのシステムがどうやって機能しているのか理解できないんだよ」

「むこうではそれ以外のシステムでやっていくような余裕はないのよ。全員の命がかかっているんだから。力を合わせて働くしかない。それでなにが成し遂げられたかを見てよ」セリーナは口をつぐみ、待ったが、キーンにはとりあえず付け加えるようなことはなかった。短い沈黙のあと、セリーナは話を続けた。「もちろん、わたしたちが用意しているのは古代の神話や記録だけじゃないわ。それはほんの手はじめにすぎない。必要とされるだけの事実や証拠がそろっているの。さもなければ、ここには来ていないわ」

「大量絶滅や地質学的大変動については知っている。でも、それらを引き起こした原因については、ほかの仮説が山のように出まわっているんだ。まちがいなく金星と関係があるということをどうやって証明する？」

「金星は若い惑星なの。何十億年もまえから存在していたわけじゃないわ。何十年もかけて積みあげられてきた証拠があるのよ。わたしたちが知っている大勢の科学者たちが、そのことに気づいている」

「そのうちのひとりと、帰る途中で会うことになっているよ。でも、たとえきみが正しくても、それで金星が地球にあやうくぶつかりかけたということにはならない。きみたちが解決しなければならない最大の問題点がそこだ。金星が木星から飛びだして地球と接近遭遇したという軌道が、いかにして現在の円形の軌道に変わったのか。従来のどんな学説でも、そんなことは起こりえないとされている。だからこそ、こっちではアテナと金星はちがうといわれているんだ。科学で知られているどんなメカニズムをもってしても、わずか四千年でその離心率がほとんどゼロにまで減少することはありえない。科学者たちはきっとそう主張するだろう。きみたちはそれに対してどんなふうにこたえるつもりなんだ?」

セリーナはしばらくキーンを見つめた。「アテナが放出されてから太陽系全域で起きている電磁気の変化について知ってる?」

キーンの視線は心もとなかった。「電磁気の変化って、なんの?」

「宇宙環境そのものよ。その特性が変わりつつあるの」

キーンはまだ眉をひそめていたが、新たな興味がわきはじめていた。「いや……それは聞いていない。話してくれないか」

「この件については、地球のほとんどの科学者たちが情報をもっていないと思う。地球は、そういう事態を把握できるだけの深宇宙探査機を送りだしていないから。クロニアはそれをやっている。だから、わたしたちのほうが状況がよく見えているはずよ」

「なにが起きているんだ？」

セリーナは、腕をふって夜空を指し示した。「あの白熱するかたまりは、十カ月かけて木星からこちらへ飛んでくるあいだに、イオン化した粒子を、何百万キロメートルにもわたって尾のかたちで吐きだしてきたんだけど、その密度はこれまでに知られているどんな彗星と比べても桁《けた》ちがいに高いの……。それは、太陽系の内側の空間を電気活性媒体に変えている——少なくとも、一時的には。さて、プラズマ状態にある白熱する物体を、その媒体のなかで高速で動かすと……」セリーナは最後まで説明はしなかった。

キーンの表情は、それ以上聞く必要はないと語っていた。電気活性媒体のなかで動く帯電体は、そのような条件下では、重力に匹敵する、あるいは重力を超えるほどの力の影響を受ける可能性がある。こうした力は、アテナ出現以前の、太陽系は電気的には静止しているという仮説を前提にした昔ながらの天文理論では、いちども考慮されたことがなかった。

セリーナは、キーンがつながりに気づいたのを見てとり、うなずいた。「クロニアの科学者たちは計算を続けてきたの。わたしたちが地上へおりる直前に、仮の結果がオシリス号に届いたわ。いまは再チェック中だけど、それがすんだら、なんらかの公式な発表をおこなうことになる。でも、あなたが段取りをつければ、地球でも独自に同じ計算をおこなうことができるかもしれない——二重に確認がとれるほうがいいし。探査機が集めたオリジナルデータのファイルにアクセスするためのコードを教えるから。興味深い結果になると思うわ」

11

翌朝、朝食の席で科学ジャーナリストを相手に続けたインタビューは順調だった。キーンとしては、正当な扱われ方になりそうなのがうれしかった。そのあとは、自分の部屋にもどって、約束どおりマーヴィン・カーティスに電話をかけた。テキサス州は東部時間より一時間遅れているのだが、カーティスはすでに出勤していた。キングズヴィルの工場のほうでも、ハロランやロマックといった、技術方面やプロジェクト方面の管理者のほとんどが出勤して、カーティスの要求に従ってモンテモレロスの運用開始を早めるためのハリー・ハロランの提案について知恵をしぼっているようだった。

昔ながらの地上パッドを使っているサンサウシーロでは、最終テストや土壇場での保守作業は風雨にさらされる環境でおこなわなければならないが、モンテモレロスで使われる実験的な設計のサイロでは、準備から打ち上げまでのすべての作業が耐爆性の施設のなかでおこなわれることになる。設備の導入は事実上完了しているので、つぎの段階は、打ち上げシステムの実地テストだった。つまり、実際になにかを打ち上げるということだ。なにかを打ち上げるためには、まず打ち上げるものが必要になる。目下の計画では、通常の（化学ロケットを使った）宇宙船を、分解したかたちでキングズヴィルから陸送して、サイロのひとつで組み立てることになっていた。だが、それとはべつに、固体推進剤と液体酸化剤を使う改良型ハイブリッドエンジンを搭載した小型シャトルの地上から軌道までの飛行テストが、近い将来にサンサウシーロで実施される予定になっていた。ハロランは、このふたつの計画を合体させようと提案していた。軌道上でのテストを終えた小型シャトルを、モンテモレロスに着陸させ、そのまま打ち上げテストに利用してしまえば、陸送の手間がはぶけるわけだ。実行委員会の面々は、午前中に会議をひらいてこの件を検討することになっていた。

キーンは理にかなった提案だとこたえたが、それはアムスペース社の内部の問題であり、彼に直接かかわりのあることではなかった。キーンは、クロニア人との会合の印象をかいつまんで伝えた。あの席で入手したいちばん重要な情報は、セリーナが暴露した、クロニアの科学者たちが発見した太陽系内の環境の変化と、それがなにを意味するかを知るために彼らの計算を検証する必要があるという事実だった。

「ジェリーなら、そっちでアクセス可能な大型コンピュータのどれかで段取りをつけられるんじゃないかと思ったんだけど」キーンはいった。ジェリー・アレンダーは、アムスペース社の研究部の責任者だ。「もしも天体力学の専門家の協力が必要なら、こっちで知り合いを何人か紹介することもできるし」

「急いでやらなければいけないことなのか？」カーティスは、あまり乗り気でない顔でたずねた。「こっちはモンテモレロスの件で猛烈に忙しくなるんだが」

「クロニア人がツアーからもどるまでにこの結果が正しいかどうかを確認することが、きわめて重要だと思う」キーンはくいさがった。「つまり、いますぐ行動を起こさなければならない。クロニア人との連絡と、ファイルや資料の入手についてはヴィッキーにまかせればいい。ジュディスなら、作業そのものや専門家の確保を手伝うこともできる――すごいやつだから。ジェリーにやってもらう必要があるのは、段取りをつけることだけだ」

「クロニア人はどんな計算結果を得たんだ？　それはわかっているのか？」

「いや、クロニア人は未加工のデータを提供してくれるだけだ。それが正しいやりかただと思う。セリーナは、興味深い結果になると思う、といっていた」

カーティスは長々とため息をついて、うなずいた。「わかった、できるだけのことはやってみよう。ハリーと話してくれ。きみから連絡がはいることを伝えておくから。さて、急がないとな。今日はたいへんな一日になりそうだし、今夜は市内で大事な約束もあるから」

「なにがあるんだ？　仕事がらみの食事？　記者クラブ？　なにかの市民活動？」

「妻の連れ子のアンナがチェロの演奏をするんだ。人前で演奏するのははじめてだから、なにをおいても駆けつけないと」カーティスは、質問してもらってうれしそうだった。ずいぶん誇らしげだ。キーンは、政財界の大物が人間らしさを見せる瞬間が好きだった。人類にもまだ希望があるということだ。

そのあと、すぐにヴィッキーに連絡をとって、出勤直前のところを自宅でつかまえた。

「昨夜《ゆうべ》のクロニア人のパーティで、重要なことになるかもしれない話が出た」キーンはヴィッキーにいった。「ジュディスを例の日本人のプロジェクトからはずして、そっちを担当してくれるよう頼んでくれないかな——きみにも手伝ってもらうかもしれない。クロニア人の調査ファイルにアクセスして、過去十カ月間の宇宙環境の電磁特性の変化に関して彼らが集めたデータを見つけてほしい。オシリス号のデータバンクにあるんだ。土星相手のときのような待ち時間は考える必要がない。くわしい情報とアクセスコードをオフィスのほうへ送るから」

「変化?」ヴィッキーは驚いたようだった。

「ああ。アテナが吐きだすいろいろなものが、内星系の自由空間の透磁性や誘電率を変化させている——まあ、太陽風に吹き飛ばされるまでの一時的なことなんだけど。でも、それまでのあいだ、地球の近所は電気的に活性化する。白熱する、強い電気を帯びた物質に作用する力と、それが軌道にどんな影響をあたえるかを計算したいんだ」

「わたしたちにそれをやれと……?」

「いや、ちがう——とにかく、きみたちだけでやるわけじゃない。マーヴィンと話したところなんだ。研究部のジェリー・アレンダーに段取りをつけてもらうことになっている。ただ、アムスペース社のほうも、現在進行中のべつの仕事があって、今朝は全員がパニック状態だ。だから、うちのほうでクロニア人との橋渡し役をしてやりたい。専門家を呼ぶ必要もあるかもしれない。声をかけてみてほしい相手がふたりほどいる。それについても、ほかの情報といっしょに送るから」

ヴィッキーはちょっとキーンを見つめて、すばやく頭をはたらかせた。「これは金星に関係のある話なのかしら?」

「そうかもしれない」キーンはあたりさわりのない返事をした。

「地球の科学者たちはこの件についてまだ知らないということ?」

キーンは肩をすくめた。「議会に無心の手紙を書いたり、ワシントンの蝶ネクタイのカクテルパーティをめぐり歩いたりするので忙しいんだろ」

ことの重大さがゆっくりと伝わったようだった。ヴィッキーは信じられないという顔でかぶりをふった。「ラン……あなた、自分がいっていることが、はるばるニュートンまでさかのぼる天文学の半分をひっくり返すことだと気づいているの? つまりね、わたしが出勤しようとしているときに、こんなふうに電話をしてきて、まるで本棚でも注文するみたいにのんきな口調で……」

「ああ、わかってるけど、いまはその意味を考えて有頂天になっている暇はないんだ。下ではもうタクシーが待っているはずだし」

そのとき、ヴィッキーの背後で、こもった声がなにやら呼びかけてきた。ヴィッキーはふりかえった。「キッチンのテーブルの上だといったでしょ」そして、スクリーンには見えないどこかを指さした。

「ロビンが学校へ行くしたくをしているのかな?」

ヴィッキーが顔をもどした。「当たり。どうしてわかるの、ラン?」

「元気にしているのかな？　恐竜方面でなにか新しいことは？」

「マンモスへ移行したわ。でも、いまはきかないで。興味があるならメモを送るから」

「もちろん興味はあるよ」

「ロビンにあいさつしたい？」

「ああ」

「ロビン、ランデンから連絡がはいってるの。ちょっとあいさつする？」

数秒後、ロビンの姿がヴィッキーのとなりにあらわれた。「おはよう、ラン。ワシントンはどう？　クロニア人と会ったの？」

「もちろん。今度そっちへ寄るときにぜんぶ話してあげるよ」

「それなの？」ヴィッキーが、ロビンのかかえている青いホルダーを指さした。

「うん。二階にあると思ってたんだ」

「なにがはいってるんだ？」キーンはたずねた。

「ああ、学校の科学の授業でやってる課題だよ。ヨクタン人と、発掘現場で見つかったいろいろなものについて、作文を書かなくちゃいけないんだ」

「アラビアとエチオピアあたりでほんの数年まえに発見された古代文明なの」ヴィッキーがキーンのために解説した。「学校もすこしはいいところがあるわね——時代に遅れていない」

「知ってるよ」キーンは快活に応じることができた。「名前の由来はノアの孫息子だ。伝説によると、アラビア半島南部の最初の民がその人物の子孫にあたるらしい。アラビア語ではカフタンだ」

ヴィッキーはキーンを凝視して、目をぱちくりさせた。「あなたがそんなことを知っているとは思わなかった」

キーンはなんとかまじめな表情をたもち、楽しい気分を押し隠しながら、さりげなく返事をした。「なぜだい？　だれでも知っていると思ってたけど」

ヴィッキーはかぶりをふった。「ラン、あなたには驚かされてばかりだわ」

「才能があるといってほしいな。もう行かないと。出勤したらメールをチェックしてくれ。ぼくは明日もこっちにいるはずだ。木曜日に会おう」

キーンは、ホテルを出て一日のスケジュールをこなしはじめるまえに、デイヴィッド・サリオに連絡を入れておいた。サリオは、こんなに早く連絡があったことに驚いていたが、うれしそうだった。今週なら柔軟に予定を変えられるとのことだったので、キーンは、木曜日にサリオと会うことにして、コーパスクリスティへ帰る途中でヒューストンに立ち寄るために飛行機の予約を変更した。ものごとはどんどん先へと進んでいるようだった。

12

航空宇宙科学協会は、研究と教育のための機関で、請負業者と関連企業のコンソーシアムによって合同で設立された。資金は民間から出ていて、国庫からの支援は受けていない。その目的は、業界にとって絶対不可欠な、この分野の優秀な専門家を供給することだ――それも、政治課題に合わせて基準をねじ曲げることから生じるやっかいな問題なしに。最初の採用者たちの多くは、ＮＡＳＡのレイオフと、その後のジョンソン宇宙センターの規模収縮のおかげで確保することができた。ヒューストンが拠点に選ばれたのは、それも理由のひとつだった。

キーンにとっては知らない場所ではなかったが、デイヴィッド・サリオがつとめている惑星研究セクションに立ち寄ったことはなかった。設立者の各企業がおもに関心をもっているのは、商業面や国防関連なので、基本的には、ロケットの打ち上げや地球軌道上での活動にまつわる研究に重点がおかれていた。月面でのさまざまな実験プロジェクトや火星での科学探査にもかかわってはいたが、こちらのほうはやはり小規模にとどまっていた。しかし、より遠い将来を見据えた理論研究にも多少の労力を費やしていることが、探査と冒険というイメージを高めて、大衆を興奮させ、株主を満足させ、広告募集の面でもすばらしい好結果をもたらしていた。それに、一般的な固定観念とは逆に、方針決定にたずさわる経営陣の多くは、純粋に好奇心旺盛だった。

協会の運営理念は、通常の大学の門戸開放の伝統にのっとっていて、より微妙で秘密を要する仕事はどこかよそで進められていた。その結果、約束の時間より十分以上早く到着したキーンが、空港から乗ってきたタクシーをおりて、ぶらりとグレン・ビルにはいり、ロビーの案内板でサリオのオフィスが五階にあるのを確認して、そこまであがっていくあいだ、サインしたり、バッジを着けたり、保安チェックを受けたりする必要はまったくなかった。エレベーターをおりた先は、観葉植物が置かれたカーペット敷きのエリアで、ガラステーブルのまわりには革張りのふかふかの椅子がならび、壁の見晴らし窓からはヒューストンのハイウェイのインターチェンジを見渡すことができた。標識に従って自販機コーナーを通過し、似たような番号のドアがならんだ、ところどころに掲示板がある通路を進んで、521号室にたどり着き、わきにある名札でそこがデイヴィッド・R・サリオのオフィスだと確認した。キーンはノックをして、ちょっと待ってから、そっとドアをあけてみた。なかから声が呼びかけてきた。

「キーン博士ですか？　どうぞ、はいってください。すぐに行きますから」

オフィスの光景は見慣れたものだった。資料であふれたデスク、コンピュータのワークステーション、雑に詰めこまれた本棚、壁にかかったホワイトボード。すべてが、全世界で見られる〝ホモ・サピエンス・テクニクス〟の生息環境の特徴をそなえていた。サリオはコンピュータに向かって、スクリーンに映しだされた格子状の描画データをあちこちクリックしては、フラグをつけたり、キャプションにコメントを付け加えたりしていた。

「ジェット推進研究所のある人に急いでこいつを送らなけりゃいけないんです。一分もかかりません。コーヒーかソーダでも飲みますか?」

「ありがとう。でも、飛行機のなかで食事はすませたから」

サリオは二十代のなかごろから三十歳くらいに見えた。まっすぐな黒髪、無精ひげのはえた顎、ふちの分厚い眼鏡は、まるで学生のような印象だったが、格子縞のシャツ、ブルージーンズ、先のとがったカウボーイブーツという服装とはいささか不釣り合いだった。スクリーンをにらむ様子は、アイコンをつついたり、キーをすばやく断続的に叩いたりと、まるで小鳥のように落ち着きがない。かたわらのデスクには、家族の写真をおさめた額があり、魅力的な女性と、ふたりの幼い、幸せそうなこどもが写っていた。奥の壁に貼られたポスターは、ヨセミテ国立公園のエルカピタンの登攀《とうはん》ルートをしめしたもので、そのとなりのコルクボードには、仕事用のメモや、いろいろな土地の絵はがきや、マンガのコレクションが留めてあった。

やがて、メール送信の画面があらわれ、サリオは派手なしぐさでファイルを目的地へ送りだした。それから、立ちあがって片手を差しだした。「すみません。待ったなしの仕事ってやつでしてね。さて……あなたのすわる場所をあけないと」サリオは、壁ぎわの椅子から書物と書類の山を持ちあげ、ファイルキャビネットのてっぺんをすこし片づけてそれをのせた。キーンが腰をおろすと、サリオはデスクをまわりこんで自分の椅子を引っぱってきた。それから、キーンをながめて、目にかかる髪を押しあげた。「いやあ、あんなに早く連絡をもらえてほんとにうれしかったです。ここであなたとじかに会えるとは思ってもみませんでした。有名人がこのオフィスに立ち寄ることはめったにありませんからね」

「いや、ぼくはそういうことはあまり重視していないんだ。きみにもわかるだろう。週末になれば、マスコミはだれかべつの獲物を見つけているよ」

「アムスペース社での肩書きはなんになるんですか？　よかったら教えてください」

「正確にはアムスペース社の社員ではないんだ。原子力力学が専門の技術コンサルタント会社を経営している。プロトニクスという名前で、拠点はやはりコーパスクリスティにある」

「ああ……」

「そっちが本業だよ。先週の金曜日の派手な実演はたまたまだ」

「おかげでたいへんな反感を買ってますよね。でも、あなたはそうなることがわかっていた」

「なにかをやりたいと思ったら、人目につくようにしないと。このまえ話したときにいったように、アムスペース社も、ぼく自身も、ほかのさまざまな関係者たちも、クロニア人の主張の宣伝に協力したいと考えている。これほど重要な問題なのに、政治や科学の世界の独断主義によって真相があかされないようなことがあってはならないと信じているからだ――現実にそうなりかけているんだからね。きみは協力したいといった。興味をもったから、ぼくはここにいるわけだ」

「ほんとにうれしいです、キーン博士。何年もまえから格闘してきた問題なんで」

「〝ランデン〟でいいよ。じゃあ、きみや、きみが連絡をとりあっているというほかの科学者たちが、どんな研究をしてきたのかについて話そうか。とくに、金星が若い惑星だという件について。多くの証拠がそれをしめしているという話だったけど」

「モーゼと関係があるのかどうかについてはなにもいえませんよ」サリオは警告した。「ああいう文書には、熱特性や大気組成について書いてあるわけじゃないですから。ここでいいたいのは、金星について知られているほとんどすべての事実が、あの惑星がまだ若い、最近まできわめて高温だった物体であるという見解に合致しているということなんです」サリオは椅子をうしろに倒して、頭のうしろで両手を組んだ。「学校の生徒が最初に学ぶのは、アメリカとロシアの探査機が一九六〇年代に発見した驚くべき事実についてです――少なくとも、従来の学説から考えれば、それは驚くべきことでした。金星は、地球とほぼ同じ大きさで雲もあったので、かなり似ているのではないかと予想されていました。太陽に近いぶんだけ、いくらか暖かいにしても。実際の金星は火山だらけの大釜でした。表面温度は摂氏四百七十度以上という、鉛が溶けるほどの高温で、大気には酸と炭化水素が充満し、気圧は地球の九十倍に達します。とても休暇をすごしたいと思うような場所ではないわけです」

「温室効果の暴走だと考えられているな」キーンはいった。どんな教科書にもそう書かれているし、それを疑う理由も、それについて調べてみる理由もとくになかった。

サリオは顔をしかめた。「ええ、〝考えられて〟います。適切なことばの選択ですね……ランデンさん。そういう説が考えられたのは、金星が太古から存在する惑星だという仮定に事実を当てはめるためでした。しかし、実際にはそうはいきません。大きな弱点はきわめて単純なものです。本来の温室効果では、屋根にあたるものがあって、内部の熱い空気が対流によって上昇し、それと入れ替わりに冷たい空気がぐるりと下降するのをふせいでいます。惑星にはそんなおおいはありませんから、地表の熱い気体が上空の冷たい層と混じり合うのをふせぐことはできません。温室効果では、すこしは気温が上がるかもしれませんが、四百七十度もの温度差を維持するのは不可能です。そんな状態になるずっとまえに、対流と宇宙空間への放熱によって熱平衡に達してしまいますから。それだけの温度差を維持するためには、熱源が太陽ではなく、惑星そのものでなければなりません」

「まだ若い、最近まできわめて高温だった物体」キーンは相手のことばをくりかえした。

「そのとおり。どうやろうと充分な熱が地表までたどり着くことはないんです。まあ、ほとんどの場合は。まず、太陽光の大半は、地上五十キロメートルの雲のおおいで反射してしまいます――だから、金星はあんなに明るく輝いているんです。雲を通過した光も、深く濃密な大気の層で急速に弱まりますから、太陽光によって熱せられるのは最頂部だけになります。熱的にいうと、むしろ地球の浅い海に似ていますね――太陽光のほとんどは海面から九十メートルまでの範囲で吸収されていますから。金星の地上気圧は、地球の海面下九百メートルのそれにほぼ匹敵します。赤道上でさえ、それだけの深さになると、水温は氷点の四度くらい上にしかなりません。つまり、温室効果が無制限に進行することはありえないんです。断熱体が増えれば、伝わる太陽光の量も減少します。あるポイントを超えたら自滅するんです。断伝達上の損失が追加の断熱体によっておぎなわれることがなくなり、気温は下がりはじめます。海の底の熱が宇宙へ逃げることはありませんが、それで沸騰するわけではありません」

キーンはじっくり考えてみたが、まちがいを見つけることはできなかった。うなずいて、話の続きをうながす。

「これは、アメリカとロシアの最初の探査機が送りこまれたときから知られていたほかの事実とも合致します。温室効果が原因なら金星は熱平衡に達しているはずですが、現実はちがいます。金星が放射しているエネルギーは、太陽からふりそそぐエネルギーより二十パーセントも多いんです。夜は五十八日間も続くのに、そちら側の温度が下がることはありません。それどころか、すこし高いくらいです。金星には大量の余熱があるんです」

「内部の熱源が高温をもたらしているという仮説と合致する冷却曲線モデルの算出はおこなわれているのか？」

「ええ──たいへん興味深い結果が出ています。クロニア人がいうように、三千五百年まえに白熱状態にあったという前提で計算すると、現在の表面温度は摂氏四百七十度になります──観測結果とぴったり一致します」

「岩盤に放射能があるという可能性はないのか？　地球ではそれが温度を上げている。金星でも同じじゃないのか？」

「地球と比べて一万倍もの熱を生みだしていると？」サリオはかぶりをふった。「ありえませんね」

キーンは眉をひそめて、ここまでの説明について思い返してみた。「これが何年もまえからわかっていたというのか？　だったら、どうして同じ説ばかり聞かされていたんだろう？」

サリオは肩をすくめた。「いちどある説になじんでしまうと、感情面でもつながりができてしまうんです。それと矛盾する事実を受け入れることができなくなって、あれこれ奇抜な理由づけをするようになります。だから、先へ進むためには、ひとつの世代が死に絶えるのを待つしかないんです」

「しかし、そんなことがありえるのかな？　科学というのは、客観的で、公平で、みずからを正すものだ。どの教科書にもそう書いてある」

サリオは、ユーモアの欠けた笑みをうっすらと浮かべた。ふたりの考え方が一致していることはあきらかだった。キーンは、ふたりのあいだで真のコミュニケーションがはじまろうとしているのを感じた。考えてみると、サリオは研究者としてひどく孤独な道のりを歩んできたにちがいない。サリオは話を続けた。

「大気組成にもおかしな点がいろいろあります。たとえば、よく知られているように、上層の雲には硫酸が含まれています。おそらく、炭化水素ガスに含まれる三酸化硫黄が、現存するわずかな水と反応して生成されたのでしょう。しかし、雲に含まれる硫酸は、太陽の紫外線によって分解するので、長くはもたないはずです。金星が生まれてから四十億年たつなら、硫酸が残っているはずがありません。ところが、現実には存在しています。

中層部の大気には二酸化炭素が大量に含まれています。本来なら、数千年で一酸化炭素と酸素に分離して、簡単には再結合せず、そのまま大量に残っているはずです。ところが、現実にはそうはなっていません。

それに、金星の海はどこにあるのですか？　数十億年もたてば、ガスから莫大な量の水が生じているはずです。従来の説明では、ガスが分離して、酸素のほうは岩に吸収され、水素のほうは惑星外へ脱出したことになっています。しかし、多くの科学者がこの説には賛成していません。第一に、金星の地表に、ここで問題になっている量の酸素を吸収できるだけの厚みがあるとはとても思えません。第二に、分離によって酸素が生じたのなら、その酸素は、地球でもそうなっているように、大気圏上層部のオゾンと再結合して、紫外線を遮断し、一連の流れを断ち切ってしまうはずです。ひとつのメカニズムを自明のこととして、べつのメカニズムを無視するというのはおかしいでしょう？」

話はまだまだあるようだった。

「続けてくれ」キーンは、感嘆の目でサリオを見つめながらいった。

サリオは、好きなのを選べとでもいうように、片手をぼんやりと投げだした。「アルゴンの同位体の比率。アルゴン40は、カリウム40の崩壊生成物で、時とともに増加します。金星が地球と同じくらい古い惑星だとしたら、それも地球に匹敵するほどのレベルまで達しているはずです。しかし、現実には、十五分の一程度にとどまっています。いっぽう、アルゴン36は惑星誕生時から存在する物質ですから、現在は地球と同レベルまで減少しているはずです。しかし、現実には数百倍の量が存在しています。どちらの数値も、若い惑星の最初の大気に見られる特徴なんです……。お望みなら、濃密な腐食性の風による浸食が起きていないとか、表土が存在しないとかいった話もできます。地表の平坦さ。数多くの崩れた火山から流れだした膨大な量の溶岩。書物には、火星のオリンポス山こそ太陽系最大の火山だと書かれています。それはまちがいだと思います。金星こそ最大の火山です。惑星全体が、冷えつつある火山なんです」

キーンはすでに、サリオのことを、自分の仕事に真剣に取り組み、事実を正しく理解できるタイプの人間だと認めていた。キーンは椅子に背をもたせかけて、こめかみをもんだ。しばらくして、彼はふたたび顔をあげた。「こうした証拠については、すべて情報源をしめすことができるんだね？」

「もちろん。月に残る証拠についても含めることができますよ。なにかが、極の移動やさまざまな破壊をもたらすほど地球に接近したとすれば、月にだってその痕跡が残っているはずですから」

「そうなのか？」

「ええ——月の片側だけに、なにかが近くを通過したために、強烈な潮汐による圧力と高熱が加わった痕跡があります。海にひろがる溶岩は、潮汐力によって溶けたものなんです。あれが何十億年もまえに噴出した溶岩だったとしたら、深い表土におおわれているはずです。しかし、表土は事実上皆無です」

キーンはゆっくりとうなずいた。そういえばどこかで読んだことがある。アポロ計画を発案した科学者たちは、着陸船が塵のなかに沈むのではないかと心配していたらしい。

「月の海は片側にひろがって、巨大な円形の刈り跡をかたちづくっています。月がなにかと接近遭遇したとすれば、まさにああいう跡が残るでしょう」サリオは話を続けた。「月面で地震が起きるのは、長さが似かよった二本の帯状の地域に集中しています。もしも月が数十億年まえに死んでいたとしたら、そもそも月震など起こらないはずです。これが意味するのは、なにかの原因で最近になって基礎構造がゆがみ、そこから回復しつつあるということです。これなら、何世紀ものあいだ謎とされてきた海の周囲の隆起も説明がつきます。あれが大昔からあったものなら、とっくに重力によって沈んでいるはずです」サリオは、これで決まりだというように両手をひろげた。「現在では起きるはずのない火山活動が起きていたわけです。海にひろがる溶岩はコヒーレントな磁気を帯びていて、それはすなわち、地球や太陽の磁場よりもはるかに強力な磁場が存在するなかで冷えてかたまったということを意味します。では、その磁場の出所はどこだったのでしょう……？　まだ続けますか？」

「わかったよ、デイヴィッド。状況がのみこめてきた。あとは、おおもとの情報源を参照して自分でたしかめるから」

キーンは立ちあがり、情報を消化するかのように、両腕を曲げのばしした。一方の壁にはられた図には、銀河系星雲が描かれていた。だれかが一本の矢を書き足して、そこに注釈をつけていた。〈きみがいるのはここ……あるいは、この近くのどこか――ヴェルナー・ハイゼンベルク〉

サリオは、デスクの書類をすこしととのえて、キーンに考える時間をくれた。

やがて、キーンはサリオに顔を向けた。「で、どうしてきみの考えが、ぼくたちが耳にしてきた通常の学説といっしょに流布することがなかったのかな？　きみは自分がやりたいように研究を続けているように見える。どこでそういうちがいが生じるんだろう？」

サリオの張りつめた表情が、はじめてやわらいで、微笑に近いものに変わった。「まあ、これはいわゆる趣味の領域で、ここではだれにも気にとめてもらえないんです。われわれは体制の一員じゃありませんからね。この協会を運営する関係者たちが興味をもっているのは、あなたやわたしが科学と考えているものとは対照的なテクノロジーです。学界で波風が立つことは、われわれが心配するようなことではないんです」サリオは唇をなめて、ドアをしめした。「ほんとに飲み物はいらないんですか？　わたしはとりに行きますけど。もっとも、しゃべっていたのはわたしばっかりでしたね」

「じゃあ、コーヒーをもらおうかな」

「いいですね」サリオは椅子から立ちあがった。「あなたがエレベーターをおりたところにある来客用エリアへ行ってもいいですし、ゴミやよごれを気にしないのなら、もっと近くに職員用の隠れ家があります——コーヒーはそっちのほうがましですね」

「そっちにしよう。くつろぎやすいかもしれないし」キーンは、サリオがデスクをまわりこんでくるあいだに、エルカピタンのポスターをながめた。「きみはああいうところを——登るのか？」

「以前は登りました。でも、最近は、ほかのことに時間をとられているので……」サリオはデスクの写真をふりかえった。「いや、歳をくっただけかもしれませんけど」

「すてきな家族だね」キーンは、サリオのあとについてドアへと向かいながらいった。「奥さんの名前は？」

「ジーンです。カナダ人なんですよ——こっちの病院で緊急救命室の看護婦をしています。わたしはイングランドの大学で長期研修休暇《サバティカル》をとらないかといわれてまして。ジーンはすごく興奮してます——まあ、ふたりともそうですがね。妻はヨーロッパにはじめて行くことになるんです」

「すごいじゃないか」

　ふたりは通路を進み、両開きのドアにたどり着いた。サリオは足を止めて、片方のドアをひらき、キーンを実験室のような場所へ導き入れた。「さあ、わたしがほんとうにやっていることを見てもらいましょうか」

　部屋の中央にあったのは、機械加工部品の複雑な集合体で、電子装置や、配線や、レンズや、可動機構がおさまっていた。全体はキッチンテーブルくらいの大きさで、車輪付きの架台にのせられている。白衣姿の男女ふたりの技術者が、なにやら作業に取り組んでいた。学生のように見える若者がひとり、奥の壁ぎわのコンソールに向かってすわっていた。

「人工衛星の計測機器みたいだな」キーンはいった。

「そのとおりです。いま組み立てているモジュールは、土星をめぐる低軌道へ投入することになっています。惑星へ降下する探査機もあるんですよ」

「これはクロニア人との取り引きの一部なのか?」キーンはたずねた。地球の数多くの企業が、おたがいに利益がある分野で、コロニーとの共同事業に取り組んでいた。

サリオはうなずいた。「クロニア人がわれわれのためにモジュールを運び、軌道へ投入します。お返しにどんな取り決めをしているかはきかないでください。わたしが興味があるのは科学的な側面だけですから」

そのあとは、技術的詳細についての話が続いた。キーンは、通りからぶらりとはいってきてこんな高度な装置に出くわすのは、なんだかのんきな話だといった。

「ああ、これは設計上のアイディアをテストするための試作品ですから。実際に土星へ運ぶやつは、カリフォルニアで組み立てられています。でも、あなたのいうとおりですよ。むこうでは、無塵室に、ガウンに、フィルタ処理した空気――まさに本格的です」

サリオは先に立って奥の作業エリアへと向かった。そこでは、片側の壁の左右いっぱいに窓がひろがっていて、その下に作業台がのびていた。工具や資材をおさめたラックと、コンテナや箱や正体不明の装置類をのせた棚が見える。てっぺんがプラスチック製の傷だらけのテーブルのまわりを、スチール製の椅子が乱雑に取り囲み、コーヒーメーカーをのせた小さな冷蔵庫が、そこがランチエリアであることをしめしていた。サリオは、キーンのためにマグカップにコーヒーをいれ、好きなようにやってくれというようにミルクと砂糖を入れた容器のほうへ手をふってから、自分用に下の冷蔵庫からレモンソーダの缶を取りだした。

「それで、きみは金星がかつてはアテナのようだったというクロニア人の主張に賛成だと考えていいのかな?」いっしょに腰をおろしたところで、キーンは本題にもどった。

「まあ、熱のことも、炭化水素ガスのことも、これまで話したほかのあらゆることも説明がつきますからね。それに、金星の大気全体が、東から西へ向かって、地表のおよそ百倍ものスピードで高速回転しています。これは、濃密な尾が惑星にぐるりと巻きついて、いまだに角運動量を浪費しているという仮説にも合致します」

サリオはソーダの缶をぷしゅっとあけた。

「それに彗星のことがあります。アテナの放出にともなって新彗星が大量に生まれた以上、彗星が太陽系の外からやってきたという学説は見直しを余儀なくされます。もっとも、わたし自身は、そんな説はほとんど無視していましたけど。だって、ほかにどうすれば、宇宙空間で岩の密度まで圧縮された物質が生まれるというんです?

しかし、話はそれだけではすみません。太陽系がいかにしてかたちづくられたのかという問題そのものを、考え直さなければならないかもしれないんです。前世紀に提示されたきり、いまだにだれも論破できていない主張に、従来の潮汐モデルや降着モデルはどちらも正しくないというのがあります。分裂効果を考えると、いずれの内惑星も木星の軌道の内側で形成されることはありえないというのです。もしそうだとしたら、それらの惑星はいったいどこから来たのでしょう？　すぐに思いつくのは、もしも金星とアテナが木星から分裂して生まれたのだとしたら、ほかの内惑星も同じではないかということです。木星はただの彗星工場ではなく、惑星工場でもあるということになります。それはまさに、クロニア人がわれわれに納得させようとしていることです」

サリオはようやく飲み物を取りあげたが、そこでまたちょっと考えこんだ。

「最大の問題は、軌道の真円度をいかにして説明するかということです。従来の学説では説明できませんから、〝天文学教会〟もその点については頑として譲らないでしょうね」

キーンは椅子に背をもたせかけ、驚きの目でサリオを見つめた。ふたりの考えは完全に一致していた。「ぼくが月曜日の晩にクロニア人たちとまさにそのとおりの話をしていたといったら信じるかい？」

「じかに会ったんですか？」

「それもワシントンに出かけた理由のひとつだったんだ」

サリオは感銘を受けたようだった。「クロニア人にはなにか考えがあるんですか？」

「ああ、そうかもしれない」キーンはことばを切り、反応を待った。

サリオは手をふって先をうながした。「どうぞ、続けてください。今度はわたしが話を聞く番です」

「軌道がつねに重力の作用だけで決定されるわけではないとしたら？　アテナ出現のようなできごとによって、宇宙の電気的環境が変化し、電荷誘導の力がいちじるしく増大する状況が一時的に生まれたとする。それは大きなちがいをもたらすんじゃないか？」

サリオはすぐには返事をせず、まじまじとキーンを見つめた。「それが事実だと考えるだけの根拠があるんですか？」

「クロニア人はそれなりの根拠をつかんでいる可能性がある」

キーンは、セリーナから教えてもらったクロニア人の発見の内容と、コーパスクリスティで手配を進めている計算についてざっと説明した。当然のごとく、サリオは興味津々だった。

キーンは、結果が出たら連絡すると約束した。

サリオのオフィスにもどって、キーンはようやく、この男に会いに来たいちばんの理由となる質問をすることができた。「もしもアムスペース社がマスコミ報道やその他もろもろの手配をしたら、今日ぼくに話してくれたような内容を公表してくれるかな？」

「よろこんで。そもそもあなたに連絡をしたのはそのためだったんですから」

「上司たちとのあいだで問題が起きることはないのか？」

「ありません。さっきもいったとおり、上の連中から見ればこれはただの趣味ですから。予算や、契約や、完成日に影響がないかぎり、だれもあんまり心配しないんです」

サリオは昼食をどうかと誘ったが、キーンが乗る飛行機の出発時刻が迫っていた。サリオは、キーンを空港まで送るタクシーを呼び、両脚をのばしてぐっと息を吸いこんでから、いっしょに玄関まで行きましょうといった。

「で、大勢の天文学者たちがこの件について考えようとしない理由を、きみはどう考えているんだ？」ふたりでタクシーを待ちながら、キーンはたずねた。サリオの考えとカヴァンの考えを比較してみたかったのだ。「つまり、きみとぼくだったら問題はない。もしもきみが通りでふつうの人をつかまえて、人類は金星のせいであやうく絶滅しかけたことがあるんだといったら、『へえ、そいつはおもしろい。もっと教えてくれ』という返事がかえってくるだろう。どうしてそういうことにならないのかな？」

サリオは遠い目をした。そうした人間心理について考えることには、あまり慣れていないようだった。「世界全体が確実性と威信という基盤の上に築かれているとしたら、それを失うという考えに直面するのはむずかしいかもしれません。ふつうの人びとは、毎日のように不確実さや不安定さに甘んじているわけですから」

「そうかもしれないな」キーンはいった。とにかく、それもひとつの考えではあった。

サリオは続けた。「いずれにしても、すべての天文学者がそうだというわけじゃありません。わたしが首を突っ込まないようにしている政治的なしがらみは山のようにあります。知り合いの西海岸の天文学者たちなら、こういう話題がもっとオープンに議論されることを歓迎するでしょう。でも、公式の説明を決めるのは、ケンブリッジのハーヴァード＝スミソニアン・センターに本部をおく国際天文学連合です。ここに、全世界から電話やネット経由で、観測結果の報告や発表内容の調整について連絡がはいるんです。つながりのあるワシントンの金融・防衛セクターは、いずれも視野が保守的で地球中心です」

キーンはゆっくりとうなずいた。カヴァンは、最近になってヴォラーが国際天文学連合の事務総長に指名されたといっていた。「じゃあ、西海岸ではなにが起きているのかな?」

「パサデナのジェット推進研究所に、似たような情報集散センターがあるんです。国際天文学連合はおもに国立科学財団の支援を受けています。ジェット推進研究所は、NASAのためにカリフォルニア工科大学によって運営されています。つまり、民間の団体ですから、より独立性が高いんです。たしかに、あそこの多くの科学者たちは、クロニア人が望んでいるようなかたちで、ふたたび太陽系の全域へ探査機を飛ばすことを歓迎するでしょうが、政府の資金と結びついているところが問題ですね」

「むこうではだれと話をしたらいい?」キーンは興味を引かれてたずねた。

「思いつくかぎりでは、ジェット推進研究所のチャーリー・フーがいちばんです。通信センターを仕切っていて、大量の演算処理をおこなう業務にたずさわっています。フーが、あなたと同じようにクロニア人とじかに接触しているとしても不思議はないですが、そのことはあまり公表されないでしょうね。とにかく、わたしのほうでフーを紹介してもいいですよ」

もうひとつだけきいておきたいことがあった。タクシーが駐車場の入口に姿をあらわしたとき、キーンは、ロビンがいっていた、恐竜は地球に衝突した物体によって運ばれてきたのだという説を思いだし、それについてどう思うかをサリオにきいてみた。ロビンからその話を聞かされたとき、キーンはあまりにも突飛だと思った。いまとなっては、それほどでもないような気がしたのだ。

「それは専門外ですね」サリオは、如才ない返事をしようと努力しているようだった。「あなたが思いついたんですか？」

「いや。友人の息子さんの思いつきだ。十四歳でね」

サリオは驚いたような顔をしたが、感心したようでもあった。「いまいったように、専門外なんですよ――ただ、いくつか問題点は指摘できます。考えさせてください。その子の電子メールのアドレスを教えてくれますか？　協会からじかに返事があるほうが、ずっとうれしいんじゃないですかね？」

タクシーの客室のテレビはつけっぱなしになっていた。キーンはすぐに消そうとしたが、ちょうどそのとき流れていた番組で、ニューヨーク州の上院議員がクロニア人に関する見解を述べていることに気づいて、手を止めた。

「クロニア人は銀行に預金がないのに拡大しすぎてしまった。わたしにいわせれば、彼らが力説しているあれこれは、地球に住むわれわれから金をだまし取り、そもそも試みるべきではなかった無謀な事業をなんとか立ち直らせようとする策略にすぎない。申し訳ないが、わたしの返答は、地球には解決しなければならない問題がいくらでもあるということだ。そう、わたしは支援をするべきではないと考えている」

13

ジュディスは、プロトニクス社で一年をすごして商業面の経験を積んでから、大学にもどって博士課程修了後の研究を続けるつもりだった。ブロンドで、美人で、胸が大きくて、脚も長く、原子炉熱力学やイオン化ガス流における電荷分布について計算をしていないときにはヌード雑誌でモデルをつとめるほどなので、これまでありとあらゆるジョークや固定観念に悩まされてきた。婚約者は、テキサス州の自動車代理店チェーンを所有する一族の出身だが、自分の取り分の財産を研究と音楽の作曲につぎこんでいた。キーンは、人生に不釣り合いの種が尽きることはないらしいと思っていた。

「ジェリーのほうでダウンロードしたいくつかの軌道力学プログラムを改造しなければならないの」ジュディスは、オフィスに顔をのぞかせたキーンの質問にこたえて、ここまでの作業の進捗《しんちょく》状況を伝えた。「プリンストン大学のノイゼンダーと話をしたら、協力はするけれど、いま取り組んでいる仕事が片づくまではむりだといわれた。それはそうと、あなたによろしくって」

「わかった」

「そうね、一週間か二週間かな」

「うーん」キーンは顔をしかめた。「クロニア人が本格的に仕事にとりかかるまえに終わらせてしまいたかったんだけどな。もっと早くはできないのか？」

「説得を続けるわ。すこしは早められるかもしれない」

「できることはなんでもやってくれ。土曜日のダラスのコンピュータショーはどうだった？」

「悪くはなかった。このマシンの完璧な後継機を見つけたわ。理想どおりなの。イメージタンクのドライバ、音声操作、数学プログラム対応」

「すごそうだな。でも、いまは世界を救うのに大忙しだから」

「ヴィッキーがカタログを持ってるから。仕様と、あと価格と」

「わかった、見てみよう。ほかにはなにか？」

「セリアがカリサキの件をどんどん進めているわ。明日までに草案を仕上げないと」

「最高のスタッフだよ。またあとで」

キーンは自分のオフィスにもどり、メッセージを見直した。カレンのメモは、明日の午前中に会議があるという確認だった。アムスペース社のカーティスやそのほかの上級管理者を相手に、サリオと話をしたあとの状況を報告するのだ。ウォリーからは、ハリー・ハロランの提案が正式に承認されたという連絡がはいっていた。サンサウシーロからハイブリッド式シャトルを試験的に打ち上げ、そのあとでモンテモレロスに着陸させるという計画の仮の実施日が、二週間後に決まったとのことだった。ずいぶん早い。キーンは無言でうなずいてから、もっと下のほうの見出しに目をとめた。昼ごろにガリアンから録画映像が届いていたようだ。キーンがそれを起動させると、一瞬おいて、見慣れた白髪頭の顔がスクリーンからこちらを見つめた。

「やあ、ランデン・キーン。たぶん大忙しなんだろうと思ったから、電話で追いかけまわすかわりに、もどったときに見られるようにこれを残しておくことにした。われわれは、ツアーに出発するためにようやくワシントンを離れようとしている。楽しみだよ——惑星全体がこの都市なみにあわただしいとは思えないからな。ひとつ伝えておきたいんだが、わたしは、きみにオシリス号を見せてあげるという月曜日の約束を忘れてはいない。現に、イドーフ船長と話をして、きみと連絡をとってくれるよう頼んである。なにしろ、あれはイドーフの宇宙船だから、彼に招待してもらわなければならないのだよ」ガリアンはちょっと目をそらした。「またやいのやいのいっているようだ。もう行かないと。今度はきみが客人になる番だ。セリーナがよろしくといっている。機会ができたらゆっくり話そう。それじゃ」

たしかに、四つ下のメッセージは、オシリス号のイドーフ船長からの、宇宙船への招待状だった。イドーフは、残念ながら、宇宙船までの移動手段についてはキーンにまかせるしかないといっていた。いまは船内もがらがらなので、キーンがいっしょに連れてきたい人がいるなら、その人たちも歓迎すると。キーンはスクリーンを消して、椅子に背をもたせかけ、じっくりと考えてみた。さまざまな理由で宇宙船と地上とのあいだを行き来している公式のシャトルなら、席を確保することは可能だろうが、これまでの経験から考えると、退屈で自由のきかない訪問になるはずだった。もうひとつ、あきらかに可能性があるのは、ウォリーが二週間後に予定しているといっていた、アムスペース社のテスト飛行だ。キーンはこのアイディアについて熱心に考えこんだ。一石二鳥が可能なら、一石二鳥だっていいのではないか？　いまのところキーンがあのテストに加わっていないのは、彼には関係のない通常タイプのエンジンを搭載しているためだが、それは変更が可能だ。テストでは小型シャトルが使われる。使わない空間はたくさんあるだろう……。

キーンは、あらためてスクリーンに向かい、キングズヴィルのウォリー・ロマックを呼びだした。

「ランか、どうした？　ワシントンのほうはどんな調子だった？」

「順調だったよ、ウォリー。そのあともいろいろあってね。明日、午前中に街でマーヴィンたちと話をしたあとでキングズヴィルへ行くから、そのときにきみにも説明するよ。いまは、ハイブリッド機とモンテモレロスのミッションについて話したいんだ」

「進行中だ——二週間後の打ち上げをめざしている。メモを送ったはずだが」

「ああ。見たよ。きみが自分で飛ぶつもりじゃないよな？」

ロマックは驚いたようだった。「まさか。通常の試験飛行だからな。わたしが飛びたいと思う理由があるか？　そのへんは若いときに充分堪能したよ。そのために搭乗員を雇っているんだから」

「とはいえ、きみは主任設計士だ。ちゃんとした理由があれば飛行名簿を変更できるはずだ」

「ラン、ゲームはやめてくれ。どういうことなんだ?」

「クロニアの宇宙船の内部を見たくないか?」

「オシリス号の?」

「そうだ。じつは招待を受けている。料金は、軌道までの移動手段を提供してくれればいい」

キーンが本気だということが伝わるまで数秒あった。ロマックは驚きをあらわにしてかぶりをふった。「やれやれ、きみはひと晩クロニア人たちといっしょにいただけなのにな。いったいなにをやった?」無料のコンサルティングでも申し出たのか?」

キーンはにやりと笑った。「クロニア人にそんなものが……。なあ、ウォリー、ぼくのことはよく知ってるだろう。必要とあらば口先巧みな策士になれるんだ。で、どう思う? できるかな?」

ロマックは首をかしげて考えこみ、唇をすぼめた。「たしかに心引かれる提案だ……」

「ほかのだれかを誘うこともできる。小型シャトルで運べるだけ何人でもかまわない。シャトルの評判をひろめる役にも立つだろうし」

「まったくそのとおりだな」ロマックはしばらく唇をかみ続けたあと、うなずいた。「わかった、できるだけのことはしてみよう。約束はできないが、ハリーのほうに話してみる。それでいいか?」

「充分だ。それじゃ、ウォリー」

「またな」

キーンは回線を切り、からっぽのスクリーンをじっと見つめながら、人生のすべてが正しい方向へ動いているというめったにない感覚をしばし味わった。マーフィーの法則はそれ自体にも適用されるのだから、つねにそのとおりになるわけではないということになる……ということは、そのとおりになるのだ。いままではその理屈を思いつくことができなかった。

キーンは立ちあがり、ぶらりとヴィッキーのオフィスにはいった。ヴィッキーは、ジュディスといっしょに取り組んでいるプログラムのプリントアウトにせっせと目を走らせていた。

「下層甲板の生活はどんな具合かな?」キーンはプリントアウトをのぞきこんだ。

「かなりきついことになりそうだけど、プリンストン大学のノイゼンダーが加わってくれればなんとかなると思う」

「よかった」キーンはしばし黙りこんだ。「だったら、お祝いをするだけの理由があるな。会社がガレー船の奴隷に感謝していないといわれたくないし」

ヴィッキーはちらりと目をあげた。「どういう意味、ラン? 〈バンダナ〉でまた楽しい時間をすごそうってこと?」

「そうすれば、きみからロビンのマンモスについて教えてもらえるな。メールはもらったけど、くわしい話は聞いていないから」

「そうね。ぜんぜん手がまわらなくて。ほら、あなたがワシントン観光をしているあいだ、このちょっとした仕事を進めなければいけなかったのよ」

キーンはにやりと笑い、好奇心をあらわにしてヴィッキーをしげしげとながめた。「きみが心待ちにしている宇宙旅行を手配してあげられるとしたらどうかな？　〈バンダナ〉のビールよりすごい話じゃないか？」

ヴィッキーは手を止め、なにか聞きまちがえたかという顔でキーンを見つめた。ふたつの目が無言でさぐりをいれてくる。長いあいだいっしょに働いてきただけに、キーンは、ヴィッキーは感覚器の仲介をすっとばしてキーンが考えていることをじかに検証できるのではないかと感じていた。やがて、ヴィッキーが口をひらいた。「本気なのね」

キーンは、さりげない、しかしおおらかな身ぶりをしてみせた。「それだけじゃない。ついでにオシリス号の見学というのはどうかな？」

ここまでくると、ヴィッキーの顔には、やっぱり胸くそ悪いジョークだったのかもしれないという表情が浮かびかけていた。

キーンはうなずき、満面に大きな笑みをひろげた。「ほんとうだよ。さて、お祝いをする気分にはならないかな……？　そうそう、きみの作業リストにもうひとつ追加してくれ。最高のカリフォルニア・ワインを各種詰め合わせた木箱を注文したい。手配をしてくれたガリアンにプレゼントするんだ。ガリアンがワイン好きだって知ってたかい？　クロニアではまだほんもののワインは作れないんだそうだ」

14

アテナは、さらに加速しながら水星の軌道を通過し、太陽の輝きのなかへ姿を消した。太陽の裏側の近日点で、時速百六十万キロメートルもの速度を獲得したあと、わずか二週間でふたたびその姿をあらわした。ジュディスは、ジェリー・アレンダーやプリンストン大学の専門家たちと協力しながら、金星の初期の運動について新しい発見をもたらすかもしれない計算に取り組んでいた。ハロランがロマックの提案をマーヴィン・カーティスに伝えると、サンサウシーロから打ち上げたシャトルをモンテモレロスへ着陸させる計画を延長して、キーンがもちかけたオシリス号とのランデヴーをそこに組み込むことが承認された。キーンとヴィッキーの席が確保され、社内ですこし議論がくりひろげられたあと、残りの席をめぐって上級管理者と技術スタッフの面々でくじ引きがおこなわれることになった。

こちら方面のものごとはとても順調に進んでいたが、うれしくないニュースもあった。NIFTVの実演に刺激された反対勢力は、あいかわらず興奮しており、これから実施される試験飛行は、彼らの不満をはっきりしめす機会になってしまうはずだった。今回のシャトルが原子力エンジンを搭載していないという事実は問題ではなかった。攻撃の標的は会社の名前そのものだった。

打ち上げまであと二日と迫ったとき、カヴァンが、キーンが住んでいるオーシャン・ドライヴのタウンハウスに連絡してきた。もう夜だった。キーンは、通りのむかいの隣人といっしょに、裏庭のプールのわきでビールを二杯ほど飲んだところだった。

「やあ、ランデン。やっとのことで、わりあいに正気の世界にもどってきたよ。いまなにかやっているのか？　きみに見せたいものがあるんだが」

「いいえ、ひさびさにくつろいでいたところです。おかえりなさい。ハワイと日本はどうでした？　クロニア人たちはぶじに生きのびたんですか？」

カヴァンは、クロニア人の一行に付き添って旅を続けてきた。以前に概要を説明してもらった、大衆がクロニア人に対していだくイメージを操作するという作戦が、現実のものとなりはじめていた。キーンから見れば、自立した、自由な発想の科学者たちが、いかにもうぶな、お人好しの観光客として紹介されていたのだ。

「ほとんどはよく耐えているが、何人かはストレスを感じている。交渉がはじまるまえに、重力からのがれてひと息入れるために、交替で宇宙船にもどることになっている」

「いい考えですね。ガリアンはどうです？　最年長ですが」

カヴァンは鼻を鳴らした。「ひとりでも、フットボールのチームをまるごと集めたより多くのエネルギーがあるみたいだ。あの男のことは心配する必要はない」

「なぜか驚きはありませんね」キーンは手のひらをひょいと差しだした。「それはそうと、あなたのほうでつかんだことは？」

「現在の状況についてはちょこちょこと情報がはいっている。きみの友人の、航空宇宙科学協会のデイヴィッド・サリオの名前は、うちの部内でも頻繁に聞かれるようになってきた。マスコミが急にあの男に関心をしめしはじめているようだ。そのことが多くの人びとを動揺させている」

「アムスペース社の広報部も大忙しですよ」キーンはいった。「ぼくのほうで、サリオから聞いた西海岸のチャーリー・フーという男を紹介したんですが、彼が非常に重要な役割を果たしてくれています。サイエンス誌は好意的な記事を載せてくれそうですし、ニューフロンティアはドキュメンタリーの企画に興味をもっています。事態はどんどん進んでいるんです」

「コースト・トゥ・コーストがサリオを〈ルース・リザーランド・ショー〉に出演させたがっていることは知っているか？」

「打ち上げが迫っていますからね。なにもかも追いかけているわけじゃないんですよ」

「最近になって、サリオは、出演の意思があるかどうかを確認する連絡を受けた。だが、その連絡をしたのはコースト・トゥ・コーストの関係者ではなかった。局の意向を嗅ぎつけた、マリア・ハッチルという女だった。この名前に聞き覚えはあるかね、ランデン？」

キーンは不安をおぼえ、それを顔にも出した。「なんだかいやな感じですね。科学産業調整局の仕事は、国内の科学研究政策の遂行でしょう。でも、あなたに知られずには、手紙ひとつ書くことができないみたいじゃないですか。あなたが味方でいてくれてほんとうによかった……。少なくとも、ぼくは味方だと思っているんですが」

「まえにもいったが、われわれはいまや全員がスパイなのだ。薄汚い世界だよ。科学も、あらゆるものごとを動かしている精神構造に支配されてしまった。安心感をおぼえるには、他人の秘密を知り、自分のことは知られていないと考えるしかない」

「ぼくは自分の仕事をしているだけでだいじょうぶですけど」

「だが、きみは神経症にかかっていない。そこから抜けだすだけの分別があった」

「どうでしょうね。それはともかく、このマリア……」

「ハッチルだ。エール大学で、ハーバート・ヴォラーの事実上の副官をつとめている」

キーンの眉が、別れた妻の現在の夫の名前を聞いて、ぴくりとあがった。いまや、キーンは全身を耳にしていた。カヴァンは話を続けた。

「ヴォラーは、クロニア人の信用を落とすキャンペーンの調整役として登場した。これは政治的な判決であり、すでに確定しているのだが、陪審に対しては科学的な根拠があるように見せなければならない」

キーンは、スクリーン上の映像をじっと見つめた。「あなたはこうなると予想していたんですか、レオ？　それでぼくのところへ来たんですか？」

「ああ、早いうちから、ヴォラーが関与してくることはほぼ確実だと思っていた。この仕事は、あの男の個人的な課題と緊密につながっているからな」

キーンはうなずいた。カヴァンがなにをいっているのか説明してもらう必要はなかった。キーンが社会的な地位と学界での名声に背を向けるという重大な裏切りをはたらいたとき、妻のフェイにとっては、立派な経歴と職業上の野心をもつヴォラーが、乗り替える相手としては理想的だった。キーンは、自分の決心を伝えるまえから、フェイが魅せられているのは、そういう地位や名声だけではないのかと考えていたが、それをあまり問題視しなかったのは、こうなったらどのみち長いこと夫婦ではいられないだろうと予想していたからだ。当時から、ヴォラーの頭のなかには、NASAの観測天文学部長になることしかなかった。それはすなわち、地上や、軌道上や、月面の観測施設をすべて監督するということだ。何人もの学界の名士たちがこの地位を切望していたが、クロニアの派遣団を打ち倒すという現在の仕事を成功させれば、ヴォラーのチャンスはぐっと大きくなるはずだった。

「きみたちの足取りが交錯してからの数年間、きみはヴォラーの足取りを追いかけてきたのかね？」カヴァンがたずねた。

「ちょっと、やめてくださいよ、レオ」キーンは鼻を鳴らした。「なぜそんなことをしなけりゃいけないんです？　あの件はすっかり吹っ切ったんです。嫉妬とか、ストーキングとかいったものにかまけるより、ほかにもっとやることがありましたから。どのみち、ぼくには嫉妬心はなかったし」

「ヴォラーはなんとか議会を動かして、新しい連邦の監督機関を設立し、おもな政府の研究や、学術センターや、おもな産業研究所をすべて統括しようとしている。——もちろん、ヴォラー自身がその監督委員会の議長をつとめるわけだ」

「もちろん」キーンは皮肉たっぷりにいった。「べつの人物が必要ですね」

「まあな。しかし、ヴォラーが強調しているのは、科学がだんだん粗雑になって、〝ニューエイジ〟とか〝母なる地球〟とかいった神秘主義がのさばっているいま、信仰を一掃して正しい規律を回復するだけの力をもつ機関が必要だということだ。科学的基準の堕落について不満をいだいている多くの人びとが、ヴォラーの声に耳をかたむけている。となると、その仕事には自分こそふさわしいと宣伝したがっているヴォラーにとって、今回のクロニア人の一件がどれほどの好機であるかはわかるだろう。現時点では、NASAの天文学部門の最高司令官をめざしているだけに、いっそう重要性は増している。ヴォラーには学界の支持があるが、それ以外に、NASAの多くの科学者たちが推すライバルがいる——たとえば、ジェット推進研究所のなかに」

キーンはうなずいた。「その件についてはサリオからすこし聞きました。で、このマリア……ハッチルがサリオに連絡してきたことが、どういう関係をもってくるんです？」

「この女は門弟なんだ。ハーバート・ヴォラーがトップに立てば、自分も飛躍できる。わたしのところにたまたま会話の録音があってね……」

キーンは、やれやれとかぶりをふったが、なにもいわなかった。

スクリーンが縦に分割されて、片側にサリオ、反対側に本棚と窓の一部を背にしゃべっている女の姿があらわれた。サリオのほうは、見えるのが長い黒髪と分厚い眼鏡だけで、ジーンズやカウボーイブーツが画面の外だったので、キーンがじかに会ったときよりもいっそう学生っぽい雰囲気だった。ハッチルはおそらく三十代、まるっこい顔はやや太めで、短い髪を地味にカットしていた。だが、目つきは鋭く、声は外見から想像されるよりもしっかりしていた。キーンは、意図的に抑えつけられた敵意を感じた。

「サリオ博士ですか？」

「はい」

「お忙しいときでなければいいんですが。二、三分お時間をいただけますか？」

「保険とか支援とか金を貸してくれとかいう話でなければ」

ハッチルは強いて笑みを浮かべた。「いいえ、セールスではありません。わたしは、エール大学天文学部のドクター・ハッチルです。あなたのコースト・トゥ・コーストへの出演についてお話がありまして」

サリオはいくらか興味を引かれたようだった。「まだ決定したわけじゃないから」

「ええ、わかっています。わたしが判断したいと思っているのは、お話の内容が番組の趣旨に添うものになるかどうかということなんです」

「ああ……なるほど。なにを知りたいのかな？」

「ハッチルが、自分は正式なアドバイザーかなにかで、ショーに関係しているのだという印象をあたえていることに注目してくれ」スクリーンの片隅に表示されているカヴァンの顔が、口をはさんだ。

「ええ、それはぼくも感じました」キーンはこたえた。

ふたりの会話は、太陽系の形成と安定性にまつわる理論についての意見交換からはじまった。サリオは、キーンと会ったときと同じように率直で、ユーモラスな口調をたもち、不必要に慇懃な態度はとらなかった。やがて、話題は木星から生まれた彗星へと移った。ハッチルの態度がいっそう厳しくなってきた。基本的には、アテナといっしょに多数の新彗星が生まれたという事実が、かつて存在した短周期の彗星——遠日点が木星軌道のあたりに集まっていたもの——が、同じように金星といっしょに誕生したことをしめす、充分な証拠になるのかどうかという話だった。サリオは、もちろん証拠になるとこたえた。長年にわたって検討されてきたほかのメカニズムは必要ないから、捨ててしまってかまわないと。ハッチルはそれを例外とみなしていた。

「たったいちどだけ観測された事象を基準にしてすべてを普遍化してしまうのは、むりがあるでしょう」ハッチルは力説した。「あなたは、長周期の彗星が摂動によって短周期の軌道に移行するという事実を無視しています。長大なタイムスケールにおいては、やはりそのプロセスが優勢なんですから」

サリオはにやりと笑った。予想した返答だったらしい。「教科書にはそう書いてある。だが、それが実際に観測されたことがいちどでもあったかな？　そんなメカニズムが成り立たないことをしめした、一九〇〇年以前までさかのぼる一連の文献を紹介してあげよう。それは百年以上もまえから正体が暴露されている神話にすぎないんだ」

ハッチルの態度にはじめて不快感があらわれた。「あれだけひろく受け入れられている学説を切り捨てるなら、もっと慎重になるべきだと思いますけど」

「しかし、受け入れられているかどうかが基準になるのなら、一般的だがまちがっている理論は永遠に修正できないことになる。それより、もっともらしさを重視してみよう。わたしがこれまでに見たどんな推定でも、木星が、はるか遠方から放物線を描いて飛来した彗星の軌道を楕円形に変える確率は、およそ十万分の一だった。それはすなわち、短周期彗星と長周期彗星の比率になるはずだ。現実には、短周期彗星が十六パーセント近くに達している。これでは長周期彗星の数が少なすぎる。木星ファミリーの彗星の数は——七十個くらいかな？　その標準的な寿命は……四千年？」

「うーん……。そうかもしれません」

「じゃあ、その数字をもとにして、木星が彗星を補給するために、飛来する長周期彗星を一万分の一の確率でつかまえなければならないとしよう。四千年で七十個になるためには、長周期彗星が七百万個も飛来する必要がある。一年に千七百五十個、つまり、毎日五個ずつということだな。太陽系を出入りする移動時間を考慮に入れると、わたしの計算では、約九千個が空に見えることになる。そのうちの半分は平均より明るいわけだから、ずいぶんと華々しい空になるだろうな」サリオは肩をすくめて、楽しそうにさっと片手をふった。「じゃあ、その彗星はどこにある？　しかも、すべての短周期彗星が、惑星と同じ方向で太陽をめぐっているという問題がある。木星から生まれたのなら当然そうなるだろう。しかし、木星につかまったのだとしたら、一部は逆方向にめぐるはずだ——理屈からいけば半数だな。ご承知のとおり、そういう計算にはなっていない」

「お気づきかと思いますが、オールトの雲が周期的に攪乱《かくらん》されれば、充分な数の長周期彗星が供給される可能性がありますよ」

カヴァンが口をはさんだ。「わたしがクロニア人たちを相手にとることになっている戦略と同じだな。この女は、サリオに自分の意見を語らせようとしている。自分たちの意見の代弁者を同じショーに出演させて、サリオを議論に引きこもうという腹だ」

「ハッチルは、自分で予想していた以上に議論に引きこまれているみたいですね」キーンはいった。「サリオはたいしたものです」

スクリーンでは、サリオの笑みがさらにひろがっていた。「オールトの雲って?」彼は挑戦的にいった。「実際にそんなものを観測したことはないんだけど? それに、オールトの雲はケンタウリまでの距離の半分まで拡散しているかもしれないといわれている。広大な恒星間をわたる彗星は、ひろい双曲線軌道で飛来する。それが変化したとされている短周期彗星の軌道分布や傾斜角は、全天にひろがる母集団から予想されるそれとは一致していない」

「短周期彗星の話をしていたわけではありません」ハッチルがぶっきらぼうにいった。「そちらのほうは、惑星の軌道面に近いカイパーベルトから飛来していると仮定されています」

「仮定されている」サリオはくりかえした。「それにしたって、彗星が捕獲されたという説に反する、速度の不一致という問題がある。どういう見方をしようと、短周期彗星の数があまりにも多すぎることに変わりはないんだ」

「銀河円盤に存在する暗黒物質が、より大量の彗星を太陽系へ投入しているんでしょう」

サリオの顔がよろこびに輝いた。「すると、観測されていないオールトの雲と、仮定上のカイパーベルトが、目に見えない暗黒物質の影響を受けているわけだ。たとえ、それらすべてが実在するとしても、軌道分布や同一方向への回転といった問題は解決できない。しかし、クロニア人が提示している仮説なら、なにをでっちあげることもなく、すべての事実が説明できる。必要なのは、慣れ親しんだいくつかの概念を捨て去ることだ。そろそろ教科書を書き換えてもいいころじゃないのかな？」

残りのやりとりは、より詳細に踏みこんだだけで、本質的な部分は変わらなかった。ハッチルは、お時間をいただいてありがとうといって、あきらかに動揺した顔で回線を切った。

「おもしろい」キーンは、ふたたびスクリーンいっぱいに拡大されたカヴァンの顔に向かっていった。「ショーはすごい見ものになりそうですね。サリオはこのままぶじに出演できるんでしょうか？　ハッチルはあきらかに不満そうでした。なにか仕掛けてきますかね？」

「現時点でわたしにいえるのは、なにごとも過小評価するなということだけだ」カヴァンがこたえた。「それが、こうしてきみに連絡した理由なんだ。サリオは聡明で博識だが、あまりにも人を信用しすぎる。自分にはなにも隠すことはないと世界に伝えているつもりなのかもしれないが、それでは敵に好きなだけ情報をあたえることになる。クロニア人たちも、つねに同じあやまちを続けている」

「ぼくからサリオに話したほうがいいということですか?」キーンはたずねた。

「そのとおり。わたしは介入できない――わたしの立場はわかっているだろう。しかし、だれかが、世の中の仕組みについてサリオにすこしばかり教えてやらなければならない。とりわけ、話す相手の選び方と、知らない相手にどれだけ話していいのかということを。二億人もの視聴者のまえで大物連中の相手をすることになるのなら、ルールについてすこしは学んでおく必要がある」

だが、その後のキーンは、差し迫った宇宙飛行に関連するこまごまとした仕事に忙殺されてしまい、打ち上げの当日になるまでサリオに連絡をする時間がとれなかった。

15

サンサウシーロでの打ち上げに対するマスコミの報道ぶりと、群衆が抗議運動に加わるために踏破した距離の長さは、全国規模の協調を暗示していた。朝早くから、発射場には、夜のあいだに到着した乗用車やトラックやキャンピングカーから吐きだされた群衆が詰めかけていた。テントやタープが設置され、数組のバンドが演奏をはじめていたため、群衆が内に秘めた怒りと、周囲に配備された州や郡の警察官やパトカーさえなければ、ロックフェスティバルのような雰囲気でもあった。アムスペース社の警備からは道路からの進入はむずかしそうだとの報告があったし、郡保安官からはできるだけ群衆を挑発しないようにとの要請が会社のほうにはいっていた。というわけで、キーンとヴィッキーはキングズヴィルの工場へ向かい、まだ発射場にはいっていなかったほかの搭乗員たちと合流してから、ヘリコプターで飛び立った。

キーンは、前方に見えてきたサンサウシーロの発射場の管理棟と組み立て施設を、陰気な顔で見おろした。打ち上げパッドそのものは、三キロメートル西方の、滑走路のいちばんはずれにあった。滑走路の片側には、発射台運搬車が移動するための一本の軌道がのびている。

打ち上げパッドの南と西と北に設置された三キロメートルの安全ゾーンをしめす保安フェンスを突破しようとしたグループの件で、いくつかの問題が報告されていたものの、群衆はおもに施設の東側の端と、そこに通じる道路のまわりに集まっていた。ヘリコプターが降下すると、こちらを見あげている人びとがふりかざす手の動きが、まるでさざ波のように見えた。あちこちでプラカードが上向きに変えられていたが、なにが書いてあるのか読みとるのはむりだった。パイロットが一連の回避行動を開始した。

「どうしたの？」ヴィッキーが、キーンのとなりの席から緊張した声でたずねた。

「通常の警戒措置だよ。もちろん、いつもこんなふうになるわけじゃない。はじめての宇宙飛行に悪い日を選んでしまったというだけのことさ」

「まさにわたしの人生ね。いっつもこうなるんだから」

一行が着陸したのは、さまざまなヘリコプターや小型飛行機が集まっている、コンクリート敷きの駐機場の上だった。滑走路の端にある管理棟の真正面だ。数千人が声を合わせたシュプレヒコールが耳ざわりなうねりとなってメインゲートや境界フェンスのむこうから流れてくるなか、一行は待ち受けるバスに乗りこみ、組み立ておよび飛行準備エリアへと向かった。打ち上げ予定時刻までは三時間をすこし切っていた。

管理棟のひとつで、いっしょに飛ぶ仲間たちと顔を合わせた。ぜんぶで十二人だ。通常のテスト用搭乗員が三人。それに加えて、ウォリー・ロマックと、設計チームのもうひとりのエンジニアであるティム。キーンとヴィッキー。あとは、アムスペース社のくじ引きで勝利をおさめた五人で、その顔ぶれはこんなふうだった。経理部長のミルトン・クラウス。早くも落ち着きをなくしている秘書課のアリス・マイアーズ——本人の弁によると、この飛行に参加したのは三人の十代のこどもたちに面目を保つためでしかないらしい。レス・アーキンの助手をつとめているジェニー・グルー——一番ちがいでくじに負けたレスはものすごくくやしがっていた。マーケティング担当のフィル・フォーリイ。そして、ナビゲーションシステム・グループに新しく雇われたシド・ヴァンス——まだカレッジを出たばかりで、入社してから一カ月もたっていない。五人全員が、ヴィッキーと同じように、宇宙へ旅行するのははじめてだった。

私服からフライトスーツに着替えて軽食をとったあと、ミッション運用チームの代表たちと顔を合わせて、最終的な指示と現状の報告を受けた。フロリダとアルジェリアにある各ダウンレンジ局でも天候は良好で、予定どおり発射されることになりそうだった。打ち上げパッドの北側にいたデモ参加者たちが、境界の川をボートで渡って打ち上げの妨害を試みたが、ヘリコプターで着陸した警察に阻止された。キーンたちは、管理棟を出てバスにもどり、中央の複合施設を離れると、滑走路のへりに沿って、重厚な発射台運搬車が打ち上げパッドへ向かうための軌道のかたわらを移動していった。

前方に見える銀と白の尖塔が迫ってきて、その高さを増していくあいだ、だれもがほとんど口をきかなかった。目的地に到着してバスからおりたときには、保守用トラックやそのほかの車両が、作業を終えて引きあげはじめていた。地上要員に案内されて、エレベーターでのぼり、搭乗用ブリッジを渡った先は、地上三十メートルの高さだった。数分後、一行はハーネスで体を固定して腰を落ち着けたが、キーンは過去の経験から、この先の待機が長いことを知っていた——最新情報によれば、いまのところ作業は予定どおりに進んでいるようだったが。最終チェックのために乗りこんでいた地上要員が船室を離れ、エアロックが閉じられた。外から撮影しているテレビの映像が、最後の車両が作業を終えて離れていく様子をとらえていた。

前方の座席では、船長とフライトエンジニアが、地上管制を相手に、発車準備で使う専門用語や即席の意見をかわしていた。もっと後方の下側に位置する、船室の乗客用セクションでは、初心者たちが、自分が神経質になっていないことをしめすために意味のない神経質なことばをかわしていた。キーンのとなりでは、ヴィッキーが、周囲にぎっしりと詰まった隔壁や制御パネルや備品ラックやケーブルを見まわしていた。装置のうなりが船体そのものから伝わってきて、そのあとに、どこかでハッチがガチャンと閉じる音がした。

「7Dチェックを頼む」前方のスピーカーから声が流れた。

「了解」船長が応じた。「現在は、あー、7010、1904、それと……2番が46で10番が50だ」

「オーケイ、わかった」

「ところで、オイラーズとベアーズの試合はどうなってる？　なにか知らせは？」

「待ってくれ……最後に確認したときは、オイラーズの六点リードだった」

「よーし、その調子だ！」

「男ってやつは！」ヴィッキーがため息をついた。

キーンはにやりと笑った。「迎合すれば人生はすばらしいものになるよ」

「輝きがすこし薄れると思うんだけど。つまりね、わたしはここでなにをしているの？　事情を知っている人なら半径三キロメートル以内には絶対に近づこうとしない、十階建ての爆弾のてっぺんに縛りつけられて……。こんなのが正気の行動といえるわけ？」

「女ってやつは！」キーンは切り返した。そして、ウォリーに向かって訴えかけるような身ぶりをした。ウォリーはもうすこし離れたところでハーネスに固定され、ふたりの話を聞いて笑みを浮かべていた。「もう何年ものあいだ、ヴィッキーからミッションに参加したいとせがまれてたいへんだったんだ。いま、ようやくそれを実現させてやったってのに、いったいぼくはどうすりゃいいんだ？」

船長の声が、インターコムのスピーカーから流れだした。「聞いてください、みなさん。北側の境界でトラブルがあったためにすこし遅れが出ていますが、すでに事態は収拾したようです。あと十五分少々かかる予定です。空は、北アフリカとアジアのほぼ全域で晴れ渡っています。すばらしい景色が見られるはずです」

世界を半分まわった先にある場所だな――と考えながら、キーンはハーネスのなかで力を抜き、待った。じきにこうした考えにも慣れるだろうと思っていたのだが、いつまでたってもそうはならなかった。人がそれだけの距離を旅するのに何年もかかっていたのは、それほど遠い昔のことではない。いまでは、バス旅行にでも出かけるみたいに、のんきにおしゃべりをしている。もっとも、ある意味では、それほどちがいはないかもしれない。打ち上げから軌道に乗るまではほんの数分。そのあとは、ハイブリッドエンジンの試験とシャトルの性能確認のために地球を九周する。一日だけオシリス号を訪問。そして、明日の夕食に間に合うように地上へもどる。クロニア人はすでに、太陽系内のどこへでも九十日以内で到達できるという話をしているほどだ。

ヴィッキーもあれこれ考えていたようだった。「ねえ、わたしたちはいままでずっといっしょに働いてきたでしょ。やっとわかってきたような気がするんだけど、あなたのようになにかを強く信じて、しかも世界にまったく理解されないというのは、ひどくストレスがたまることだと思う。長い目で見ればだれもが得をするはずなのに」

「うん……。キリストやジョルダーノ・ブルーノならこの感じがわかるだろうな」

「ハーヴァード大学にいたとき、同じようなことがあったわ。低レベルの放射線は人間にとって無害なだけでなく、健康のためには不可欠なものだということを人びとに納得してもらうのは、事実上不可能だった。わたしたちはビタミンRと呼んでたんだけど」

「そいつは健康食品の店でさがしたほうがいいのかな？」クラウスが、反対側の、ウォリーのうしろの座席から声をかけてきた。

秒読みが最終段階にはいると、不安が高まり、船室内に沈黙がおりた。搭乗員たちは、地上管制を相手に声を出して最終チェックをおこなっていた。やがて、前方のスピーカーから流れていた声が、最後の数秒の到来を告げた。

離昇の瞬間は、すべてを包みこむ轟音と、乗員の体を座席に押しつける唐突な圧力とともにおとずれた。ヴィッキーの手が本能的にアームレストの上をさぐり、キーンの手を見つけて、ぎゅっと握り締めた。前方のスクリーンには、わきあがる赤と白の煙のなかで発射塔からするすると上昇していくシャトルの姿が映しだされていた。べつのスクリーンの、もっと遠方からとらえた映像では、光の柱のてっぺんにシャトルが出現し、その前景では、立ちあがったデモ参加者たちが身ぶり手ぶりで抗議を続けていた。圧力が強まり、顔面の肉が骨にぴたりと張りついた。大地が遠ざかり、海と入れ替わった。早くも――キーンは、驚くほど急激な遠近感の変化に慣れるということがなかった――メキシコ湾の輪郭がかたちをとりはじめて、渦巻く帯状の煙の隙間にとぎれとぎれにのぞいていた。前方では、搭乗員の冷静な声と地上管制とのやりとりが続いていた。ブースターロケットが切り離されて落下し、遠隔操縦でキューバの回収地点へ向かうために伸縮式の翼をひろげた。オービターのエンジンは燃焼を続け、シャトル本体を、速く、高く駆り立てていく。フロリダとカリブ海が眼下を流れすぎ、広大な、のっぺりした、まだら模様の大西洋がひろがった……。

突然、船室内の音が断ち切られ、かわりに平穏と静寂がおとずれた。人間と機械の世界から、なにかべつの、この世のものとは思われぬ領域へ運ばれてきたかのようだ。シャトルはもはや、重力からのがれるために激しい闘いをくりひろげることはなく、ただのどかに浮かんでいた――本来の生息地にもどって満足し、ほっとひと息ついたように。全員を身動きがとれぬまでに押さえつけていた圧力は消えていた。徐々に、見えない機械装置の雑音や、濾過フィルターへ空気が吸いこまれる音が、沈黙のなかにくっきりと浮かびあがってきた。インターコムをとおして、ふたたび船長の声が流れだした。

「以上です、みなさん。軌道へようこそ」

乗客用コンパートメントにならぶ顔が、あたりを不思議そうに見まわした。ミルトン・クラウスが、重さのない両腕を目のまえでただよわせた。「こいつはすごい」ほかの乗客に向かって呼びかける。「見てくれよ」

打ち上げのあいだずっと蒼白な顔をしていたアリスは、つかんでいたアームレストをやっと放した。「まだここにいるのが信じられない」それだけいうのがやっとだった。

「きみはこれで何回目なんだ、ウォリー?」ティムがたずねた。ロマックといっしょに乗りこんだエンジニアだ。

「わからないな。途中でかぞえるのをやめたから。このてのナンセンスからはもう引退したつもりだったんだが」

船長の声がふたたび流れた。「みなさんが最初に試したいのがゼロGだということは、よく承知しています。いますぐ体験したいという方は、どうぞご自由に。ただし、慎重におねがいします。みなさんが思っている以上に強く作用します。船内でミサイルになってしまった方は、いささか人気を落とすことになりますので」ただの確認だった。こういった説明は、出発まえに全員が受けていた。

乗客たちは視線をかわした。だれもが、最初に見世物になる危険をおかしたくなかったのだ。ヴィッキーが、ハーネスを留めるバックルを手探りし、そこでためらって、キーンにたずねるような視線を送ってきた。

キーンは励ますようにうなずいた。「ここではだれも笑ったりしないから」

ヴィッキーはバックルをはずし、そろそろとハーネスから抜けだして、ゆっくりと回転しながら耐Gカウチの上に浮かびあがった。船室の壁にふれていったん動きが止まり、今度はべつの方向へ流れていく。ヴィッキーは壁を押して、ウォリーのほうへただよいだした。クラウスが手を叩いて声援を送ると、ふたりの乗客が続いて拍手をはじめた。

「すごい！」ヴィッキーが一同に向かっていった。コツをつかんできたようだ。「人海原ではしゃぎまわるクジラになったみたい。飛んだり跳ねたりしたい気分」

「地球のオフィスでやってた仕事なんかどうでもいいって感じじゃない？」ジェニー・グルーがぼんやりとつぶやいた。ヴィッキーは船室の中央へただよいおりて、ゆっくりと横向きに回転しはじめた。

「へえ、いけてるね」フィル・フォーリイがいった。「ぼくもやってみよう」

搭乗員のひとりがハーネスをはずして、後方へ移動してきた。「さて、最初にちょっとした秘訣を伝授しておきましょう。いちどにふたりまでにしてください。ちゃんと順番はまわってきますから、ご心配なく」

キーンは、これまでに何度も体験していたので、しばらくは静観することにした。前方のスクリーンに目をもどして、眼下を流れすぎていくアフリカ北東部や中東の砂漠地帯の映像をながめた。地球上での生物の急激な増加については山のように文献がある。だが、この惑星が生物を創造する力が実際にどれだけあるのかという点については、はっきりしたことはわかっていない——ここ最近は、それをはかる機会がまったくなかったからだ。地球は、いまだに荒廃から立ち直ろうとしているにすぎなかった。

何年もまえ、飛行機で西海岸から東へ定期的に移動をはじめたばかりのころは、サンディエゴ、ロサンジェルス、サンフランシスコ湾岸地帯といった人間の住むオアシスを離れてしまうと、ミシシッピ河流域にたどり着くまでの千キロメートル以上にわたってなにもないという事実に驚きをおぼえたものだった。枯れ果てた山、砂漠、峡谷——どこもかしこも乾きってていた。のちに、軌道上から見おろして、この惑星のほんとうの大きさを把握しはじめたころになってようやく、それが全体のほんの一部でしかないということに気づいた。アフリカの大西洋側にあるモーリタニアから、アフガニスタンを経由してモンゴルまで、南半球では、アフリカの南西部やオーストラリアのほぼ全域と、まさに想像を絶するほどの荒れ地がひろがっていたのだ。

ずっと昔からこんなふうだったわけではない。サハラ砂漠が緑におおわれ、アラビアやイランが肥沃な土地だった時代もあった。いまは砂漠と化しているインド北西部やアフガニスタンにも、かつては豊かな文明が栄えていた。スフィンクスは巨大なピラミッドよりも古く、水による損傷や浸食が見られるが、歴史上に記された気象条件では説明がつかない。

これらの事実から、当時は地球の気候帯がことなっていたと考えられる。熱帯が狭く、温帯がずっとひろかったために、現在は砂漠になっている地域にも雨がもたらされ、草原や森が現在の北極圏までひろがっていた。そのような気象条件は、地球の軸が太陽をめぐる軌道面に対していまよりも直立していたとすればつじつまが合う。なにかが地軸を動かして、惑星の傾きが大きくなったために、北部と南部に砂漠地帯が生まれ、極地がひろがったのだ。

搭乗員たちは、今回のミッションの本来の目的であるエンジンの試験に忙しく取り組んでいた。ウォリーとティムは操縦席の近くで多くの時間をすごして状況を見守り、キーンも技術的な作業にかかわっていた。ヴィッキーはこの機会を最大限に利用して、アムスペース社の人びとのことをもっとよく知ろうとしていた。とりわけ、広報部でレス・アーキンの助手をつとめるジェニーや、秘書課のアリスや、マーケティング担当のフィルとは気が合ったようだ。大学を出て採用されたばかりのシドは、奔流のように押し寄せるできごとの連続にまだ呆然としていて、まともにものを考えられる状態ではなかった。

「ここではいつもこんな調子なんですか?」シドはいった。仲間たちは、包みをはがし、ボトルをしぼる、はじめての昼食と格闘していた。「つまり、バークリーでの生活になじんだあとでは、商業界の生活はけっこう退屈なんじゃないかと思っていたんです。それが、いまだに自分のデスクさえ決まっていないのに、もう軌道上にいるわけで」

あとになって、シドはヴィッキーと話をし、それからキーンをまじえて、クロニア人の主張する説やキーンのアムスペースでの仕事について語り合った。シドは宇宙開発に強い関心をもっていて、アムスペース社の社員になろうとしたのもそのためだったのだが、どれほどのものが危険にさらされているかについて深く理解していたわけではなかった。すべてが啓示のようにおとずれたいま、シドはそれに夢中で飛びついていた。大義への新たな賛同者を確保できたな——と、キーンは判断した。

だが、時間がたって目新しさが薄れるにつれて、飛行機で長距離を移動しているときと同じような疲労感が忍びこんできた。操縦席のほうでは、サンサウシーロの地上管制や、飛行を監視しているほかのステーションとやりとりする声が、電子音や激しい空電をとおしてずっと聞こえていたが、後方の船室では会話が途切れていた。乗客たちは仮眠をとったり本を読もうと努力したりしていた。ミッションのなかばをすぎたころに、オシリス号から連絡がはいり、アムスペース社のシャトルが予定どおりに飛行しているかどうかを確認した。セリーナからキーンへ伝言があり、彼らが滞在しているあいだに、ほかのクロニア人たちといっしょに地球の重力をのがれて休息にもどる予定とのことだった。その直後、キーンは、ヴィッキーやシドといっしょに、さらに新たな周回にはいった地球が流れすぎていくのを船室のスクリーンでながめていた。

「ロビンがサリオから電子メールを受け取ったという話はしたかしら?」ヴィッキーはそういってから、シドのために付け加えた。「ロビンというのは、うちの果てしなく好奇心旺盛な十四歳の息子のこと」

クロニア人の惑星理論について話をしたとき、ふたりはシドに、サリオのことを簡単に説明していた。

「聞いてないと思う。サリオは送るといってたけど」キーンはいった。

「ロビンはすごく興奮してたわ。サリオはあの子の恐竜理論の穴をいくつか指摘したんだけど、わざわざ時間を割いて返事をくれるなんてすごいわよね」ヴィッキーはシドに向かって説明した。「ロビンは恐竜が地球にぶつかった物体に乗ってきたと考えているの。恐竜は地球の重力のもとでは生存できるはずがないからって」

シドは顔をしかめた。「ちょっとこじつけっぽくないですか?」

「まあそういわないで。まだ十四歳なんだから」

「デイヴィッド・サリオはいいやつだよ」キーンはいった。「ショーが見ものだ……そういえば、彼に連絡することになっていたんだったな」一瞬、軌道上からすぐにサリオに連絡しようかと思ったが、人に聞かせるような内容ではないと思い直した。「ロビンとマンモスの件もまだ教えてもらってないよ」キーンはヴィッキーにいった。

「ああ、そうか。話してなかったわね」

「まさかマンモスもよそからやってきたとかいうんじゃないですよね?」シドがいった。

ヴィッキーは首を左右にふった。「ちがうわ。ただ、ロビンが好奇心のおもむくまま進んだら、わたしでさえ知らなかった、何年もまえから続いているいろいろな論争にぶちあたったの。マンモスが絶滅した時期に関する論争なんだけど」

キーンは、どうぞという身ぶりをした。「じゃあ、聞かせてくれ。たしか、乱獲となにか関係があったんじゃなかったかな」

「時期的には一万年から一万一千年くらいまえでしたよね？」シドがいった。

「従来の学説ではね」ヴィッキーはうなずいた。「つまり、人間の出現のすぐあとだと考えられていたわけ。でも、現在では、人間はそれよりずっと早く南北アメリカ大陸に出現していたことがほぼ確実になっている。となると、人間とマンモスは長いあいだ共存していたことになる。乱獲説には説得力がないわね」

「どのみち、あんまり筋がとおらないと思っていたんだ」キーンはいった。「ゾウは名うての凶暴な動物で、鉄や馬で武装したハンターたちでさえなかなか倒せない。乱獲によって絶滅したりはしていないんだ。なのに、石槍をかまえたわずかな人びとがそんなことを？　何百万頭もいたマンモス、マストドン、オオツノシカなど、ありとあらゆる動物を……場所によっては何千頭も山積みに？　核兵器が必要だよ」

ヴィッキーは疑いの目をキーンに向けた。「じゃあ、なんでわたしにマンモスのことをきくの？　どこに問題があるのかとっくにわかっているみたいじゃない」

「大変動の証拠について調べていたときに、この問題に出くわしたんだ。ロビンの考えはぜひ聞いてみたいよ。ほかにどんなことを思いついたんだろう？」

「年層《バーブ》のことは知ってる？」

「いや。年層って？」

「湖なんかに堆積した沈殿物の層で、夏から冬にかけて色が変化するから、木の年輪みたいにかぞえることができるの。含まれている花粉粒から、その時代のその地域にどんな植物が生えていたかを知ることができる。一般的にはマンモスなどの動物が生息していたと考えられている氷河期の北極地方には、餌になるような植物はいっさい存在しなかったの。どこもかしこも氷の砂漠だったのよ」

キーンはうなずき、同時に困惑した。「ふむ……なるほど。氷河期の北極地方なら、それがあたりまえだろうな。ぼくがなにか見落としていることがあるのかな?」

「わたしもなにか見落としているのかと思うことがあるわ。まちがっている可能性のある理論を思いついたからって、その人を教授にしたりするものかしら?」

シドが、キーンとヴィッキーの顔を交互に見つめていた。「つまり、おふたりは、マンモスやそのほかの動物たちが実際に暮らしていた時代は、氷河期ではありえないといっているんですね」

ヴィッキーがうなずいた。「そのとおりよ」

「じゃあ、いつなんです? それはわかっているんですか?」

「氷河期のあとにおとずれた、ずっと温暖な時代だったはず」ヴィッキーがいった。「一万一千年まえに極地の気象条件のもとで埋もれたということはありえない。ほんの数十センチ下が永久凍土なのよ。あれだけの死体や骨や木の幹が、どうやったらその下に埋もれるの? 数頭だったら、地滑りに巻きこまれてクレバスへ墜落したということもありえるかもしれないけど、あんなに大量というのはおかしいわ。たとえそういうことがあったとしても、化石化していない骨や体組織は、温暖な気候のなかで何千年もたったらどうしても分解してしまう。つまり、マンモスたちはずっと最近になってから絶滅して急速冷凍されたのよ。その温暖な時代の終わりを告げる、なんらかの事件によって」

キーンとシドは、おたがいに、相手がこの仮説の欠陥を指摘するのを待っているみたいだった。どちらも、即座に反論することはできないようだった。

「放射性炭素14による年代測定はどうなんです？」シドがたずねた。「あれが氷河期の絶滅という説の裏付けになっているはずですけど」

「長年にわたって発表されてきたデータではそうなってる」ヴィッキーは認めた。「でも、現在では、その測定でしめされた年代は古すぎるかもしれないといわれはじめているわ」

「どうしてそうなるんだ？」キーンはたずねた。

「北極地方には莫大な量の天然の炭素が蓄積されているわ――永久凍土、泥炭堆積物、海中のメタン水和物。なにかの理由で温暖な気候がおとずれたら、それが大気中へ大量の二酸化炭素を放出することになる。一年に数十億トンというレベルの話よ……。その〝古い〟炭素が、吸いこまれ、吸収されて、植物や動物の組織にはいりこんでいるから、気候が涼しい現代のレベルを基準にすると、すべての年代がずっと古く計算されてしまうわけ」

「現代の気候のほうが涼しいとどうしてわかるんだ？」キーンは異議をとなえた。

「現代の北極地方には、大型動物が大量に群れをなしたりはしていないでしょ」

キーンはヴィッキーを見つめた。まただ。従来認められていた年代が、重大な要素のちがいによって古く算出されていたのだとしたら、またもや同じ結論が導きだされることになる。数千年まえの、あの謎に包まれた時代に、全世界でとてつもなく破壊的な事件が起きたという結論が。

シドは、その場を離れてふわふわと船室を横切り、クラウスがアリスやジェニーに向かって披露している、アムスペース社にまつわるいくつかの逸話に耳をかたむけた。キーンとヴィッキーは、ハーネスで体を固定したまま、船室の片隅からスクリーンをながめた。ふたりは、キーンがフェイと離婚し、ヴィッキーがハーヴァード大学を離れたころの思い出話をした。あの時期におたがいが相手の支えになったことで、キーンがのちにプロトニクス社になるコンサルタント事業をおこしたとき、ヴィッキーもあとを追って南部へ引っ越したのだった。ふたりの話はさらに続いた。カレンとカウボーイのボーイフレンドたちとの付き合い。ジュディスの奇妙な組み合わせの才能と、さらに奇妙な婚約。デイヴィッド・サリオと、その金星にまつわる理論。セリアの猫たち。キーンも、このときばかりは、ヴィッキーを相手にとりとめなくおしゃべりができるのが楽しかった。会社やその近くにいるときには、どうしても気が休まることがないのだ。ヴィッキーが、キーンのやることや信じることすべてに対して、つねに変わることなくしめしてくれる忠誠心は、キーンが荒波を乗り越えて進んでいくうえで大きな役割を果たしてくれたのだが、それがどれほどの意味をもっているかをきちんと表現する手段がどうしても見つからなかった。というわけで、約束どおりヴィッキーをミッションに参加させ、宇宙へ連れてくることができたのには満足だった。たとえ、その約束を口にしたときには、いつものジョークのような口ぶりだったとしても。軽薄な言動というのは、キーンが世界を相手にするときに身につける鎧《よろい》のひとつだが、ときどき、たいせつな約束さえ真剣に受け止めてもらえないのではないかと不安になった。ほんのささいなことはいえ、そうではないと実感できるのはうれしかった。

16

アムスペース社のシャトルが低軌道からのぼってきたとき、地上からクロニア人たちを運んできた国連のシャトルがオシリス号から離脱しようとしていた。そちらの操船が完了するまで、船長は同一の軌道上の数キロメートル離れた位置で待機することにした。

オシリス号は、キーンがなじんでいるタイプの宇宙船より大きいだけではなく、独特の可変形態設計を採用しており、直線加速と回転加速を組み合わせることで、船体が自由落下の状態にあっても運航中であっても通常の疑似重力を生みだすことができる。基本的には、車軸の片方の端に車輪がくっついたかたちをしている。船体の中心となる車軸は、太い円筒の端から取っ手がのびる昔風のジャガイモつぶし器と似ている。この〝取っ手〟は反応剤タンクと推進システムから成り、その前方の〝つぶし器〟セクションには、機械装置と貨物室とドッキング用ポートがおさまっている。〝つぶし器〟をハブとして放射状につきだす四本のブームの先端には居住モジュールがあり、それぞれが湾曲する連絡チューブでつながって、全体が車輪状になっている。船体が加速しているとき、四本のブームは傘の骨のように後方へたたみこまれて、自動的に適切な角度にセットされるので、回転と前方への推進によって生みだされる合成力は、つねに各デッキに対して垂直にかかるようになる。連絡チューブに組み込まれている伸縮部が、ブームの角度が変わることで生じる車輪の円周の増減を補正する。小型シャトルの船内でスクリーンをじっくりながめていたエンジニアたちは感心していた。

「むこうの連中がいまでも願書を受け付けているのかどうかが気になるなあ」ティムがキーンに向かっていった。

やがて、国連のシャトルがオシリス号のそばを離れ、古めかしいエンジンを点火して地球への降下を開始したので、アムスペース社の小型シャトルは接近を開始した。シャトルのエアロックが、オシリス号の最先端にあるドッキング用ポートからのびた連結器とつながり、その数分後には、乗員たちはガイドレールを伝わってクロニアの宇宙船のなかへと進んでいた。

バウアとセマッドと名乗るふたりのクロニア人が一行を出迎えた。彼らの説明によると、日程の最初の項目は、船体の中心部にいるあいだにハブと推進システムを見学してまわるというものだった。その後、ブームのエレベーターで上昇して、指令モジュールにいるイドーフ船長やそのほかのクロニア人たちと顔を合わせることになる。オシリス号が地球軌道にいるあいだは、人がいるのはそのモジュールだけなのだ。搭乗員の食堂には軽食も用意されているとのことだった。

縦横にのびる通路と機械室の迷路は、多くの面で、スペースドックを思い起こさせた。だが、キーンは、その設計に見られる統一感から――おそらく、太陽系をわたることのできる宇宙船と、地球軌道上で建設された作業拠点というちがいのせいだろうが――インスピレーションがかたちになった仕事ぶりを感じとることができた。キーンが過去にあまりにもしばしば目にしてきた妥協のかたまりは、押しつけられた期限に合わせてなかば孤立した状態で作業を進める委員会が、なんとかでっちあげたものにすぎなかった。それは城郭と貧民街とのちがいであり、トレーラーハウスの群れと美しく作られた公園とのちがいだった。地球に適応できない反体制のちっぽけなコロニーが、みずからの可能性をのばす自由をあたえられただけで、これだけのことを成し遂げられるのだとしたら、地球のすべての人びとがもつ潜在能力はいったいどれほどのものなのだろう？

キーンとウォリーは、シャトルが接近していたときに、車輪のハブの部分の外側にふたつのドームがあるのに気づき、あれはなんだろうと思っていた。ふつうの自動車くらいの大きさで、太いハブのうしろ側の端におたがいに正反対のむきで設置され、後方へつきだして尾をかたちづくる軸を見おろす格好になっていた。連絡用の台座や外部タンクもなく、推進システムと関係があるようにも見えない。スポークのエレベーターを動かす機械装置がおさまっているにしては位置がおかしいし、たとえば船外整備用などの、独立した乗り物を格納するには小さすぎる。

キーンが、そんなことはほとんど忘れて、仲間のあとについてのろのろと進みながら、そのとき通過していた計測器ベイのレイアウトをじっくりながめていたとき、すぐうしろから低い声が呼びかけてきた。

「おい、ラン」

キーンは背後をふりむいた。ウォリーがルートからはずれて、試してみたらあいたらしい片側のスチール製のドアの奥へはいりこんでいた。いま、ウォリーはドアのところまでもどってきて、手招きをしていた。

「これをどう思う?」

キーンは、微少重力のなかでふわりとそちらへ飛んでいって、ドアの奥をのぞきこんだ。その隔室のほとんどを占めているのは、なにかの巻き上げ機構らしきもので、配管や床板の階段室をとおして見える、眼下の密閉された構造物とつながっていた。頭上にもさらに機械装置があり、上に向かってのびるなにかの基礎にぎっしりと詰めこまれていた。キーンは、いまやってきた通路をふりかえり、頭のなかでここまでのルートを思い起こして、距離を推定した。計算ちがいがなければ、ここはあの奇妙なドームの真下にあたるはずだった。

ウォリーが、眼下にすこしだけ見えている構造物の壁を指さした。「あそこの部分の分厚さを見てみろよ……あと、通路の下のパネルも。ここはハブだぞ。いつだって、事実上ゼロGのはずだろ?」彼は奇妙な目つきでキーンを見た。「これは構造上の強度を確保するためじゃない。放射線を封じこめているんだ。しかし、なぜこんなところに?」

キーンも原子力エンジニアなので、放射線シールドなら見ればわかる。ウォリーがいったように、レイアウトが意味不明だった。推進用原子炉や、燃料および廃棄物の保管庫とはなんの関連もない位置にあるのだ。キーンはあたりを見まわし、手がかりをつかもうとした。〈発射用冷却材〉〈緊急張水バルブ〉〈自動射出〉と記された標示があった。専用の制御ステーションらしきところにあるパネルには、こんな説明文がならんでいた。〈ドア・シーケンス〉〈内部／外部〉〈破壊停止〉〈捕捉／照準〉だが、キーンが自分の考えを口にするより先に、バウアが大急ぎでもどってきた。ふたりをさがしていたらしい。

「そのドアはロックされているはずなのに……。そこにはいってはいけません」ぶっきらぼうな声だった。動揺しているようだ。

「ああ……申し訳ない」ウォリーがドアの外に出て、にっこり笑った。「きみがどっちへ行ったのかわからなくなってしまって」

バウアはドアをしっかりと閉じて、電子ロックに暗号を入力した。「どのみち、ここにはなにも見るものはありません」そして、ふたりを仲間たちのほうへとうながした。「ただの補助発電装置です」

キーンとウォリーは、なにもいわずに視線をかわして、先へと進んだ。ふたりは、おたがいの目のなかに同じ思いを見てとった。オシリス号は武装している。その武器がどんなものであるにせよ、ライフル射撃会への参加を目的にしているわけではなさそうだった。

地球訪問からもどってきて間もないイドーフ船長が、コントロールデッキで、訪問者を出迎えるために待っていた。いっしょにいたデイダという女性は、必要最小限の保守作業のために船内に残っている搭乗員のひとりだった。イドーフは、やはり長身で、ほっそりした体つきはガリガリといってもいいほどであり、赤い髪はもじゃもじゃで、クロニア人ではあまり見かけない、短い不揃いな顎ひげをたくわえていた。頬がこけた顔はタカのようだが、揺るぎない目と、血色のよい肌のおかげで、やつれた雰囲気はなかった。その肌が長く風雨にさらされてきたように見えるのは、住んでいた環境を考えると妙な感じだった。ルイジアナのエビ漁船の船長や、昔の開拓時代の巡回説教師だとしてもおかしくない。

「十億単位で人間をかぞえる世界にいたショックからまだ回復していないんだ」イドーフ船長は、バウアとセマッドに導かれてスポークのエレベーターから出てきた来訪者たちに向かっていった。「こういう人数だったら対処できるかもしれないが」

イドーフやデイダのそばで、まだオレンジ色のフライトスーツを着ているのは、ついさっき国連のシャトルでもどってきた、セリーナとほかのふたりのクロニア人だった。ひとりはヴァシェン──派遣団の一員である惑星学者で、キーンもガリアンのレセプションですこしだけ話をしていた。もうひとりのトーレルは搭乗員で、キーンとはやはりあのレセプションで顔を合わせていた。

トーレルがさっと腕をふって周囲をしめした。「さて、ようやく品質工学というものを見に来ることができたわけですね、キーン博士?」おどけた口調だった。「ここでなら、われわれも動きまわることができます。あなたがたがわれわれを押しこんだ、あの人形の家みたいな宇宙船とはちがって」

キーンは反論できなかった。オシリス号はクロニア人の体格に合わせて設計されているので、地球製の宇宙船に比べるとずっと広々としているのだ。

初対面の人たちのためにひととおり紹介がおこなわれたあと、イドーフ船長が、食事と飲み物が用意されている食堂へと一行を案内した。たぶん地上から運びあげたのだろうが、多くは見慣れたものだった。地球の食べ物は、クロニア人には大好評らしい。イドーフは、長々と演説をしたり、訪問者を観光客のようにあちこち連れまわしたりするのではなく、船内のいろいろな場所を、興味のおもむくまま自由に見てまわることを許してくれた。ウォリーとティムは、アムスペース社の搭乗員といっしょに部屋にとどまり、イドーフとデイダから、オシリス号の制御システムや通信システムについて教えてもらうことになった。アムスペース社のほかの五人は、バウア、セマッド、トーレルといっしょに、いくつかのグループに分かれてふわふわと出ていき、あとにキーンとヴィッキーとセリーナが残った。ふたりの女は、オシリス号が移動中にビデオ映像でやりとりをしていたので、しばらくのあいだおしゃべりをして、おたがいのことをもっとよく知ろうとした。セリーナは、打ち上げや飛行でさんざん面倒な思いをしてきたばかりのはずなのに、驚くほど元気そうに見えた。キーンは、地上の重力から解放されたおかげなのか、あるいは忙しい公式スケジュールから逃げだせたおかげなのかと考えながら、そう指摘してみた。

「たくさん奇妙な体験をしたあとで、慣れた環境にもどったせいよ」セリーナはキーンにいった。「旅のあいだに、オシリス号は第二の故郷みたいな感じになったの。あなたにとってはパイプだらけの金属製の箱に見えるでしょうけど、わたしたちはここで三カ月近くもすごしているわけだから」

「地球は予想した以上に奇妙な場所だった？」ヴィッキーが興味津々にたずねた。

「どこへ行っても人が多いのには、いまだに気後れするわ」セリーナはこたえた。「みんなもそう。クロニアでは準備のしようがないことだから。写真とかは見るけど、なんていうか……雰囲気がわからないの。大勢の人がひとつの場所に集まったときに生まれる、そこにいるだけで感じられる、あの雰囲気……。それに、あの海！　何時間もえんえんと見えているなんて。宇宙にあんなにたくさんの水が存在しているなんて想像もつかなかった。ハワイの浜辺で見た波は恐ろしかったわ」

「重力はかなりきつかったかな？」キーンはたずねた。

「まあ、宇宙船にもどれてうれしくない、とはいわないわ。でも、仲間たちの何人かに比べたら楽にすごせた。地球で生まれているとやっぱりちがうみたい」

「おぼえていることはたくさんあった？」ヴィッキーがたずねた。

「事前に考えていたほどじゃなかった。記憶にあると思ったことの多くは、ただの想像だったのね」セリーナは数歩離れてむきを変えると、圧迫感が消えたのがうれしくてたまらないかのように、両腕を曲げのばしし、頭をうしろへそらした。「あなたたちの政府との対話はきっとうまくいくような気がするの。これまでに出会った人たちはたくさんの質問を投げかけてきた。準備ツアーというのはいいアイディアだったわ。ちょっと疲れたけど」

キーンは話を聞きながら眉をひそめた。質問をした連中というのは、カヴァンが説明していた、クロニア人たちの身近に配置されたスパイにちがいない。クロニア人たちは、マスコミの否定的なわめき声に気づいていないようだ。さもなければ、彼らにはそういう声が届かないようになっているのか。クロニア人が地球式の政治にうまく対処できるとは思えない。能力がないわけではなく、そんなものを学ぶ必要がなかったのだ。彼らの故郷の政治――クロニアの社会を運営する仕組みにはもっとふさわしいことばがあるかもしれないが――には、もっとべつの働きがあるのだ。

「例の軌道計算はどんな調子？」セリーナがたずねた。

「ジュディスからの最新の報告は？」キーンはヴィッキーにたずねた。

「すこし遅れが出ているけど、最後に聞いたときには、もうじきなんらかの結果が出るはずだといってたわ」ヴィッキーがこたえた。

セリーナがあたりを見まわした。「あなたたちが毎日見ているものしかないところでじっとしていることはないわね。来て。指令モジュールをもっと見せてあげる……それと、びっくりするようなものを」

三人は食堂を出て、コントロールデッキにもどり、片側に沿って歩きながら、からっぽの搭乗員ステーションの列をとおりすぎていった。セリーナは、それぞれの役割について簡単に説明し、キーンとヴィッキーに、オシリス号の操船手順の概要を伝えた。いちばん奥には交差した通路があり、金属製の階段が上下の階層へと続いていた。そのむこうの、階段を何段かおりた先は引っこんだ空間になっていて、低いテーブルが置かれ、そのまわりに壁を背にしてパッド入りの椅子がならべられていた。いままでいた場所の明るさとはまったくちがう、暗い照明だった。そこは展望室みたいな場所で、休憩所にもなっているらしく、ガラス張りになった一方の壁から、ゆっくりと回転する星をながめることができた。窓はモジュールの前側にあるので、オシリス号のほかの部分はいっさい視界にはいらなかった。

「シャトルからどれくらい見たのかはわからないけど」セリーナがいった。「これはほんの数時間まえから見えるようになったばかりなの。ちょっと待って……」

十五秒ほど、空はめぐり続けた。すると、展望室の内部の影がくっきりして、右下のほうから太陽が視界にはいりこんできた。光が強くなるにつれて、窓の素材が黒ずんでその輝きを抑え、まるい太陽のへりがはっきりと見えるようになった。片側にでっぱりみたいのがあり、そこからつきだした白い指が、窓の幅の優に半分を占める長さまでのびて、ほぼ水平に左のほうをさしていた。

「アテナよ、ちょうど出てきたところ」セリーナがいった。「尾の長さは、いまでは四千五百万キロメートルを超えているわ」

キーンとヴィッキーは魅せられたように凝視した。近日点を通過した直後に、尾の長さは最大になる。まるで太陽から真横へつきだしているように見えるのだ。これから一カ月後に、尾の先端はサーチライトのように地球をかすめすぎる。アテナがぐるりと太陽をめぐって帰途につき、さらに華々しい輝きをはなちながら、二千四百万キロメートル前方で地球の軌道を横切るのだ。

「スクリーンで映像を見たけど、これとはぜんぜんちがってた」ヴィッキーが、眼前の光景から目を離さずにつぶやいた。「それに、あなたのいうとおりだわ。あれは数時間まえのことだったのに、アテナはそのあいだにも成長している」

「ワシントンで見た星とこれを比べられると思う、ラン?」セリーナがたずねた。彼女が空を見つめているあいだにも、太陽とアテナは窓のいちばん上から視界の外へ消えていき、ガラスがふたたび明るくなった。「でも、今回は土星を見ることはできないと思う――とにかく、地球のこちら側からではむりね。なんだか妙な感じなの。あんなに小さく見える土星にはいまだに慣れないわ」

「むこうでの生活について教えて」ヴィッキーがいった。「よく知らないのよ。大勢の才能豊かな人たちが移住していったわ。あの人たちはなにをさがしているの? それは見つかっているの?」

「人間はいつも自分より大きなものをさがしもとめてきた」セリーナはこたえた。「自分たちの生活に意味をあたえ、自分たちがいなくなったあともそこに残るものを。さもなければ、中世の石工たちが、作りかけの大聖堂を完成させるために、自分の技術を息子や孫へ伝えようとするはずがないでしょう?」

キーンは窓から顔をそらした。「それはほんとうなのかな? ぼくにはわからない。あまりにも理想主義的すぎるような気がして、なんだか……。そんな理念は、二百年まえにはほとんどすたれていたんじゃないかな」

「おおむねそのとおりね」セリーナは認めた。「で、そのあとの惨状を見てよ。世界を啓発するはずだった文明は、いさかい好きの狂信者たちの争いの場へと堕落してしまった。人類はいまごろ、精力的に宇宙をめざして、太陽系全域にひろがり、恒星間旅行へ乗りだすための力をたくわえているはずだった。それなのに、現実には内側へ引きこもってしまった。わたしたちは人類のあるべき姿の象徴なのに、不適応者とみなされている。でも、地球にだって、そんな病に屈しない人たちはいる。だから、彼らはわたしたちのところへやってくるの」

「きみたちは急ぎすぎているのかもしれない」キーンは指摘した。「地球は疲れている。すでに役目を果たしたんだ。きみたちが語っているような文化は、クロニアから生まれるべきなのかもしれない。だが、それにはまだ時間がかかる」

「そうかもしれないわね」

沈黙がおりた。セリーナは、キーンの意見に完全には同意していないようだったが、すぐに話を打ち切るつもりでもなさそうだった。

「それで、どんなふうにやっているわけ?」ヴィッキーがたずねた。「あなたたちはみんな同じヴィジョンを共有していて、どうやってか、地球のとはことなる報償システムを導入している。そういうことなの?」

セリーナは眉をひそめた。「どんなふうに説明すればいいのかよくわからない。あなたたちの貨幣制度を経験したことがないから、正しい用語を見つけるのがむずかしいの。わたしは自分がやっていることに対して明確な報酬を得ようとは思っていない。必要なことだからやっているだけ」

「しかし、なにが必要なことなのかをどうやって知るんだ？」キーンもだんだん興味を引かれていた。「貨幣は、義務の程度をしめす一般的な手段のひとつにすぎない。きみたちはなにをその代わりにしているんだ？　だれにどんな義務があるかを知る手段は？」

「義務……？」セリーナはかぶりをふった。「だれに対する義務？」

「おたがいや、社会全体に対する義務だ……」キーンは実例をさがした。「きみは惑星地質学者だといっていたね。とすれば、せっせと勉強して能力や知識を高めなければならないはずだ。なぜそんなことをする？」

「なぜ……？　それは、単に……いったでしょ。必要なことだから」

「でも、どうして？」ヴィッキーがくいさがった。「それでなにが得られるの？　あなたにはどんな見返りがあるの？」

　セリーナは不安な顔でふたりを見た。わかりきったことを口にするのがためらわれるようだった。「見返りとして、わたしは生きている。人生を体験している。いま乗っている宇宙船を設計して建造したのはわたしじゃない。ほかの人たちよ。ほかの人たちが、わたしが着ている服を作り、わたしが口にしている食物を生産したの。クロニアにもどったら、生きるために必要なものすべてについて同じことがいえるわ。住んでいる居住施設、必要なものを供給する機械類。そういったものが存在するのは、何千という人びとの努力と技術があったから。それなのに、わたしが見返りになにを得るかと質問するの？」セリーナはまたかぶりをふったが、今度は驚きの表情に変わっていた。「わたしが見返りにどれだけの義務を負っているかを知りたいの？　その質問には、自分にできるせいいっぱいのこと、としかこたえようがないわ。それがわたしの価値だから」

キーンは落ち着かない気分になった。セリーナは、こんなことはこどもにだってわかるはずだと思っているのに、礼儀として口に出していないだけのようだった。とはいえ、キーン自身もずっとまえからひっかかりをおぼえていた多くの問題で意見が一致していたので、腹が立つようなことはなかった。「しかし、努力をおこたった場合でも、やっぱりそれだけのものを手に入れられるのか？　つまり、どうなるのかな――氷原に放りだされたりはしないのか？」

「もちろんそんなことはないわ――病人や精神に障害がある人だって同じことでしょ」セリーナはまたかぶりをふった。「ただ、意図的に努力をおこたる理由がわからない――必要とされているという充足感を自分から捨てるわけ？　それは人間にとっていちばんたいせつなことでしょう。地球はほんとうに忘れてしまったの？」

キーンはセリーナをまじまじと見つめた。ようやくメッセージが伝わったのだ。

「クロポトキン」ヴィッキーがぼんやりとつぶやいた。「衛星ディオネに最初に建設された基地は、クロポトキンと名付けられたのよね？」

「ああ、たしかロシア人だったな……ずっと昔の」キーンは、まだセリーナから聞いたことばの意味をかみしめていた。

「ピョートル・クロポトキン」セリーナがうなずいた。「モンデールは、クロポトキンの考えをたくさん取り入れたの。革命家でありながら、人間にはおたがいが必要なのだと主張することで、革命の様相を変えようとした。相互扶助の必要性さえ理解していれば、人間の営みは自然と正しい方向へ導かれるのだと。地球では失敗したわ。でも……」

セリーナはしかたがないというように手をふって、あとのことばをのみこんだ。その身ぶりは、べつの環境が必要だったのだと伝えていたのかもしれなかった。

あたえることではなく受け取ることで成功の度合いをはかるシステム。そこでは、なにを所有しているかではなく、どんな貢献ができるかによって〝富〟が評価される。全員の生存がおたがいの能力にかかっている環境では、自然にそういう仕組みが取り入れられるのかもしれない。キーンは、そういう体制の一員になるのがどんな気分なのかを想像してみようとした。だが、できなかった。条件がそろっていないのだ。しかも、心の底には疑いがあった。こういうユートピアのように聞こえるアイディアは、いつの時代でも試みられてきたし、初期段階ではそれなりに成功することもあった。だが、人数が増えるにつれて、創設者の理念が希薄になって、人間性という現実がのさばるようになるため、そうした実験は、最終的には争いと分裂によって終わりを告げるのがつねだった。

ひょっとしたら、セリーナがいうように、地球を離れて過去のしがらみから解放された新しい環境でなら、社会力学もべつの進化を遂げられるのかもしれない。それは時間が教えてくれるだろう。

ヴィッキーはすっかり心を奪われているようだった。はじめて地球を離れ、広大な宇宙を背景にした新しい視点に立ったことが影響しているのかもしれなかった。

「社会構造だけのことなの？」ヴィッキーはセリーナにたずねた。「それとも、もっと深い信仰みたいなものも関係しているの？」

「なぜそんなことを？」

「それは……話を聞いていると、数々の偉大な宗教が何千年もまえからひろめようとしてきた教えとよく似ているから――つまり、本来の宗教という意味よ。結局はどれも政治がらみのエセ宗教に変貌してしまうんだけど」

「クロニアには形式的な教会みたいなものはいっさいないの。信仰はもっと内面的な、個人的なことだから」セリーナは腕をふって、窓の外の光景をしめした。「でも、クロニアのほとんどの科学者は、この宇宙や、ここでわたしたちがそれについて話したり考えたりしていることが、ある目的をもった設計の存在を暗示していると考えているわ――あなたたちの宗教が教えている、無意味な、ありえない偶然とはちがうけど。それは、クロニアの科学がこうなった知的風土のなかで作用していることを意味している。〝科学〟は本質的にメカニズムや物質しか扱わないと思いこんでいたら、ほんとうに重要な問題から科学を締めだすことになるかもしれない」

セリーナの返事に、キーンは驚き、ちらりと疑いの念をおぼえた。

「すると、これらすべての背後に存在する知性は、軍隊と軍隊がおたがいをばらばらに切り刻んだり、人びとが火あぶりにされたりする原因になった神と同じものなのかな?」キーンは冷淡にたずねた。

セリーナは首を横にふった――すこしいらいらしたように。「もちろんちがうわ。ヴィッキーがいったように、それは政治がらみのエセ宗教がもたらした結果でしかない。宗教的伝統の後継者たちが、権力側に身売りして、社会的支配力を手に入れようとした時代のこと。わたしが話しているような知性が、人間がとても重要だと思いこんでいる日々のできごとに関心をもつとは思えないわ」

キーンは無言でうなずいた。それは、地球の科学的伝統の後継者たちに起きたこととほぼ同じことでもあった。

「でも、あなたはその知性が目的をもっていると思うの?」キーンが政治的な側面に話をもどすより先に、ヴィッキーがセリーナにたずねた。

セリーナは遠くを見るような表情になった。その顔は、船外で回転する星々の輝きに照らされていた。「わたしはそう信じている。そうでないとしたら、あまりにも統制がとれすぎているような気がするから。元素を生産する恒星は、生産工程の最後にそれらを放出するよう正確に調整されている。惑星という組み立て工場で生みだされた複雑な生物は、意識を発現させる方向へ進化するようプログラムされていて、その意識は、経験を蓄積するための道具となっている。もしも、自分たちの役割が、宇宙に最終的に生命をもたらす大聖堂に石を積むことだと認めるなら、たぶん、クロニア人にも宗教があるといえるんじゃないかと思う」

すべてが立派な理想主義にいろどられていた。だが、それはキーンの心に不安をよみがえらせた。こんな人びとが、敵意をもった地球人を相手に、うまく地球式の交渉ができるとは思えなかった。クロニア人にとっては、許される最小限の努力の見返りに最大限の要求をするという概念そのものが異質なのだ。彼らは自分にできる最大限の努力をしたうえで、その見返りを期待する。人間の価値は、奪う力ではなく、あたえる意欲にあると考えられているのだ。

「ガリアンもやっぱりそういう夢想家なのかな?」キーンはセリーナにたずねた。「なにしろ、きみたちが地上へもどったときに相手をする連中は、土星に資源を送る理由をわざわざ見つけようとするつもりはないんだ。もっと故郷に近いところに、ほかのたくさんの関心事があるからね。ガリアンには、そのあたりのことをしっかり心に留めておいてもらわないと」

「まるでなにか警告をしているような口ぶりね」

「いや……ぼくがいいたいのは、こっちでは、きみたちが慣れているやりかたが通用しないということだ。手の内を隠すのは、地球では賢い行為とみなされる。いわれたことをすべて額面どおりに受け取ってはいけないいんだ」

「わたしたちだって地球の歴史や慣習は学んできたわ」

「それはいいことだよ。ただ、知識と実際の生活とが同じかどうかはわからない」

セリーナは、なにかを推し量るように、キーンをじっと見つめた。「わたしたちには、まだ公表していない、あなたたちにも伝えていないことがある――でも、とくにそれについて話すことを禁じられているわけではないわ。もともと、地球式の政治ゲームで地球人に勝てるとは思っていなかった。わたしたちの目的は科学的なもの。議論によってではなく、証拠をもとにして、わたしたちの考えを認めてもらいたいのよ」

キーンはにっこり笑ったが、見くだすような態度にならないよう気をつけた。「立派な意見だと思う。土星でなら、科学と政治をべつべつの箱に入れておくことができるんだろう。でも、地球の生活はもっと雑然としている。なんでもごちゃ混ぜにする傾向があるんだ」

「わたしたちもそのことには気づいていたわ。だからこそ、いまのうちに正式にこちらの主張を伝えておくことにしたの。ただアテナの事件を利用したわけじゃないわ――たしかに、タイミングとしてはぴったりだったけど。わたしたちにとってもっとも強力な証拠が提示されたわけだから」

キーンは眉をひそめた。予期せぬ展開だった。「証拠……？　金星が『出エジプト記』で描かれた彗星だということか？」

セリーナは首を横にふった。「それよりはるかに根本的な話。ここでいっているのは、地球の歴史における単一の事件ではなく、太陽系全体の安定性のこと。わたしたちは、ずっと以前から、過去の時代には惑星の配置がいまとはちがっていたと考えていた。それが確信に変わったの」視線を、あいかわらず熱心に耳をかたむけているヴィッキーに移す。「もどりましょう。見せたいものがあるの」

キーンとヴィッキーは、セリーナのあとについて、さっき来た道を引き返し、コントロールデッキの人けのない場所にはいりこんだ。セリーナが一台のコンソールに近づき、それを起動した。見慣れないレイアウトではあったが、スクリーンのひとつに標準的な通信フォーマットが表示された。

「まずガリアンの許可をとらないと」セリーナが小声で説明した。わずかな間をおいて、こちらを向いているガリアンの顔があらわれた。

「セリーナ！」ガリアンは大きな声でいった。「もう宇宙船にもどっているはずだな。なにも問題はないんだろう？　ランデンとその友人たちは到着したのか？」

「ええ。いまここにいるわ。ヴィッキーもいっしょに」

「それはよかった。一時的とはいえ、地上から離れられるとは、きみがほんとうにうらやましい。ここで歩いていると、あいかわらず無駄足を踏んでいるような気がしてなあ。いいまわしはこれで合ってるかな？　まあいい。時間がないから手短に頼む。どんな用件かな？」

「レアでの発見をふたりに見せたいの。ちょうど関係のある話題が出たから。まずあなたに異議がないことを確認しようと思って」

「レアでの発見か」ガリアンは眉をあげた。「来週までは公表したくなかったんだがな」

「これは内々の話だから。ランやその仲間がどれだけわたしたちを支援してくれたかわかってるでしょう。情報がよそに漏れることを心配する必要はないと思う」

ガリアンは地球で政治的代表団を指揮しているのだから、こういう状況でそんなことを頼むのはむりがあった。ところが、ガリアンはすこし考えこんだだけで、うなずいた。「よかろう。きみがそのほうが望ましいと思うなら、わたしはその判断に従うことにする」ガリアンは、キーンとヴィッキーにあいさつをして、オシリス号の感想をたずねてから、失礼するといって回線を切った。

セリーナはコンソールを停止して、メインフロアに通じる戸口へと歩きだし、「こっちよ」と肩越しに呼びかけた。キーンとヴィッキーは、興味津々で顔を見合わせてから、ふたたびセリーナのあとを追って、今度は小さな部屋にはいりこんだ。電子機器やスクリーンやパネルがぎっしりと詰めこまれ、片側の壁ぎわには作業台がのびていた。セリーナは、小さな水槽のように見えるガラス製の容器のまえで席につき、ボタンを叩いてコマンドを入力しはじめた。中空にぼんやりした輝きが浮かびあがった。ホログラムビューアーだ。

「現物は、オシリス号のべつのモジュールで冷凍保存されているの」セリーナがいうと、輝きがさらに強まった。「今度地上へおりるときには持っていくわ。いま見せてあげられるのは画像だけ。すこしまえに、同じ画像を地球の専門家に送って評価を依頼した。ガリアンがいったように、来週にはなんらかのかたちで公表したいと思っているの」

セリーナが隣接するスクリーンのパネルを操作すると、ガラスのむこうでひとつの物体がかたちをとった。見たところはこまかな白い筋のついた黒っぽい石板のようで、てっぺんが半円形になっており、下の片隅は欠けていた。セリーナは画像をゆっくりと回転させて、表面に刻みこまれている図案が見えるようにした。一枚の円盤が矢じりの上に左右対称にのっていて、わずかに傾いた線がその円盤を刺し貫いていた。両側には、もっと小さな円やそのほかの形が描かれ、下には、奇妙なシンボルがならぶ表のいちばん上の部分らしきものが見えていた。

キーンはとまどった目をヴィッキーに向けて、眉をひそめ、セリーナの肩越しにぐっと身を乗りだした。いま見ているのは、あきらかに芸術的素養のある文化の産物だった。「レアで発見されたって?」キーンは困惑してセリーナにたずねた。レアは土星の衛星だ。ヴィッキーは、すぐにはなにもいわず、奇妙な表情を浮かべて画像をじっとにらんでいた。

セリーナは、目を前方に向けたまま、うなずいた。「レアの氷原で、こういう品物や破片がたくさん発見されたの。あきらかに人工物よ。このしるしがなにを意味するのかはわからない。いまは生物はいないし、そもそも生物が出現するような条件がととのっていない。高度に進化した種はなおさら。じゃあ、これらの物体はレアでなにをしているのかしら?」ようやく頭をめぐらせて、ふたりの訪問者に目を向ける。「これがなにを意味するかはわかるでしょ。太陽系は、地球の科学者たちが考えているように何十億年も同じ状態だったわけではない。いろいろな面で、いまわたしたちが見ているものとはまったくちがっていた。それが事実だとしたら、これからもまったくちがう姿に変わる可能性があるのよ」

17

訪問者たちは、オシリス号の船内で八時間の睡眠をとったあと、クロニア人といっしょに朝食をとり、宇宙船を離れた。地上への降下と、新設されたモンテセレロスの施設への着陸はなにごともなく完了し、乗客と搭乗員は、アムスペース社の飛行機でテキサス州のサンサウシーロへもどった。キーンとヴィッキーは、飛行後の報告を終えて私服に着替えたあと、ヘリコプターでキングズヴィルへもどる一行に加わった。出発のとき、そこにキーンの車を置いておいたのだ。着陸地がべつの場所だったので、デモ参加者たちはすでに姿を消しており、作業員たちが、施設の周辺や乗り入れ道路の脇で、残ったゴミをせっせと片づけていた。

「環境保護をとなえるわれらが友人たちの所業だよ」キーンは皮肉をこめていったが、ヴィッキーは、ヘリコプターが上昇して北へと飛行をはじめるあいだ、じっと窓の外を見つめたままだった。なにも聞こえていないようだ。キーンは、ヴィッキーの顔のまえで手を上下にふってみた。「もしもーし。地球からヴィッキーへ。もう帰ってきていいよ。体のほうはとっくにもどってきているから」

ヴィッキーが目をぱちくりさせて、うっすらと笑みを浮かべた。

「どこにいたんだよ――まだオシリス号の船内か？」キーンはたずねた。

ヴィッキーはすぐには返事をしなかった。「ある意味ではね……。セリーナが見せてくれたレアでの発見物についていたしるしのことを考えていたの。ばかげて聞こえるのはわかるんだけどね、ラン、あれをどこかで見たことがあるのよ……あるいは、よく似たものを。どこで見たのかがはっきりしないんだけど」

たしかにばかげていた。去年発見されたばかりでまだ地球に着いてもいなかった物体に描かれていたしるしを、いったいどうやって見たというのだ？

「クロニアからの通信にまぎれこんでいて、それを見たのかもしれないな」キーンに思いつける説明はそれだけだった。

ヴィッキーは首を横にふった。「いいえ。そういうのじゃなかった。本かなにかに載っていたのよ。最近はいろんなことに首を突っ込んでいるから。金星と火星、恐竜とマンモス、聖書の歴史、太古の伝説……」

「ああ。でも、そんなことは絶対に――」キーンのポケットのなかで電話が鳴り、話がさえぎられた。「もうはじまったのか」ため息をつき、電話を取りだして起動した。「もしもし、ランデン・キーンです」

「ジュディスよ。もう地上におりたのよね。ちょっと抜けだせるようなところにいるの？」

「いまはヘリでキングズヴィルへ向かっているところだ」

「ヴィッキーもいっしょ？」

「もちろん。となりにいるよ」

「どんな具合だった？」

「最高だったよ。でも、そんな話はあとでもできるだろう。なにがあった？」

「さっきジェリーから連絡があったわ。予備計算が終わったから、その結果を送ってくれたの。すばらしいわよ。いまからキングズヴィルへ行って完全なアウトプットを見てみるつもり。だから、むこうで会えるわね」

「よし！」キーンは電話をポケットにしまい、ヴィッキーの肩をぽんと叩いた。「ジュディスからだ。ジェリーが予備計算を終えた。いまからオフィスを出てキングズヴィルへ向かうそうだ。なにかおもしろい知らせがあるような口ぶりだったぞ」

キングズヴィルでさらに形式的な仕事を片づけたあと、キーンとヴィッキーは、まっすぐジェリー・アレンダーの部署へ向かった。ジュディスはまだコーパスクリスティから到着していなかったが、アレンダーはふたりを自分のオフィスへ招き入れて、予備計算の結果を見せてくれた。簡単にいってしまうと、理論上は金星もかつてそうだったとされている白熱するプラズマ状の天体は、電気力と重力が組み合わさって引き起こされる潮汐ポンピングにより、当初の楕円軌道から、最小限のエネルギー状態へと近づき、従来の理論で可能とされていたよりもはるかに急速に円形の軌道に移っていく。これだけでは、金星がそのようにして生まれたという証明にはならないが、可能性があることはしめされたわけだ。

キーンは歓喜に酔いしれた。オシリス号でヴィッキーといっしょに見たものを考え合わせれば、この今回の計算結果は、クロニア人の主張を真剣に受け止めるべきだという強力な根拠になる。ジュディスが到着してふたりに合流したとき、アレンダーはまだくわしい説明を続けていた。だが、キーンはもう充分だと思っていた。プリントアウトを入念に調べたり、スクリーンに新たな画像を表示したりしている三人を残して、だれもいないオフィスにはいり、コーパスクリスティの本社ビルにいるレス・アーキンに電話をかけた。

「やあ、レス。まず第一に、ジェニーをぶじに連れて帰ったことを伝えておくよ。まだ本人からは連絡がないかもしれないが、いまはキングズヴィルにいる。なにもかも順調だった。ジェニーはよくやったよ」

「ああ、ジェニーからは三十分ほどまえに連絡があって……」

「もうひとつあるんだ。いまジェリーと話をしたところなんだが、例の計算の結果が出た。あれはすべての主張に確固たる根拠をあたえてくれる。ジェリーの話によると、天文学者たちのあいだではもう噂が飛んでいるらしい。クロニア人の会見とタイミングを合わせて、こっちでも大々的な報道作戦を試してみるべきじゃないかな。これまでに話をした、サリオとか、ジェット推進研究所のチャーリー・フーとかいった、政府方針にとらわれない連中を前面に押しだして……」そこまで話したところで、アーキンがひどく厳しい顔をしていて、こちらの熱意にまったく反応していないことに気づいた。キーンは真顔にもどった。「どうしたんだ？」

スクリーン上で、アーキンが陰気な顔で首を横にふった。「なにもかも変わってしまったんだ、ラン。いったいどうなっているのか理解できない。われわれはサリオを失った。彼がこの件にかかわることはないだろう。しかも、それはサリオだけにはとどまらないと思う。わたしは――」

「サリオを失った？　どういう意味だ、失ったって。なんでそんなことが……？」

「彼は――」だれかが横からアーキンに声をかけた。アーキンはそちらへ顔を向けて、小声でなにかいった。さらにぼそぼそという声が続いた。「ラン、申し訳ないんだが、いまはちょっと手が離せないんだ。きみのほうでサリオに連絡をしてみてくれ。この件についてはあとで話そう――ええと、三十分か一時間後に。かまわないかな？」

「ああ、もちろん……。こっちから連絡しようか？」

「そうだな……。サンドイッチでもつまみながら話してもいいし。昼食がまだなんだ」

「わかった。そっちへ行こうか？」

「きみさえよければ。おごるよ」

「じゃあ、あとで」

キーンは、携帯電話の電話帳で番号を見つけ、いま使っていたオフィスのユニットでサリオを呼びだした。サリオはすぐにばつの悪そうな顔になった。連絡がくるのを予期していて、しかもそれがうれしくないようだ。遠まわしにさぐりを入れる必要はなかった。

「軌道からもどってきて、レスと話をしたところだ」キーンはいった。「なにかトラブルが起きているといわれたんだけど」

「コースト・トゥ・コーストへの出演はなくなりました、キーン博士」サリオは重々しい声でいった。

「どうして？　なにがあった？　番組からはずされたのか？」

サリオは首を横にふった。「ちがいます。わたしが断ったんです……。イングランドの大学から手紙が来て、わたしに〝真剣な科学研究〟をおこなう適性があるのかどうかが疑問視されているから、二年間の長期研修休暇《サバティカル》への招待については考え直すことになるかもしれないとほのめかされたんです」サリオは困惑していた。「あれはただの仕事じゃないんです。ジーンはすっかりその気ですし、こどもたちにとってもすごく貴重な体験になるし……。あなたにとって重要なことだというのはわかっていますが、でも……」かぶりをふる。「申し訳ありません、キーン博士。わたしがあなたの力になれるとは思えません。ほかの人を見つけるのはそれほどむずかしくないはずです」

キーンが中央コンピュータ室へもどると、ヴィッキーが、調べていた電界強度のグラフから顔をあげた。「ほんとに驚きよ、ラン。もしも地球が探査機を送りだしていたら、こっちの科学者たちだって何カ月もまえにわかっていたはず」

「へえ」

「そうそう。ジュディスがいってたけど、カレンはたぶん退社することになるみたい。いまのボーイフレンドたちがダラスの出身で、仕事を世話してくれるから、カレンもむこうへ引っ越すんだって。やっとみんなとなじんで、仕事のこつもおぼえてきたところなのに。残念ね。彼女はよく働いてくれたわ。また代わりの人をさがさないと」

「ふむ。いつまでいてくれるのかな?」

「二カ月ほどらしいけど、もっと短くなる可能性も……」ヴィッキーは、キーンがあまり話を聞いていないことに気づいた。「ラン、どうしたの、ラン?」

「あとで話すよ。きみはジュディスの車でもどってくれるか? 予定が変わった。大急ぎでコーパスクリスティへ行ってレスに会わないと」


「サリオだけじゃないんだ」レス・アーキンが、ボックス席のテーブル越しに疲れた声でいった。ふたりは本社ビルから一ブロック歩いて、アムスペース社のスタッフがよく使うコーヒーとサンドイッチの店に来ていた。「どこかで大々的な作戦が展開されていて、こっちの主張をつぶそうとしている。敵はおなじみの虫や雑草を守るエコロジー団体だけじゃない。サリオに手を引かせるためにどこまで圧力をかけたかを考えてみろ――それだけの力があるんだ」

キーンにはおおよその見当がついていた。彼は厳しい顔でうなずいた。「わかった。で、ほかにはどんなことがあった?」

アーキンはコーヒーをかき混ぜながら、手をひょいと差しあげた。「ここ数日で、ふたつのトークショーへの出演がなぜか土壇場でキャンセルされた。まえに話したヘレンバーグという男をおぼえているかな――先週の土曜日の晩にこっちへ呼んだハワイの天文学者だ」

「チャーリー・フーが紹介してくれた男だろ。もちろんおぼえているよ」

「ヘレンバーグは飛行機でロサンジェルスへやってきた。控え室で待っていたときに、インタビューが取り消されたんだ」

キーンはとても信じられなかった。「冗談だろ！」

「ヘレンバーグにもわけがわからなかった。予定が変更になったといわれて、報酬が支払われたらしい。あきらかに、関係者がどこかのだれかから強烈な圧力をかけられたんだ。わたしのほうも、連絡を受けたときには五里霧中だったんだが、プロデューサーの助手が、ワシントンのある科学機関について口をすべらせてね……。そうそう、われわれが今月の刊行を心待ちにしていた本のことは知ってるか？」

「シーモアの本かな？」キーンはいった。『神々、神話、大変動』と題された、クロニア人の主張を一般向けに解説した本で、ほんとうなら、このテーマが大きな話題になっていた数カ月まえには書店にならんでいたはずだった。

「そうだ。あの本はどうやら保留になっているらしい。科学書のバイヤーたちが、その出版社が発行している教科書をボイコットすると脅しているからだ。出版社にとって教科書は重要だからな。おまけに、出版に抗議する手紙や電子メールが殺到していて……。それについてはこんなことがあった。わたしのほうで、手紙をよこしたある科学者に――ミネソタ州の、クワインという地質学者だ――好奇心から電話をかけて、あなたはこの本のどの部分について抗議しているのかと質問してみたんだ。彼がなんといったか聞きたいか、ラン？　それについてはよく知らないと認めたよ。新刊見本を手に入れたわけじゃないから、実際には本を読んでもいなかったんだ」

「ええっ？　それじゃどうやって……」

「クワインは、本を読んでもいないことを彼らに伝えようとしたんだが、それでもかまわないといわれたそうだ。手紙はこっちで書くから、サインだけしてくれればいいと」

「〝彼ら〟？　その〝彼ら〟というのは？」キーンはたずねた。

「教えてもらえなかった。ただ、そのなかには、クワインの出版物のほとんどすべてについて審査する委員会の責任者が含まれているらしい。彼がなんといわれたかは想像がつくだろう――キャリアの危機だとかなんとか」

アーキンは椅子に背をもたせかけて、サラダをぼんやりといじくりまわし、キーンは無言でサンドイッチを食べ続けた。ふだんのアーキンは、広報部の責任者として陽気で明るいイメージをたもつようにしているのだが、今日ばかりはそうもいかないようだった。彼は、ボックス席のわきの窓越しに、昼すぎの通りを行き来する人びとをむっつりとながめてから、キーンに目をもどした。ふたりの社交上の付き合いは長かった。車や、そのほかの新型の機械装置の修理ではおたがいに手を貸したし、〈バンダナ〉ではしばしばビールを酌み交わしたし、ときどきはいっしょにゴルフを楽しんだりもした。さらに、プレッシャーがきつくなると、アーキンは、街を横切ったところにあるキーンの男部屋を、夫婦の幸せな家庭からの一時的な避難所として利用することもあった。

「わからないよ、ラン」アーキンはため息をついた。「ときどき、いったいどうなっているのかと思うんだ。今度こそ成功した、なにか重要なことをやり遂げられたと思っていても、ある日、目をさましてあたりを見まわすと、ただその場で足踏みをしていただけで、自分がやったはずの成果はどこかよそのポケットにおさまっている。いつだってそういう具合になってしまうんだ」コーヒーをごくりと飲んで、肩をすくめる。「そういうことさ。結局はそういうことなんだ。で、ふと気がつくと、一週間のいちばんの楽しみがばからしい野球の試合だったりする。こんなのまちがってる。きみはどうなんだ？　われわれはもっと大きなことを、もっとましなことをするために存在しているんだと感じないか？　生活のためにあくせくする必要がなかったとしたら、われわれにはどんなことができていたんだろう？」

二世代あとに完成する大聖堂を作りはじめる――と、キーンは胸のうちで思った。宇宙に生命をもたらす。キーンはマグカップのコーヒーを飲み、あたりを見まわした。近くのテーブルで、母親に連れられて午後のアイスクリームを食べに来た三人の幼いこどもたちが、にぎやかに笑い合っていた。外の通りにとまっている電力会社のトラックからおりてきた作業員たちが、オレンジ色のセーフティコーンをならべて、一本の車線を閉鎖していた。

「なにかをやったあとで、最初よりほんのすこしでもましな状態になったのなら、それはやる価値があったといえるんじゃないかな」キーンは顔をもどし、なにか前向きなことをいおうとした。「哲学者たちはまちがった問いかけをしている。彼らは何年もかけて、人間が完全になれるのかどうかを知ろうとする。そして、答がノーだという結論に達すると――最初からわかりきっていたはずなのに――落胆して、自殺をはかったりする」

「じゃあ、どんな問いかけをするべきなんだ?」

「人間は向上できるのかどうか。その答はつねにイエスだから、やる価値があることもつねに存在する」

アーキンは、まちがいを見つけようとするかのようにキーンを凝視したが、できなかったらしく、ふんと鼻を鳴らした。「いいだろう。じゃあ、いま話しているような状況で、われわれはどうやって向上すればいいんだ? きみはなにが起きているか理解しているのか? こんなのは科学じゃない」

「今度はぼくに心理学者を演じろというのか。それは専門外だよ、レス。ぼくは宇宙船用の原子力エンジンを作っているんだ」

「いずれにせよ、きみの見解は聞いてみたい」

「そうだな……」キーンは長々と息をついて考えこんだ。「これは、伝統ある教会が注目を集める異端の説におびやかされるという、昔ながらの構図にすぎないんじゃないかな。主流派の地位と、それにともなう余得を失ったら、信徒たちがいっせいに敵側に走ることになりかねない。だから、あらゆる手段を使って妨害しようとする」

「あらゆる手段?」アーキンは異議をとなえた。「良心の呵責は問題じゃないのか? 文明社会では、言動にはルールがともなうものだと思っていたんだが」

「ああ、そのルールが適用されるのは、教会のなかにいる紳士たちのあいだだけだ」キーンは説明した。「部外者には適用されないんだよ」

「それにしたって、言語道断な検閲がまかりとおっている。事実を隠蔽して。証拠を平等に評価するとか、客観的な真実をさがしもとめるとかいう話はどうなった？」

キーンは手をさっとふった。「宗教はみんなそうだ。最初のころはいい考えだったんだ。ところが、べつの種類の人びとがはいりこんで支配するようになると、結局は力関係だけが重視されるようになる。あとは、新人を教化するのに便利な読み物を用意するだけだ」

アーキンは好奇心をあらわにして、キーンを見つめた。「しかし、だれもがそうだというわけじゃないだろう？　つまり、きみはどうなんだ？　きみはいまでもそういう流れに抵抗しているように見えるが」

「もちろん。だからこそ、ぼくは社員五人のオフィスを運営し、ワシントンで契約書をばらまくかわりに、テキサス南部のどこかにある異端の会社と組んで活動している。だが、少なくとも、それはぼくに動機をあたえてくれる。きみのほうはどうなんだ？」

アーキンは、理解するのはあきらめたというように、ただかぶりをふった。

キーンは、自分がまた軽薄な言動に流れつつあることに気づいていた。それは、サリオの身に起きたことや、ここで聞いたそれ以外のできごとの衝撃をやわらげるための、反射的な防衛機構だった。だが、心の底では、嵐のまえに風がじわじわと強さを増すように、怒りがこみあげてくるのを感じていた。ここにいても、その怒りを静めることはできない。サリオのような人びとと会っても、クロニア人と話をしても、地球のまわりを飛びまわってもだめだ。そのためには、問題の源がある場所へ踏みこむしかない。
カヴァンは、こうなることをほんとうに最初から見越していたのだろうか？

18

翌朝、キーンがプロトニクス社に到着すると、その憂鬱な気分がオフィス全体にたちこめて、彼のまわりだけ気温が逆転したかのようだった。女性陣は、自分の仕事に集中して、キーンのそばには近寄らないようにした。

キーンはきわめていらだたしい状況におかれていた。自分に大きな影響をおよぼすものごとを、自分ではどうにもできないのだ。キーンの職業人としての未来は、アムスペース社の運命と密接につながっているわけだが、それは最終的にはワシントンの決定にかかっているので、キーンはできるだけのことをやって、その決定がくだされる過程に影響をおよぼそうとしてきた。だが、結果はあまりかんばしくないようだ。さらに悪いことに、アムスペース社にとっての当面の優先事項が、キーンに関係のあるエンジニアリング方面の問題から、モンテモレロスに着陸したシャトルを再度打ち上げるための社内的なこまごました管理上の問題へと移ってしまっていたので、キーンとしてはエネルギーのはけ口がなくなっていた。

キーンの人生への取り組み方は、つねに、なにかまずいことが起きたときには自分がいちばん最初に非難される立場にあると考えることにあった。そうすれば、なにかを学ぶこともできるし、自分の手で必要なことをきっちりやり遂げる能力もつちかうことができる。それは、なすすべもなく人生に流されるのではなく、みずから人生をコントロールするための第一の前提条件だった。クロニア人の件については、これ以上はないというほど全力を尽くしてきたはずだ。これでうまくいかないのなら、あとは知ったことか。なにもかも放りだして、オシリス号が出発するときに、クロニア人といっしょに土星へ行けばいい。

キーンがあれこれと思いをめぐらしていると、ヴィッキーが青いホルダーを手にオフィスへはいってきて、それをキーンのまえにひろげて置いた。片方のページには、でこぼこした土地の等高線地図が載っていて、十字や、四角や、そのほかの形で、いろいろな場所がしめされていた。むかいのページに載っているのは、陶器らしきものの破片や、彫像の台座だったと思われる石板や、壁の浮き彫りの一部の複写で、そのすべてに、奇妙なシンボルが刻みこまれていた。断片的で消えかかっているものもあれば、それなりにはっきり見えるものもある。

「ほら」ヴィッキーが、ならんだシンボルを指さした。

キーンはそれをじっと見つめた。ヴィッキーがなにをいわんとしているかはわかっていたが、わざと気づかないふりをして、目で問いかけた。

「これで見たのよ」ヴィッキーはいった。「ロビンが科学の課題でコクタン人のことを調べていたでしょ。オシリス号でセリーナが見せてくれたシンボルは、これとそっくりだった。いくつかはまだ思い浮かべることができるもの。これだけ似ていたら偶然ということはありえない。なにか関係があるのよ」

キーンは、わかりきった指摘をするしかなかった。「きみが本気だということはわかるけど、これがいかに不合理であるかはいうまでもないだろ。地球のアラビア半島で作られたものが、どうやって土星までたどり着いたんだ？　太古の航海文化が、氷河期以前に南極大陸の正確な地図を生みだしていたという話なら信じられる。でも、古代人が――」

ヴィッキーは手をあげて、キーンのことばをさえぎった。「わかってるわ。ばかげていることはわかってるの。わたしは自分が見たものを伝えているだけ。わたしは広告のグラフィックデザインをしているから。こういうものを見る目はあるのよ」

キーンは身ぶりでヴィッキーをなだめて、それについて議論をするつもりはないことをしめした。「で、ぼくにどうしろというんだ？」デスクから身を引いて、たずねる。

「べつになにかをしてくれといってるんじゃないの。ただ、昨日ヘリのなかでこの話をしたときのあなたの目つきを見て、幻覚や妄想じゃないということを伝えておきたかっただけ」

キーンはやさしくうなずいた。「わかった……。きみは軌道上で二十四時間すごしたあとで頭がおかしくなっていたわけじゃないと。でも、そんなふうに思ったわけじゃないんだ」

キーンは、目的を果たしたヴィッキーが、こくりとうなずき、ホルダーを取りあげて部屋から出ていくのを待った。だが、そうはならなかった。

「ただ……」ヴィッキーは、ふと思いついたという顔でキーンを見つめたが、キーンにはにわかに信じられなかった。

「どうした？」

「その、ちょっと興味がわいたの。ワシントンにいたとき、スミソニアン博物館の女性に会ったといってたでしょ。発掘とかそういうことにかかわっていて……」

「キャサリン・ゼトルか？」

「そう。あの画像を送って見てもらうことはできないかしら？　それでけりがつくはず。もしもわたしがまちがっていたら、それで話はおしまい。でも、そうじゃなかったら……」最後までいう必要はなかった。それでなくても複雑な事態に、また新しく、ありえない要素が追加されることになるのだ。

キーンは乗り気になれなかった。「あれを人に見せてまわるのはまずいんじゃないかな。ほら、セリーナでさえ、まずガリアンに確認をとっていただろ。それに、ゼトルのことはよく知らないから、こんな問題に関与させていいのかどうかわからない。カクテルパーティですこし話をしただけだから。きみがいいたいことはわかるけど……」キーンはまた手をふって、話を締めくくった。

ヴィッキーは背すじをのばし、不承不承といった様子でキーンを見つめてから、ため息をついた。「そうね。わたしたちはこの件に正式に関与しているわけでもないんだから。ただ……その、頭がくらくらしてくるじゃない！」

「ああ、わかる、わかるよ」キーンは指でデスクをとんとん叩いた。「こうしよう。セリーナはあの画像を事前に送ったといっていたから、地球の科学者たちもすでに調査をはじめているだろう。ヨクタン人の筆記文字との類似がほんとうに存在するなら、それに気づくのはきみひとりじゃないはずだ。来週、クロニア人があの人工物のことを公表するときにどんなことをいうか聞いてみよう。存在がおおやけになったあとで、この話題が出てこないようだったら、よろこんでゼトルに連絡をとるよ——そいつはえらく妙な話だからな。質問をするほうが当然だろう。これでどうだ?」

「つまり、まる一週間待てというの?」

「それくらいがまんできるだろ?　なあ——きみのために土星から来た宇宙船への訪問を手配したのに、こんなふうに責め立てられなけりゃいけないのか?　それはないだろう」

「まあ、あなたがそういうふうにいうなら、わたしとしては——」

キーンのデスクのスクリーンで呼び出し音が鳴った。

「失礼」キーンは身を乗りだして、通話に応じた。「もしもし?」

「あとでね、ラン」ヴィッキーはホルダーを取りあげて、部屋を出ると、ドアを閉めた。

連絡をよこしたのは、キングズヴィルのジェリー・アレンダーだった。彼は真っ赤な顔でかぶりをふり、何度か手をばたばたさせてから、ようやく話しだした。

「ラン、なにが起きたかわかるか?　やつらがあれをはねつけたんだ……認められないといって、ただはねつけたんだ!　はじめからなにもなかったみたいに。考慮の対象にさえならないらしい——これっぽっちも価値がないんだ」

「ジェリー、落ち着け。いったいなんの話だ?　だれがなにをはねつけた?」

アレンダーは口をつぐんで呼吸をととのえた。「たったいま、ティンダムという天文学者から連絡があった。来週クロニア人たちと会うことになっている科学委員会の一員だ。ヴォラーとかいうやつが委員長をつとめているらしい」

キーンは短くうなずいた。「それで？」

「例の軌道計算だよ。やつらがそれを認めないんだ」

「なに？」

「ヴォラーが、きちんとした調査と評価によって裏付けがとれるまで、この計算結果は考慮の対象にしないと決定したんだ。なんでもかんでも引きのばす連中が相手じゃ、どれだけの時間がかかるやら。いずれにせよ、来週についてはどうにもならないってことだ」

キーンの体は怒りで震えていた。「あの計算はクロニア人が実行したんだぞ。ぼくたちがその裏付けをとったんだ！　受け入れるのをためらう理由はどこにもない。どんな前例を引っぱりだしたって、はねつけられるわけがないんだ。ヴォラーは、ぼくたちもクロニア人も無能だといいたいのか？　……いや、もっと悪いかもな。ぼくたちがでっちあげたとでも思っているのか？」

アレンダーは、一、二秒ほど、喉が詰まったようにぱくぱくと口を動かしてから、うなずいた。「たぶんそうだと思う。わたしはそういう印象を受けた。あいつらがそんな噂をひろめているのかもしれない。やつらはたしかにそれをほのめかしているんだ」

数分後、キーンは受付エリアに飛びこみ、自分の端末で朝のメールをふるいにかけていたカレンを仰天させた。

「コネティカット州のエール大学」キーンは怒鳴った。「ハーバート・ヴォラー教授と話をしたい。天文学部の責任者だ。ぼくのほうへ回線をつなぐか、彼がいる場所の近くにある電話の番号を調べてくれ。祖母の葬儀に出席している最中だとしてもかまうことはない。とにかく見つけろ」

ヴィッキーが、キーンの背後にある自分のオフィスへ通じる戸口に姿をあらわした。「ラン、とりあえず三十分ほど気を静めてみるというのもいい考えじゃないかと——」

「もうたくさんだ。まず最初に、エセ科学を押しつけられた。おつぎが、どこかのけちな独裁体制で使われそうな汚い策略。そしてこれだ。ぼくたちが無能だとか嘘つきだとか非難されるなんて……」キーンはかぶりをふり、みなまでいわずに、どすどすと自分のオフィスへはいり、ドアをばたんと閉めた。一瞬おいて、彼はふたたびドアを開き、わめいた。「あんないいかいかいやつらに！」

キーンがまだかっかしていたとき、カレンが報告した。「天文学部のほうでは、ヴォラー教授は二週間はもどらないといっています。わたしが話した女性は、教授のプライベートな番号を教えられる立場にないそうです。ワシントンの番号は教えてもらいましたが、そちらのほうは明日かあさってまでは連絡がつきません。でも、ニューヘイヴンの自宅の番号はわかりました」

当然だな——と、キーンは思った。ヴォラーはワシントンでくりひろげられるサーカスの準備に奔走しているのだ。「それでいい」キーンはうなるようにいった。「自宅にいるだれかがやつの居所を知っているかもしれない……。ありがとう、カレン」

数秒後にキーンが見つめていたのは、かつての妻、フェイの顔だった。

フェイはクールで、上品で、髪はキーンが知っていたころより短くなり、ますます冷静できっちりした雰囲気になっていた――彼女の人生そのものと同じ方向へ変わっているのにちがいない。淡い青色のブラウスに、ハイセンスで高価そうなブローチをきらめかせ、ゆったりした黒いカーディガンをはおっている。背後のやわらかな色合いの壁紙と木製のパネルが、洗練と優美というイメージを完成させていた――出世街道まっしぐらの上級学会員にはぴったりな配置だ。

驚きの表情が浮かんだのはほんの一瞬で、すぐに落ち着きがもどった。ふたつの目がすばやく動いて、すぐまえにあるスクリーンから可能なかぎりの情報をあっというまに抽出し、それを記録した。何年もいっしょにすごした人間どうしではよくあるように、キーンの態度がすでになにかを伝えていたのだ。

「あら」フェイはいった。「なつかしい顔ね。こうなるのは時間の問題じゃないかという予感はあったんだけど。最近はずいぶんニュースになっているじゃない。でも、それであなたのかんしゃくがおさまったりはしなかったみたいね。なんの用なの、ラン?」

キーンは深く息を吸いこんで、気を落ち着けようとした。「やあ、フェイ。きみのいうとおりだよ……」いつもそうだったな、と思ったら腹が立った。「あいさつくらいしたいところだが、そんな気分じゃないんだ。あいつと話をしなけりゃならない。そこにいるのか？」

「〝あいつ〟というのは、あたしの夫のことかしら。名前はハーバートなんだけど」

キーンはそっけなくうなずいた。またもやフェイのいうとおりだった。どんな不満があろうと、不作法な態度をとることはない。ただで弾薬をくれてやるようなものだ。「そうだ。きみの夫の、ヴォラー教授のことだ。もしそこにいるなら、話をしたい……頼む」

「残念だけどいないわ。いまはワシントンで、あなたの……友人たちとの来週の会合にそなえているの。あたしも明日の朝にはむこうへ行くわ。彼のオフィスでそういわれなかった？まずそっちを試すべきだと思うけど」

「教授に連絡がつく電話番号を知らないか？　きわめて重要な用件だということは、いうまでもないと思うんだが」

いっとき、フェイは批判的な視線をキーンに向けた。それから首を横にふった。「あたしはそうは思わないわ。どうみても、あなたは喧嘩をしたくてうずうずしている。大事な仕事が来週に迫っているときに、彼をそんな破壊的な影響にさらしたくないもの」

「よせよ、ぼくが話したがっているのがその来週の仕事に関することだというのはわかりきってるだろう？」キーンはぶっきらぼうにいった。

ほんの一瞬、フェイの唇にあざけりの色が浮かんだ。「ハーバートがこまごましたエンジニアリング方面の問題に興味をもつとは思えないし」あたかも、それが運転手の仕事であるかのような口ぶりだった。

キーンは頭に血がのぼるのを感じた。自制心を失いかけているのはわかったが、どうしようもなかった。「いいか、その会合にとってきわめて重要な意味をもつ作業が、このテキサスで完了したんだ」怒気をこめていう。「ついさっき、委員会はそれを無視するよう指示されたという話を聞いた。その指示を出したのがハーバートだ。これはささいな問題じゃないんだ、フェイ。科学界の茶番劇によって、この国のすべての人びとの利益に重大な影響をもつ活動が意図的に妨害されようとしている。そんなことが許されるはずはない。このままでは、ハーバートの大事なキャリアにも大きな傷がつくことになる。それがわかっているのか?」

「ずいぶん大げさね。あなたは脅迫をしているのかしら。はっきりそういってくれれば、こっちの対応も簡単かつ率直なものになるんだけど。要するに、やれるものならやってみなさいってことね」

「好きなようにとればいいさ」キーンはいいかえした。「ハーバートと話をさせてくれないんだったら、これを伝えてくれ。彼のような地位にある人物が、科学的な証拠を故意にねじ曲げるのは重大な問題だ。でも、こっちには証拠が山のようにあるから、作られた偽情報や、犯罪的陰謀としかいえない大規模なマスコミ操作なんかものともしない。いまいっているのは、否認や反対意見の排除、自分にとって不利な証人の脅迫、組織的な検閲のことだ。どれもこれも、法廷に持ちだされたら犯罪行為になる。さて、それがあきらかになったとき、大衆はどう判断するかな? ヴォラーが考えをあらためないというのなら、実際にそういうことになる。クソの山を残らずぶちまけてやるといってるんだ。ぼくは本気だ。きみもちゃんとハーバートに伝えたほうがいい」

フェイの表情は、キーンが話しているあいだにも凍りついていった。両目は氷に包まれた鋼鉄と化していた。「あなたの考えはよくわかったわ。まだ話したいことがあるのなら、弁護士をとおしたほうがいいわね」そういい捨てて、フェイは接続を切った。

午後遅くになって、カレンがセリーナからの連絡を取り次いだときも、キーンはあいかわらずはらわたが煮えくりかえっていた。セリーナはまだオシリス号の船内にいて、二日後に地上へおりる予定になっていた。ワシントンにいるガリアンから、地球の科学委員会の裁定について聞かされたため、セリーナはすっかり落ちこんでいた。クロニアの派遣団全体が混乱におちいっていた。彼らは、土星の科学者たち——期限までに探査機のデータを使えるようにするため熱心に働いてくれた人びとだ——の指示をあおごうとしていたが、やりとりのたびに二時間も待たなければならないのでなかなかむずかしかった。そこで、ガリアンは自前の防衛団を組織しようとしていた。プリンストン大学のノイゼンダーは、自分の役割は数学について助言することだけだといって会議での発言を辞退したが、ガリアンは、ジェット推進研究所のチャーリー・フーとその同僚ふたりの出席を強力に要請していた。キーンはアムスペース社でおこなわれた軌道計算の段取りをつけたし、アレンダーは実際に作業にたずさわった。キーンとアレンダーは、来週ワシントンへ来て、彼らがおこなった作業の有効性について証言してくれるだろうか？

「ぼくはもちろん行く」キーンは即座にこたえた。

オシリス号のセリーナとまだ回線がつながっているうちに、キーンがアレンダーに連絡をとってみたところ、やはり躊躇《ちゅうちょ》なくきっぱりした返事がかえってきた。というわけで、少なくとも、キーンたちには復帰のチャンスができた。が、それは不愉快な闘いになるはずだった。

その夜遅く、キーンがレオ・カヴァンに連絡を入れたところ、それを裏付けることばが返ってきた。カヴァンはすでに、キーンがクロニア人の運動に加わることになったという話を聞きつけていた。

「いったいどんなことをいったのかは知らないがね、ランデン、きみは確実に大騒ぎを引き起こしているぞ」というのが、カヴァンからの新たな情報だった。「今日はいたるところできみの名前を耳にした。それも、あまり好意的な文脈のなかではない。ささやかな助言をしておこう。とにかく慎重にいくことだ。図書館で借りた本は期限までに返し、赤信号は絶対に通過せず、未成年の女性には目も向けないようにしろ。われらが公正なる首都にひろがる官僚の暗黒街には、どぶさらいを専門にしている部署があって、連中がそこでどんなものを見つけているかを知ったらきみも仰天するだろう。手にはいるあらゆるものをネタにして、きみを狙い撃ちするんだ。それは科学と関係があるとはかぎらない。連中がどのあたりを狙っているかがわかったら、きみに知らせるつもりだが、そこらへんにころがっている情報ではないからな。いずれにせよ、絶対にああいうやつらを見くびるな。恐ろしいほどの効果をもたらすことがあるんだ」

19

キーンは、輝く金属製の都市や、星でいっぱいの空の下にひろがる凍りついた風景を心に思い描いていた。遠い衛星の上で軌道をめぐる奇妙な住居を。リングの外側からながめる土星の巨大さを。科学が先入観に支配されていない世界での暮らしを想像し、ことなる価値観をもつ不可解だが興味をそそる文化を理解しようとした。

キーンがやろうとしていたのは、地球の関係機関に、全人類の未来にとってきわめて重要な問題で自分たちがまちがっている可能性があると認めさせることだった。だが、その反応は、あざけりと声高な反対であり、国家の安全保障に対する政治的な脅威とみなされているふしもあるようだった。キーンは自分の気持ちをじっくり分析して、もしもこの試みが失敗したときに、地球を見込みのないものとしてあきらめ、本気でクロニアで新たな人生をはじめるつもりがあるのかと自問した。

新しい世界と新しい生活にまつわる自分の考えに、セリーナに対する興味という要素が含まれているのを否定するつもりはなかった。フェイと話をしたことで、離婚のあと、自分がどれほど私生活を犠牲にして仕事に没頭してきたかを痛感させられた――別れるまえだってそれほどすばらしい私生活だったわけではないが。とすれば、べつの方面での新たな挑戦と冒険こそ、キーンの人生に必要なものなのかもしれなかった。セリーナとの会話を思い起こし、すこしばかりの希望的観測とともに、そこになにか、エンジニアとしての実際的な意識のフィルターによってはじかれてしまったヒントか手がかりはないかとさがしてみた。だが、異質と表現するしかない文化で育った相手のことだけに、なかなかむずかしかった。またあるときは、いらだちのあまり、セリーナが自分に対して仕事上の興味以上の感情をもつ理由がどこにあるのかと自問したりもした……。だが、そのいっぽうで、どうしてそれが前提条件にならなければならないのかという思いもあった。こういうことはどこかではじめるしかないのだ。ときには、地球側との話し合いがどうにもならず、踏ん切りをつける理由をあたえてくれることを、なかば期待している自分に気づくこともあった。

とはいうものの、心の奥深くには落ち着かない気持ちがあり、正直に告白してしまえば、自分でも理由がわからなかった。自分はそんなふうになにかをあきらめてしまう人間ではないからだ、と理屈をつけてしまいたかったが、それだけではないことはわかっていた。ヴィッキーとロビンを〝捨てる〟ことになるからだろうか？　実際には、そういうことになる理由はどこにもなかった。ヴィッキーとのあいだに、なんらかの義務が生まれるような関係を築いてきたわけではなかったし、彼女のほうも、キーンになにかの貸しがあるとほのめかしたことはいちどもなかった。それでも、キーンがいつのまにかあのふたりの人生に、とりわけロビンの人生にかかわっていたのも事実だった。たとえ、何年かのあいだ感情面のよりどころと心理面の支えになったくらいだとしても。だが、理性と感情はべつべつのワイヤーで交信し、それはけっして交わることがない。キーンはこの状況をずっとまえに予想し、道徳面の逃げ道を用意しておくために、ヴィッキーとのかかわりを避けてきたのだろうか？　もしもそうだとしたら、キーンが何カ月ものあいだ演じてきた、地球の未来を気にかける男という役回りは、自尊心を支えるためにでっちあげた見せかけにすぎず、内心では、最初から選んでいた道を進むときがくるのをじっと待っていたのだろうか？

キーンにはわからなかった。だが、それについて考えようと努力したことで、徐々にわかってきたことがあった。たとえ精神のスイッチがはいって、無意識のうちにクロニアへ行くことを決心していたのがあきらかになったとしても、その前提として、まずここで敗北しなければならないということはない。自分がクロニアへ行くことを望んでいるのなら、それはそれでいい。ことばを換えると、ここでの闘いでまず勝利をおさめて、それから旅立ってもいっこうにかまわないわけだ――地球が全面的に協力してくれるなら、クロニアの未来ははかりしれないほど有望なものとなるのだから。

これはなかなかいい考え方だな、とキーンは思った。その後、彼の態度は目に見えて明るくなった。もうじきおこなわれるワシントンでの会議に対する期待もふたたび高まり、プロトニクス社のオフィスの雰囲気も、ふだんどおりの生産的なおだやかさを取りもどした。

20

クロニア人との会議は、すでに二日目にはいっていた。舞台は、アメリカ科学推進協会がニューヨーク・アヴェニューに新築したビルのなかにある会議場だった。積極的な参加者は、大きく三つに分類することができた。クロニアの派遣団と、その意見を支持している、地球の各地から集まったさまざまな分野の科学者たち。地球の一般的な科学的見解を支持する専門委員たちのほうは、太陽系天文学、最近の地質学、氷河期年代学、気候学、文化神話学など、ここで議論の対象となっているさまざまな分野の代表だ。そして、これらすべてから導きだされる政策に関心をもっている政界の顧問や代表たち——国際的な顔ぶれになる可能性もあったはずだが、基本的には合衆国が中心になるということで話がついているようだった。ジェット推進研究所からフーとその同僚ふたりを会議に参加させようという動きについては、内紛を引き起こすという理由で異議がとなえられた。委員長のハーバート・ヴォラーはこの意見に賛成し、事前に認められていたとおりの顔ぶれが出席することになった。

これら三つのグループが、ホールの前方のセクションを占拠していた。客席に面したステージには、目下の話題に関係がある人びとがならぶパネラー用テーブルと、中心となる話者のための演壇が用意されていた。ホールの前方中央にあるいくつかの椅子とテーブルは、現在のアメリカ科学推進協会の会長で、ノーベル物理学賞の受賞者で、このイベントの名目上のホスト兼議長でもあるアーウィン・シャッツや、おもだった科学機関の役人とその管理補佐官たちのための予約席だった。真ん中あたりの列にならんでいるのは、ジャーナリストや、科学担当記者や、レポーターたちだ。残りは、適切なコネによってなんとか通行許可証を手に入れた招待者によって埋まっていた。このイベントは、科学界だけではなく世界の政策決定や世論形成に大きな関係があるので、たくさんのカメラやマイクがならんでいた。

キーンとジェリー・アレンダーが関与した仕事については、三日目まで討議の予定がなかったのだが、ふたりは最初から会場に顔を出していた。キーンは、長年のあいだに面識のできた人びとを大勢見かけたので、そのうちの何人かと、公式セッションの合間に談話室で情報交換をすることができた。レオ・カヴァンは、ホールのわきのほうの席にすわったり、ドアのそばにたたずんだりと、断続的に姿をあらわしていた。

これまでのところ、ほとんどの発言はクロニア人たちによるもので、今回主張している結論を出すにいたった研究について要点を説明しているという状況だった。クロニア人たちが言及している情報は、事実上すべて、以前から入手可能なものばかりだったが、アテナの出現以降にマスコミが一般にひろめたセンセーショナルな情報をべつにすると、専門誌に断片的に掲載されただけで、ほとんどが世に知られていなかった。ガリアンはすべてをまとめて記録に残したがっていて、それを拒絶する理由はどこにもなかったのだ。クロニア人たちは、地球規模の破壊や天空で起きた激しいできごとに関する太古の記録と、地質学的および生物学的な記録に記された大変動との結びつきを比較して論じた。わりあいに近い時代に月と火星の両方に大きな混乱が発生した証拠として、地球上の隆起がなんらかの外的要因によって引き起こされたことをしめし、それゆえ、安定した秩序ある太陽系という従来からの見解はまちがっているのだと指摘した。そして最後に、その外的要因とはアテナと同じように木星から放出された物体であり、それがのちに金星へと変化したのだと推定する理由を列挙した。

二日がすぎるあいだに、聴衆の反応はにぎやかでやかましいものへと変わっていた。クロニア人が太古の記録や神話について言及すると、とげとげしい沈黙がおりたが、これは体制側の科学者が不満の意をあらわすときのやりかただった。彼らは、そんなものは二十一世紀の科学界では議論の対象にすらならないと考えていたが、クロニア人がどうしても語りたいというのなら、礼儀として耳をかたむけるしかなかったのだ。最近の地質学的および生物学的大変動にまつわる意見に対しては、もっと活気のある反応が返ってきた。証拠が存在することを否定しているわけではなく――その点については一般に認められていた――それらの事実が、主流の学説がいまだに主張するつながりのない局地的なできごとではなく、地球規模の普遍的なできごとの存在を立証するという考え方が受け入れられなかったのだ。さらに大きな抗議の声があがったのは、クロニア人が従来の歴史年表の見直しを求めたときだった。たとえば、最後の氷河期が終わった年代をもっと最近にして、青銅器時代と有史時代との境目にあるといわれてきた、紀元前一二〇〇年から七〇〇年までのギリシアの〝暗黒時代〟を撤廃する。クロニア人は、そんな時代はそもそも存在せず、十九世紀のあやまった研究から生じた、ギリシアとエジプトの年代学の調整不良にすぎないのだと断言した。意見が分かれる点については、のちにおこなわれる専門セッションで討議されることになった。

真剣な反対の声や、「ちがう！」「ありえない！」「ばかげてる！」のコーラスがわき起こったのは、ガリアンやセリーナを含めたクロニアの代表者たちが、太陽系の起源や年齢や安定性や最近の歴史に関する伝統的な見解に挑戦をはじめたときだった。ヴォラーがとりまとめた地球側の基本方針が、ついに姿をあらわしたのだ。アテナがそこにあるのを否定することはできないが、人類が存在するあいだには二度と起こらない特異なできごとだという見解なら受け入れられる。アテナを、ごくありきたりなできごとのいちばん最近の事例とみなすなら、何世紀ものあいだ信じられてきたものをそっくり破り捨てなければならないわけであり、それはとうてい考えられないことだった。この問題についても、事前の取り決めによれば、意見が分かれる点についてはのちのセッションで討議されるはずだった。だが、このときばかりは、場内の雰囲気が、すり切れたかんしゃくと傷つけられた自尊心により、これ以上は耐えられないという段階まで達していたので、収拾のつかない事態におちいってしまった。マスコミにとっては大当たりで、真っ赤な顔をした教授たちが壇上に向かって侮辱的なことばを投げつけたり、アメリカ科学推進協会の会長が、テーブルのへりでファイルホルダーをぼろぼろにしながら静粛にと大声で呼びかけたり、壇上のセリーナが、落ち着いた威厳のある姿で、つぎつぎと起こる騒ぎがおさまるのをじっと待ったりしている様子がカメラでとらえられていた。このあいだずっと、ヴォラーは、騒ぎを鎮めようとするよりも、むしろ人びとをけしかけて論戦に拍車をかける役割を果たしているように見えた。カヴァンがいっていたように、クロニア問題の重要性を出世に利用しようとしているのだろう。政界や科学界からこれほど大きな注目を集められる機会はそうそうあるものではない。ヴォラーは確実にそのステージの中央に立ち続けようとしていた。

やがて、議論はぐるぐるとらせん降下して、金星の起源という問題の上に墜落した。ガリアンが太古の天文学や神話に残された記述についてふたたび言及すると、天文学者たちがそれをさえぎり、そんな資料は不適切であり、ここにもちだす題材は科学的なものに限定するべきだと抗議した。ガリアンから発言を引き継いだヴァシェンは、サリオがキーンに説明した線に沿って、金星が若い惑星であるという証拠を提示した。議長のシャッツがその件についてはあとで討議するといったにもかかわらず、数人の参加者が立ちあがり、一般に認められている理論ですべてがきちんと説明できるのだから、そんな仮説は必要ないと主張した。クロニア人がアテナとの比較をもちだすと、やはり、アテナはまったくべつの種類の物体であり、金星が過去にアテナのような軌道をたどったということはありえないと逆襲された。セリーナがこれに反論し、クロニアの宇宙探査機が過去十カ月間に収集したデータがしめすとおり、宇宙空間において、従来のモデルでは説明できないほどの電気特性の変化が生じており、改訂モデルにもとづいた計算では、軌道はたしかにこの仮説で設定された期限内に円形へ変化することが可能なのだと述べた。これでまた大騒ぎになり、天文学委員会の副議長をつとめるティンダムが、おそらくは筋書きどおりに、この件は証拠として認めるべきではないと要求した。ここにいたって、ガリアンがさっと立ちあがり、科学の議論からはいかなる証拠であろうと排除するべきではないと抗議し、正当な理由をしめせと逆にくってかかった。ティンダムは、この仮説はいまだ立証されておらず――裁判における伝聞のようなものだ――第三者によって確認されるまでは科学的証拠とみなす根拠がないとこたえた。このあまりにもかたくなな裁定に、あちこちで驚いたような声があがった。セリーナがふたたび立ちあがり、この計算結果はすでに検証済みで、裏付け調査をおこなった人びともこの会場に来ているのだと激しく反論し、キーンとアレンダーがすわっているあたりを身ぶりでしめした。ガリアンが議長に、彼らの話を聞きたいと要求した。シャッツは、会場全体で高まる好奇心と、のしかかる倫理的なプレッシャーに負けて、あきらかにしぶしぶと、この要求を認めた。

これは、ヴォラーの立場がもっとも危険にさらされた瞬間だった。ヴォラーは、天文学委員会の主張を擁護するために、科学会議の出席者というよりも法廷弁護士のような役回りにつくことにして、すぐさま自分の席を離れると、議長のテーブルのまえに演壇を用意させた。そのとき、キーンはすでにステージにあがっていて、アムスペース社でおこなわれた計算の段取りをつけるために自分がどんな役割を果たしたかを説明し終えたところだった。アレンダー、セリーナ、ガリアン、ヴァシェン、それとクロニア人数学者のチェラシーが、キーンの左側でテーブルにならび、ホールを見渡していた。

ヴォラーが発言をはじめた。「すると、この計算というのは、クロニアの科学者たちと最初から取り決めをしていた研究手順の一環ではないのですね。オシリス号がこちらに到着したあと、カクテルパーティの席上で決定されたと。そういうことでいいのですか？」

「そのとおりだ」キーンは認めた。彼はいらだちをおぼえていた。それが狙いなのかもしれない。事前に取り決めなどできるわけがないのだ。あの時点で、最初の計算結果が土星から届いたばかりだった。ヴォラーもそれは知っているはずだ。

「データファイルは、オシリス号のコンピュータにある。あなたは、アムスペース社で再計算をしてもらうために、そのファイルにアクセスするためのコードを伝えたのですね」

「ああ――というか、ぼくの仕事上のパートナーと、うちの会社で雇っている数理物理学者が手配をした。もとになる未加工のデータだけだ。クロニア側でどんな結果が出たのかは事前には知らされなかった。アムスペース社が出した計算結果は、クロニア側のそれと完全に一致していた。こまかい手順については、ぼくの同僚のアレンダー博士がくわしく知っている」キーンは付け加えずにはいられなかった。「もしもアレンダー博士やそのスタッフの能力に疑問があるというのなら、準備作業や計算手法についてはプリンストン大学のノイゼンダー教授にも助言をあおいだといっておこう。教授は天体力学の専門家で、その名前はきみも聞いたことがあるはずだ」

ヴォラーはしばらくキーンを見つめてから、ぼんやりとうなずいた。どうやらべつのことを考えていたようだ。「いえ、作業にかかわった人たちの能力についてはなんの疑いもありませんし、その計算がきちんと実行されたのもたしかなのでしょう。ゲイリー・ノイゼンダーとは古い知り合いですから、彼が承認したというのなら、その結果を暫定的に認めることにやぶさかではありません」ヴォラーはまたことばを切り、ふと視線をそらしてから、話を続けた。効果を出すためだろうが、場内の注目を集めるという意味では成功だった。「しかし、わたしが問題視しているのは計算が正しいかどうかということではないのです、キーン博士。結局のところ、計算の結果というものは、もとになるデータ以上の信頼性をもつことはないわけでしょう？　今回の場合、あなたもおっしゃったように、データの出所はたった一カ所しかありません。しかも、その出所は、ひかえめにいっても、計算結果に大きな利害関係をもっています。そうではありませんか？」

この発言は驚きの叫びによって迎えられた。キーンは自分の耳が信じられなかった。ヴォラーは、クロニア人の誠実さにまっこうから疑問を投げかけたのだ。一瞬混乱して、キーンは思わずかぶりをふった。

「いったいなにがいいたいんだ？　データが正しくないと……？　クロニア人がでっちあげたとでもいうのか？」キーンは信じられないという声でいった。

ヴォラーはひょいと両腕をあげた。「わたしはただ、ここで認めろといわれている計算結果が、土壇場になって単一の情報源から供給された、われわれには検証のしようがないデータをもとにしているのだと指摘しているだけです。しかも、その情報源は公平な第三者とはいえません。これらの計算結果が、いま議論されているクロニア人の主張とあまりにも都合よく一致していることには、ただ驚くしかありません。なにしろ、これまで認められていたあらゆる学説と矛盾しているのですから。信じがたいほどの偶然だとは思いませんか？　信じがたい証拠を必要とする信じがたい主張。あなたは、それを絶対確実なものとして認めろといっているのですよ」

テーブルのずっと端のほうで、ガリアンが怒りに満ちた顔でふたたび立ちあがった。「これはいったいどういうことだ？　われわれは善意でここへやってきた。それは、われわれの動機について尋問を受けるためではなく、証拠について議論をするためだ。われわれは犯罪者あつかいされているのか？　ヴォラー教授がほのめかしているように？」

キーンは、すでにフェイの姿を見つけていた。雑多なグループとともに三列目の席にすわっている。満足げな顔をしているのは、こうしたやりとりで個人的な恨みを晴らしているつもりになっているためだろうか。キーンは、あまり冷静とはいえないかもしれないが、まともにものを考えられるくらいには気を取り直していた。あまりにも厚かましい二重基準に、頭がくらくらした。ヴォラーは、じかに指揮したわけではないにせよ、これだけ大がかりな会議の開催を認めておきながら、いまになってクロニア人の誠実さを疑問視しようというのか？　とても信じられない。キーンはフェイに、自分は裏でなにが起きているかを暴露できる立場にあるし、そういう気分にもなっているのだと警告し、そのメッセージをヴォラーに伝えるよう頼んでおいた。フェイが伝えなかったのか、あるいはヴォラーが無視したのか。キーンは自分にいい聞かせた――まあいい、これほどの機会は二度とないだろう。

キーンは顔をあげ、会場全体に向かって発言した。「これはあんまりだ。クロニア人の主張に疑問をていするだけのはっきりした科学的根拠があるのなら、もちろん、この場で彼らの話を聞くべきだろう。だが、実際には、この会議はスキャンダラスとしかいいようのない告発の場に成り下がろうとしている」

会場のそこかしこから「そうだ、そうだ！」という叫びがあがった。それに勇気づけられて、キーンは演壇のへりを握り締め、ホールを見まわした。

「いいだろう。ここがそういう場だというのなら、現実にどんなことが起きているかについて全貌をあきらかにしておこう。起きているかもしれないことについての、裏付けのないあてこすりや憶測ではなく。本来、こういうことはその筋へきちんと報告することだと思う」

会場のあちこちで、人びとがかぶりをふったり、困惑した視線をかわしたりしていた。

「だが、事態がこういう方向へ進んでしまった以上、名前をあげることもできる複数の科学者たちについて話をしよう。何年も熱心に働いて築きあげたキャリアをおびやかされて、発言を封じられた者。予定されていたイベントが土壇場でキャンセルされるという直接的な介入によって、対立する見解をマスコミへ公表する機会を奪われた者。組織的なボイコットと大量の苦情の手紙による出版物の検閲……。もういちどいっておくが、これは現実に起きていることであり、起きているかもしれないと空想しているわけではない」キーンは最後に、会場からこちらを見あげているヴォラーに目をもどし、指を突きつけた。「そしていま、こうして列挙したすべてのできごとの中心で権力をふるっている人物が、この場に立って、あんな告発をできるとは……」キーンは、訴えかけるように短く両手をあげた。

「ここで議論の対象となっているのは、科学界と世界全体で偏見なく共有することが許されれば絶対確実だと証明される、大量の証拠のことですよね。まちがいありませんか？」ヴォラーがステージに向かっていった。

「ありがとう。それ以上にうまい表現はとても思いつかない」キーンはいった。

ヴォラーは、キーンの発言にも動じる様子はなく、自信たっぷりに腕を組んでいた。「〝弾圧〟に〝検閲〟ですか。キーン博士は、性急に強いことばを使う傾向があるようですね。われわれはマスコミの活動に介入したと非難されています。しかし、いったいいつから、マスコミが科学的な論説を披露するのに適した媒体に選ばれたのですか？　わたしから見れば、通常の手順をすっ飛ばして世論を味方につけようとしているとしか思えません。なぜそんなことをするかといえば、その主張自体に、厳密な調査に耐える力がないからでしょう。そのような観点から見た場合、われわれの行動は、疑わしい主張と中途半端な証拠にもとづいた生々しく感情的な信念にすぎないものに一般大衆が飛びつくのを阻止するものだったと表現するほうが正確です。科学機関というのはそのためにあるのではありませんか？　われわれは、この数カ月間ずっと、こうした会議の結果としてくだされる決定がいかに重要であるかを思い知らされてきました。ここでもういちどくりかえしておきます。けっしてそれを忘れないようにしましょう」

今度は、会場から賛同のつぶやきが聞こえてきた。キーンは、強固だと思っていた足場が崩れはじめるのを感じた。ガリアンはまだ立ったままで、困惑をあらわにしていた。ヴォラーに逆転を許すわけにはいかなかった。

「ちがう！」キーンはざわめきに負けじと声を張りあげた。「これはタブロイド新聞に書かれるような記事とはちがうんだ。われわれがマスコミに頼ろうとしたのは、ヴォラー教授が信頼する科学機関が、目のまえにある事実を見ることを拒否したからだ」横のほうへ腕をのばす。「クロニア人たちは、この会場にいるだれにもひけをとらない有能な科学者だ。彼らがわれわれに見てほしいといっている証拠は、あなたたちの実験室にあるどんなものとも同じように強固で検証可能なものなんだ」

「ええ、わたしたちもその例を見たところです」ヴォラーがあざけるようにいった。

「見ていない！　見るのを拒否しているんだ！」キーンは叫んだ。

「もとになっているデータは、土星よりこちら側にいる人間はだれひとり見たことがありません。探査機で集めたといわれていますが、探査機の存在自体、こちらとしてはただ信用するしかないのです。そんなものが検証可能だというのですか？」

「きみのあてこすりは許しがたい！」ガリアンがようやく声を取りもどして、キーンとともに反撃をはじめた。

「わたしたちが提供したのは探査機のデータだけではありません」セリーナが、ガリアンのとなりで声をあげた。暗褐色の肌でもそれとわかるほど顔が紅潮していた。彼女がキーンのまえで怒りをあらわにしたのは、これがはじめてだった。「しっかりと手にとることができる具体的な証拠です。それが疑わしいというのですか？　わたしたちがでっちあげたとでも？　あれでもまだ検証不可能だというのですか、ヴォラー教授？　では教えてください。ほかになにがあれば、あなたは納得するのです？」

ヴォラーはさっと頭をあげ、たったいま重要な発言があったといわんばかりの態度で、ぐるりと体をまわしてホールを見渡した。彼があらためて壇上へ向き直ったとき、場内はすっかり静まりかえっていた。ヴォラーの勝ち誇ったような顔は、まるでこの瞬間をずっと待っていたかのようだった。キーンは、なにか予期せぬ展開がおとずれようとしているのを感じた。

「そうそう、具体的な証拠ですね」ヴォラーはふたたび会場を見まわしてから、最初にすわっていた席へともどっていった。クロニア人たちは眉をひそめて、問いかけるような視線をかわしていた。ヴォラーは上体をかがめて、一辺が六十センチほどの大きな段ボール箱を持ちあげ、それをテーブルに置いた。箱のなかから、黒い布に包まれた物体を取りだし、その布をはずして、褐色の岩のかけららしきものを差しあげた。厚さは三センチほどで、ディナープレートほどの大きさだが、側面のまっすぐな部分には断ち切られたように角がついていた。「おそらく、これについて話しているんでしょう」クロニア人たちは恐怖をあらわにしていた。ガリアンは抗議しかけたが、ヴォラーがあいているほうの手をさっとふった。「ああ、ご心配なく。これはプラスチック製のレプリカです。もちろん、本物は安全に保管されています」ヴォラーはステージの下へ引き返し、あらためてホールに顔を向けた。セリーナがキーンの視線をとらえたが、キーンには首を横にふることしかできなかった。

「一部の方は、すでにこの物体のことをご存じでしょう」ヴォラーはいった。「今週中に公式発表がおこなわれる予定になっていますので、ここですこしばかり概要を説明しても問題はないと思います。手短にいいますと、これは数多くある物体のうちのひとつで、聞くところによりますと……」ことばを切り、頭をめぐらして壇上のキーンを見つめる。「……土星の衛星レアで、六カ月ほどまえに、氷のなかから発見されました。あきらかに知性を有する文化の手になる人工物で、そのうちのいくつかには、はっきりと筆記文字やそのほかのシンボルが記されています……」会場に驚愕のあえぎがひろがりはじめたが、ヴォラーは声を張りあげて締めくくった。「地球の専門家に調査をしてもらいたいということで、事前にホログラム画像が送られてきて、現物はつい数日まえに届いたというわけです。これらは、かつての太陽系の配置が現在とはまったくことなっていたことをしめす証拠とされています——またもや、クロニア人の主張をじつに印象的なかたちで裏付けるものがあらわれたのです」

今度は、騒がしい声がおさまるまですこし時間がかかった。ヴォラーは身を引き、ステージのへりにさりげなく背をもたせかけて待った。人びとの注目がふたたび集まると、彼は体を半分だけまわして壇上を見あげた。

「あなたとクロニアのゲストたちとの関係について教えてくれますか、キーン博士？」ヴォラーは、またもや、裁判を仕切る弁護士のような態度になっていた。

「ああ、それが必要だということなら」キーンには、この話がどういう方向へ進むのか見当もつかなかった。

「やはり親近感があるんでしょうね？　何カ月もやりとりを続けてきたのですから。あなたと、クロニアの一部の科学者たちとは、おたがいのことをよく知っているわけです」

「そうだと思う。同じ職業上の関心をもつ仲間なら当然のことだ。それがどうした？」

「なるほど、職業上の関心ですか。あなたが強く関心をもっているのは、クロニア人の主張が受け入れられるかどうかという点ではないのですか？　それは、あなたの会社が多くの仕事を請け負っているアムスペース・コーポレーションにしても同じことです。もしも地球が、現在急《せ》きたてられているようなかたちで、大がかりな長距離宇宙開発計画をはじめることになったら、クロニアのコロニーの未来が保証されるだけではなく、あなた自身とアムスペース社の富と成功がこれから先ずっと約束されることになる。そうではありませんか？」

「クロニアの未来を地球に保証してもらう必要などない」ガリアンがいきまいた。テーブルのうしろで、ようやく腰をおろしていた。「そんなものは悪質な作り話で――」

「キーン博士に返事をしていただきたいのですが」ヴォラーがいった。

キーンの忍耐力は限界に近づいていた。「ああ、それは事実だ」彼はぶっきらぼうにこたえた。「それがどうした？　いったいなにがいいたいんだ？」

ヴォラーはステージのへりからまえに進みでて、キーンとの話を続けながらも、会場に顔を向ける体勢をとった。あらためてレプリカの銘板を取りあげる。「なぜこのような標本がわずか二日まえに届いたのでしょう？　オシリス号が地球に到着してから四週間近くたっています。どこかにいるだれかが、二日では物理的なテストはできないだろうと考えたのでしょうか？　だとしたら、よほど必死になっているのでしょう。それとも、単に純朴で、地球の地質学に対する認識が甘かったということでしょうか？」

ここにいたって、キーンは完全にうろたえてしまった。「いいか、ぼくはこんな……。これはどういうことだ？　いいたいことがあるなら——」

ヴォラーの声がふいに響きわたり、キーンのことばをさえぎった。「わたしが手にしているレプリカの現物は、組成、化学的性質、同位体比率、スペクトル、中性子放射化、熱ルミネセンスのいずれの分析テストにおいても、この地球上でおよそ一億三千万年まえの白亜紀前期に生まれた砂岩と、まったく見分けがつきませんでした。それなのに、これは地球から十三億キロメートル離れた土星の衛星で発見されたというのです。さて、どうすればそんなことが可能なのでしょうか？」

「いや……それは……ありえない」キーンは首を横にふった。

クロニア人たちも狼狽しているようだった。

「しかし、それはわれわれ自身の手で地球まで運んできたのだ」ガリアンがいった。「きみたちの分析は、自分で思っているほど絶対的なものではないのかもしれん」

ヴォラーはうなずき、うれしそうな顔をした。「ええ、そのことばを待っていました。もちろん、太陽系には海がたくさんあって、そこで砂岩が生みだされたのかもしれません。あるいは、地球の専門家たちがひどく不器用で、火成岩と砂岩をとりちがえたのかもしれません。しかし、幸いなことに、われわれは地質学者たちのことばだけに頼る必要はありません。さきほど述べた筆記文字の正体はすでにあきらかになっています。アラビア半島南西部と〝アフリカの角〟で最近になって発見された、いまだ解読されていないヨクタン人の筆記文字と、明白な関連性が認められるのです。要するに、この物体は、まちがいなくいまわれわれが立っているこの惑星で生みだされたものであり、これらのシンボルを彫りこんだ人びとの文明は、土星ではなく地球上に存在していたのです」ヴォラーは壇上に顔をもどした。「さて、キーン博士、これをどう説明します?」

キーンには説明できなかった。ヴィッキーのことばの断片が頭のなかでばらばらに飛びかっていたが、それをまとめて意味のある内容を読みとることはできなかった。思考の流れが止まっていた。テーブルの端のほうでは、ガリアンが呆然としていた。「だが、どうしてそんなことが? あれはわれわれがみずから運んできたのだ。土星から」

「出所は探査機のデータと同じなのではありませんか?」ヴォラーがいった。あざけりをあらわにすることはなかったが、あきらかに楽しんでいる様子だった。

「それもわれわれがでっちあげたといいたいのか?」ガリアンはあえぐようにいった。

このころには、場内の人びとすべてが唖然とした顔で耳をすましていた。後方の席にいるレポーターたちは色めき立ち、早くも電話に向かって小声で話している者もいた。中央のテーブルでは、シャッツが絶望したようにかぶりをふっていた。前代未聞の事態だった。

「わたしはただ、地球の物体がどうやって土星の衛星にたどり着いたのかと質問しているだけです」ヴォラーはこたえた。中央のテーブルへ引き返し、銘板を、さっきはずした包みの上に置いてから、ふたたび顔をあげた。「いうまでもないことでしょうが、それらが土星の衛星にあったという点について、第三者による検証可能な証拠はどこにもないわけですよね？」ヴォラーはふりむいてクロニア人たちを見つめた。怒りの爆発をなかば予期しているかのようだった。「議論の余地のない唯一の事実は、これらの物体が、二日まえにオシリス号からシャトルによって運ばれてきたということです。宇宙船で休養をとってから地上へもどってきたクロニア人グループとともに。それ以外の点については、すべてクロニア人から伝えられただけです——探査機で収集されたデータと同じように」

ガリアンが、白髪の下の顔を真っ赤にして、また立ちあがりかけた。ヴァシェンとセリーナがそれを押しとどめたが、そのとき、ヴォラーがふいにむきを変えて、テーブルから数枚の紙片を取りあげ、ステージのそばに近づいて、またキーンを見あげた。

「この単純かつ明白な事実に関しては、われわれのほうで単純な説明ができるかもしれません。そうは思いませんか、キーン博士？」

キーンはまだ冷静さを取りもどすのに必死だった。いらいらとかぶりをふる。「ぼくはこの件にはまったくかかわっていない。なにをいっているのかわからないな」

「おや、そうですか？　では、いくつかの事柄について記憶を整理していただきましょう」ヴォラーは手にした紙片に目をやった。「オシリス号が地球軌道に到着したのは、五月六日の金曜日でした。翌週の月曜日の晩に、クロニア人は、滞在中のエングルトンホテルのスイートで非公式のレセプションを開催し、あなたもそれに出席しました。そのとおりですね？」

「ああ。それがどうした？」

「あなたの名前は公式に用意された名簿には載っていなかったようですね」

「クロニア人たちからじかに招待されたんだ」

「ああ、なるほど。あなたはずっとまえから良い友人だったんですよね。……さて、キーン博士、あなたはそのレセプションの場で、スミソニアン博物館の古人類学者、キャサリン・ゼトルに紹介されました。しばらくまえから続いているヨクタン文明の発掘にかかわっていた人物です」

「ああ、会ったよ」キーンは認めた。それがなんの関係がある？

「クロニア人とその主張に対するミズ・ゼトルの考えはどのようなものでしたか？」

「その件についてはあまり話をした記憶がないな」

「ああ、そうですか。わたしの手元にある記録によれば、ミズ・ゼトルはクロニア人をおおいに支持していて、本人のいう〝古ぼけた学説〟には批判的です」

「きみがそういうならそれでいいさ。ぼくは告発でもされているのか？　それとも、いつかはこの会議の本来の議題にもどれるのか？」

ヴォラーは要約にかかった。「すると、あなたはずっとまえからクロニア人たちと友好的な関係にあり、その理由のひとつに、あなたの職業上の関心が彼らの計画と合致しているということがあった。クロニア人は社交的な集まりにあなたを招き、あなたはそこで、彼らの立場に共感するべつの科学者と出会った。その科学者の仕事には、たまたま、われわれがここで話をしている物体の研究と分類と保管という作業が含まれていた。ではここで、ほぼ二週間後の五月二十四日まで話を進めましょう。この日、あなたはべつの宇宙ミッションに参加しましたね？　あなたと同じ関心をもつ、長年にわたる仕事仲間の、アムスペース社が実施したミッションに」

ここでキーンは、ヴォラーがなにをしようとしているかに思い当たった。突然押し寄せた心の動揺は、顔にもあらわれたはずだった。「ちがう」キーンは抗議した。

「え？　五月二十四日に実施されたミッションに参加しなかったというのですか？」

「きみの指摘がばかげているといってるんだ」

「わたしはなにも指摘していませんよ、キーン博士。そのミッションの目的は？」

「こんなのはばかげている！」キーンはもういちど、大きな声でいった。

「質問にこたえてください」

「なんでこんな茶番を続ける？　ぼくがここにいるのは、クロニア人の軌道計算をどうやって検証したかを説明するためだ。ここは裁判所かなにかなのか？」

会場に重苦しい沈黙がおりた。

「きみはヴォラー教授の質問にこたえるべきだ」ヴォラーの背後で、シャッツが全体の雰囲気を代弁していった。

キーンは深呼吸をして、気を落ち着けた。「あれはハイブリッドエンジンのテストをするためだった」

「化学的ハイブリッドですね」ヴォラーが補足した。「それは従来型の推進システムのテストでしょう？」

「そうだ」

「しかし、あなたの専門は原子力推進ではありませんか、キーン博士？　このミッションにおけるあなたの役割はなんだったのです？」

「ぼくはその部分にはかかわっていなかった」

「ほう？」ヴォラーは驚いたふりをしてみせた。「べつの部分があったのですか？　それはどんなことです？」

「ちゃんとわかっているくせに」

「ええ、わかっています。では、会場のみなさんのためにわたしから説明しましょう」ヴォラーはホールのほうへ向き直った。「このミッションには、土壇場になって、ある要素が追加されました。ハイブリッドエンジンの試験を終えたあと、アムスペース社のシャトルは、オシリス号とドッキングし、十二時間以上その状態を続けました」ヴォラーは、手にした紙片をめくり、最後の一枚を高々と差しあげた。「ここに、そのミッションでアムスペース社のシャトルが運んだ、個人的な手荷物の積載明細書のコピーがあります。ランデン・キーン博士が持ちこんだ荷物として、重さ十五・五キロの木箱があり、その中身は十二本のワインの詰め合わせということになっています」

キーンは、中央のテーブルにのっている、ヴォラーがレプリカを入れていた箱を見た。

「さて、ご覧ください」ヴォラーは続けた。「わたしの推定では、それはちょうどあのくらいの大きさの箱になるはずです。となると、あなたはゼトルと出会った二週間後に、あれとよく似た箱をオシリス号に持ちこみ、驚くなかれ、その数日後に、レアで発見されたという標本が地球に運びおろされたことになります。この会議にちょうど間に合うように。これまた、信じられないほど都合のいい偶然です」ヴォラーはくるりと体をまわして、キーンにまっこうから相対した。そして最後に、それまでのおどけた態度を捨てて、真剣な顔つきになった。「キーン博士、あなたは本気でわれわれに……」

だが、その先のことばは、いたるところでわき起こった大騒ぎにかき消された。ヤーンにはどのみち返事のしようがなかった。なにをいおうとしたところで、へたな言い訳にしか聞こえないだろう。クロニア人たちも、無言ですわりこんだまま、呆然としていた。キーンは、ステージの下のスペースに押し寄せてきた、やかましくしゃべり、わめき、手をふりかざす人びとをぼんやりと見つめた。なぜか、そのなかからカヴァンの顔が浮かびあがってきた。

「あれは事実ではないんです、レオ」キーンはいった。いまだに、これは夢ではないのだろうかという気がした。「実際にはそうじゃなかったのはわかってるでしょう。説明はできませんけど。こんな状況からどうやって先へ進めばいいんですか?」

「わたしにもわからない」カヴァンがいった。「ただ、とりあえず、きみは科学者たちとこれ以上の議論を続けることは考えないほうがいい。きみに必要なのは弁護士だ」

21

ヴォラーの申し立てが事実かどうかはっきりするまでは、科学的な議論という名目で話を続けることはできなかったので、追って告知があるまで会議は一時中断となった。マーヴィン・カーティスは、キーンと同じくらい当惑していた。この重大な局面で大衆の注意が本来の問題から完全にそれてしまっただけでも悲惨なのだが、さらに悪いことに、アムスペース社が騒ぎに巻きこまれて、会社として関与しているあらゆる事業の信頼性や妥当性に疑問符がついてしまった。

「すべてが政治的な見せしめ裁判になろうとしている」カーティスは、ようやく気を取り直して電話をかけたキーンに向かって、うなるようにいった。「すっかり忘れてもらえるまで二十年はかかるだろうな」

アムスペース社の法務部のカールトン・マーリー部長は、弁護士をふたり連れて、午後の飛行機でテキサスから飛び立った。その日の夜にはキーンと合流し、翌日には、アムスペース社と契約しているワシントンの法律事務所から抗議の声明を出す手はずをととのえた。激怒したキャサリン・ゼトルが、この件について公式に否定し、訴訟を起こす意思を表明したので、連帯行動がとれる可能性も出てきた。アメリカ科学推進協会のビルにある個室で短い打ち合わせをしたあと、ガリアンが、このときばかりは要領をえないひかえめな態度で、キーンに向かって、弁護士たちと会ったら、彼らがわれわれになにをしてもらいたがっているか教えてくれといった。そして、ほかのクロニア人たちとともに、その日の残りの時間をすごすためにエングルトンホテルへ引きあげていった。キーンは、ヴィッキーにしばらくのあいだプロトニクス社の事実上の責任者をつとめてくれと伝えてから、ワシントンのインフォメーション&オフィスサービスに立ち寄り、シャーリーにそちらの仕事をすべてまかせた。プライバシーと正気をたもつために、アムスペース社の弁護士たちがチェックインする予定のホテルに移り、シャーリーには、自分の居場所をだれにも教えるなと命じた。ジェリー・アレンダーがいっしょに残ろうかといってくれたが、キーンは、きみの専門分野とはまったく無縁の事態になってしまったから、ここにいてもできることはほとんどないと告げた。というわけで、アレンダーはその夜のコーパスクリスティ行きの最終便で帰っていった。

マーリーが連れてきたふたりの弁護士は、アムスペース社と長年付き合いがあるベテランのサリー・パンチャードと、ロースクールを出てからそれほどたっていないが、聡明で仕事熱心で人好きのするクリフ・イークスだった。一日中つきまとっていた狂騒からのがれて、弁護士たちといっしょにホテルの自分の部屋で腰をおろすと、キーンはようやく、これがなにを意味するのか真剣に考えられるようになった。

意味するものは衝撃的だった。キーン自身に対する告発は、クロニア人に対する大衆の見方にも大きなダメージをもたらすはずであり、カーティスがもっぱら心配しているのもそのあたりだった。だが、キーンは、自分のことはあまり心配していなかった。マーリーは、ヴォラーはあまりにも派手にやりすぎたと確信していた。事実がキーンの理解しているとおりだとすれば、組織的な調査によって、いずれは真相があきらかになるだろう。もちろん、それだけでは、ほかのだれかが問題の人工物をオシリス号へ運んだという可能性は残る。小型シャトルに乗りこんでいただれかが関与していると想像するのはむずかしかったが、カーティスは、念のため、彼らの経歴について目立たないように調査をはじめていた。だが、オシリス号が到着してからというもの、さまざまな種類の公式のシャトルが地上と宇宙船とのあいだを行き来していたのだから、犯人がどこかよそにいる可能性はいくらでもあった。

となると、ヴォラーは、キーンをだしにしてでっちあげた主張を、本気で信じていたのだろうか？　それとも、たまたま都合のいい偶然がそろったので、その機会をとらえてクロニア人の信用を落としただけなのだろうか——あとで、性急に結論を出しすぎたと認めればすむことだと考えて？　この段階では、それは問題ではなかった。残る問題は——世界のトップレベルの専門家たちが、地球の岩と太古の人間の文化が生みだした物体と、まったくちがう世界で生まれた物体とのちがいを見分けられないというのでないかぎりは——オシリス号に運ぶか送るかしたのがだれであろうと、あの石板がほんとうは地球にあったものだということだ。それはすなわち、レアで発見されたという説明が作り話だったことを意味する。もしもそうだとしたら、探査機のデータにだって信頼がおけるわけがないではないか。もちろん、ヴォラーのほんとうの狙いはそこにある。それ以外の部分は、彼自身がすこしばかり脚光をあびるためと、そのついでにキーンとアムスペース社を困らせるためでしかなかったのだろう。

キーンは、クロニア人たちとの付き合いのなかで、彼らの誠実さを疑ったことはいちどもなかった。これほどひどく判断を誤るということがありえるのだろうか？　もしそうだとしたら、ほかの点でも誤りをおかしているかもしれない。クロニアのコロニーは、地球の政治家や顧問たちが最初からいっていたように、もはや限界ぎりぎりまでひろがっていて、絶望のあまりこんな詐欺行為をはたらくことになったのかもしれない。クロニア人の動機や立場がどうであろうと、彼らといっしょに土星へ行くというキーンの夢想は打ち砕かれてしまった。すべての処置を弁護士たちに引き継いだいま、キーンのたったひとつの望みは、今後のことは彼らにまかせて、しばらく現場を離れ、残りの人生で自分がなにをしたいのかを本気で考えてみることだった。だが、そのまえに、弁護士たちをクロニア人に紹介しなければならなかった。

キーンは、クロニア人たちが地球に滞在しているあいだ使っている個人用の直通番号も教わっていたのだが、事態はもはや個人レベルではなくなっていたので、ホテルのスイートの代表番号にかけてみた。応答した警備要員は、キーンの本人確認をおこなってから、上の階へ回線をつないだ。スクリーンにあらわれたのはヴァシェンだったが、通話の相手がキーンだとわかると、セリーナにかわってくれた。セリーナは眠そうで、あまり話をするような状態ではなかったが、それもむりからぬことだった。彼女は、ガリアンに確認をとったあとで、弁護士と会うのは明日の午前中でかまわないといった。どのみち、クロニア人たちのスケジュールはすべてキャンセルされていたので、ほかにやることがなかったのだ。

つぎの日、キーンが朝食をすませて、ホテルのロビーで弁護士たちが来るのを待っていると、玄関へ向かおうとしていた三人の男が、わざわざ遠まわりをして近くへやってきた。

「あんた、昨日のニュースに出てたよな――偽の石板を宇宙船へ運んだんだろ？」ひとりがいった。

キーンは一瞬めんくらった。「なんですって？ ……ああ。いえ、彼らがいったことは事実ではありません。裏の事情がいろいろあるんです。いまの段階では、聞いたことをなんでも鵜呑みにしないでください」

「へえ？ だったら、あんたのいかれた友だちに伝えてくれよ。土星に帰って冷凍になりたいんだったら勝手にやってくれ。だが、地球へ来ておれたちに協力してもらおうとは思うな。そんなことはありえないからな。とくに、そのために嘘をつかなけりゃならないんだったら。わかったたか？」

三人は、キーンの返事を待つことなく、さっさと歩み去っていった。ほんの数週間まえには、キーンは空軍を相手に闘う宇宙の英雄だった。それがいまや、エイリアンの下僕あつかいだ。名声というやつは、ほんとうに短命で終わることがあるらしい。

クロニア人が滞在しているエングルトンホテルのスイートの雰囲気は、キーンが前回おとずれたときとはまったくちがっていた。パーティのような舞台と、今後の胸おどる変化にまつわる楽観的なおしゃべりのかわりに、その場の雰囲気を決定づけているのは、ノートパソコンと頑丈な書類かばんと法律用箋を手にした、堅苦しいスーツ姿の弁護士たちだった。クロニア人たちが地球での不思議な風景や体験についてジョークを飛ばすこともなかった。だれもが物憂げに押し黙り、質問された以外のことはほとんどしゃべらず、自分たちには選択の余地のない流れに従ってはいるが、どうせなんともならないのだとあきらめているような印象だった。

キーン自身は、弁護士たちを紹介して、昨夜の打ち合わせについて説明したあとは、とくにやることがなかった。マーリーが、前置きとして、アムスペース社とクロニア人は同罪とみなされているのだから、アムスペース社とワシントンの法律事務所との関係を説明し、アムスペース社とクロニア人は同罪とみなされているのだから、双方のための包括的な申し立てをおこなうほうが有利なのだと語った。ただ、それはワシントンの法律事務所のパートナーたちの意向によって変わってくるので、今日か明日には彼らと話し合いを持ちたいのだと。クロニア人たちから質問らしい質問はなかったので、マーリーは、前日の会議の報告書と筆記録を持ちだして、項目をひとつずつ取りあげ、クロニア人たちの説明を聞き、彼らの発言について確認をとった。そのあいだずっと、セリーナはキーンを妙な目で見つめていて、キーンは極力その視線を避けていた。弁護士たちの質問に対するガリアンの返事は、だんだん無愛想で緊張したものになっていった。つのるいらだちに、自分を抑えきれなくなっているようだった。

やがて、マーリーは椅子に背をもたせかけて、左右の指先でボールペンの両端を支えながら、微妙な問題についてどんなふうに切りだしたものかと思案するように、しばらくガリアンを見つめた。「わたしは、あなたがたの故郷ではものごとの進め方がちがっているということを充分に理解して、それを認めようと努力してきました。しかしながら、ここまでの返答は、あなたがたに最善の利益をもたらすものではありません。あなたがたは、地球のシステムがどんなふうに機能するかを理解していないようです。われわれはあなたがたの敵ではありません。味方なのです。われわれの仕事は、ダメージを最小限にとどめてこの事態を乗り切るための戦略を練ることです。しかし、そのためには、みなさんの全面的な協力が必要なのです」

ガリアンの顔がこわばった。「申し訳ない。協力していたつもりだったのだが」

サリー・パンチャードが口をはさんだ。「カールトンがいおうとしているのは、一般にどんなふうに考えられていようと、あの人工物が実際にはどこから来たのかをわれわれが知っておく必要があるということです。とはいえ、この件に関するかぎり、われわれの立場は、相手側がどんなことを証明できるかという点にかかっています。ことばを換えると、われわれはなにもあきらかにしません。証拠がなければ、あの人工物がそもそもオシリス号にあったのかどうかということさえ、だれにもわからないでしょう？　あなたがたが地球におりたあとで、だれかが、運びおろされたコンテナから出てきたのだといって、あの人工物をあなたがたに手渡したのだとすれば、ランデン・キーンも、あなたも、派遣団のすべての人びとも、罪をまぬがれることになるのです」

「ええ、ええ。わたしが考えていたのはまさにそういうことです」マーリーが割りこんだ。サリーは続けた。「それ以外に、クロニアから送信された画像について説明しなければなりませんが、もともとは地球で撮影された画像が行って帰ってきたという可能性があります。とすれば、すべては地球とクロニアにいる未知のグループのあいだで仕組まれたことで、あなたがたは知らず知らずのうちに利用されただけなのかもしれません」

ヴァシェンが首を横にふった。話についていくのに苦労しているようだ。「だが、それでは昨日ヴォラーがいおうとしたことが変わるわけじゃない。われわれではなくだれかに責任をかぶせようとしているだけだ」

「それがぼくたちの仕事なんです」クリフ・イークスがいった。「あなたがたとキーン博士はぼくたちの依頼人です。ほかの人びとはそうではありません。たとえヴォラーが、だれがやったのかを証明できないとしても、それは彼の問題です。重要なのは、あなたがたが窮地を脱するということなんです」

ガリアンがふいに大きなため息をついて、椅子から立ちあがり、どすどすと窓辺に近づいて、ワシントンの街並みを見つめた。

「〝重要なのは〟——か」ガリアンはいった。「ありとあらゆる欺瞞と対立、勝ち負けへの執着。この世界の人間たちは、いつになったら争いをやめていっしょになにかをやるすべを学ぶのだ？　だれひとり気づかないのか――重要なのは真実かもしれないということに？」部屋のなかに顔をもどす。「きみたちはどちらの味方なのだ？　いままで聞かされたのは、わたしにはなんの興味もない法律がらみの奇妙なたわごとばかりで、それは肝心の問題から永遠に人びとの目を引き離すことになりかねない。それがきみたちの望みなのか？　本来、これは科学的な問題のはずだった。いつになったらそこへもどることができるのだ？　きみたちのなかで科学の話ができるのはランデンだけだが、彼は事実上なにもしゃべっていない。さあ、どんな話をでっちあげられるかを考えるのはやめて、現実になにが起きたのかという問題に集中しないかね？」

ガリアンがじっと見つめていたので、キーンは口を開いた。「カールトンがやろうとしているのは、まさにそういうことだと思います。彼がいうように、あの物体――はいっていた容器ではなくて中身のことです――が、正確にどの時点であなたがたの手に渡ったのかを知る必要があるんです」キーンはことばを切り、ふと思いついて付け加えた。「そういえば、容器におさめられていない状態で現物を見たことがあったんですか？」

「よい指摘ですね」サリーがうなずいた。

ガリアンは眉をひそめて、キーンたちを順繰りに見つめた。「どういうことかな。木箱に詰められるまえから、あの人工物のことはよく知っていた。一部については、わたし自身が調査にかかわっていたのだ」ガリアンはことばを切り、説明をうながした。

「ガリアン」キーンは絶望的な気分でいった。「あなたはあの物体がほんとうに土星で発見されたようないいかたをしています。カールトンがいったでしょう。弁護士たちはあなたの味方なんです。なのに、あなたはあいかわらず協力しようとしていない。ぼくにもカールトンのいいたいことがわかってきましたよ」

「あなたがたを窮地から救おうとしているんですよ。これではどうしようもありません」イークスがうなった。

完全な沈黙がおりた。ガリアンは、地球人たちを、わけがわからないというように見つめていたが、徐々に、その顔にまさかという表情が浮かんだ。ほかのクロニア人たちは、ショックをあらわにした顔を見合わせたり、ただ呆然とすわりこんだりしていた。キーンは、ぼくがなにかいったかい？　という顔で、思わずセリーナのほうへ目を向けた。

「なんてこと」セリーナがささやいた。「あなたまで信じていないのね、ラン」彼女は口ごもり、信じられないという顔でキーンを見つめた。「あなたたちが話している作り話。あれは地球人特有の芝居がかった物言いではないのね。あなたたちは本気でなにかべつの説明をでっちあげなければいけないと考えているのね」

キーンは笑いだしそうになった。「まさか、あれがほんもので、実際に土星で発見されたというつもりじゃ――」

「ほんものに決まってるでしょ！」

セリーナの叫び声に、キーンは、顔をひっぱたかれたかのように目をぱちくりさせた。セリーナは額《ひたい》に手を当てて、なにかいおうとしてから、立ちあがり、首を左右にふった。

「信じられないわ……ラン、あなたはずっとまえからわたしたちのことを知っているでしょう？　ずっとまえから、連絡をとりあって、いっしょに活動してきたでしょう？　わたしたちがどんな価値観をもっていて、真実をどれほど重んじているか、すこしは知っているはずよ。わたしたちにそんなことができると本気で考えているの？」

ガリアンが椅子に近づいて、どすんと腰をおろした。

キーンはなんと返事をすればいいのかわからなかった。年かさのふたりの弁護士は、自分たちには理解できない展開になったので口をつぐんでいた。イークスだけは、セリーナに目を向けて、ひょいと両手をあげた。「でも、どうしてそんなことがありえるんです？　昨日、いろいろと証拠が提示されました。それを疑っている人はだれもいません。あの物体が地球で作られたものではないと主張するのはむりがあります」

「ええ、あなたのいうとおりよ。あれは地球で作られたんだから」セリーナが疲れた声でこたえた。

イークスは、なにか見落としていることがあるのかという顔で同僚たちをちらりと見てから、ふたたびセリーナに目をもどした。「だったら、レアで発見されたという話を信じられるはずがないでしょう？　人びとのまえにもどって、そんなことを主張し続けるわけにはいきません。地球人はだれひとり信じませんよ」

「われわれがいったとおりだろう」ガリアンがクロニア人たちに向かっていった。「地球のごたごたにかかわったところで、時間のむだだし、なにも成果はない。荷物をまとめて帰るとしよう。この問題は、クロニアの科学者たちと協力して、われわれ自身の手で解き明かすしかないのだ」

「いますぐ帰るんですか?」ヴァシェンがいった。「連れていく予定になっている移民たちはどうします?」

「予定を早めるよう連絡すればいい。タパペーケでの作業も急がせるんだ。われわれは軌道上で待つとしよう」ガリアンはぶっきらぼうにいった。

今度は、キーンのほうが混乱した。「なにを解き明かすんです? クリフの指摘はきわめて明確だと思うんですが。あなたがたは、あの人工物が地球で作られたものだと認めているのに、そのいっぽうで、レアで発見されたという主張にもこだわり続けている。両方正しいということはありえないでしょう。筋がとおりません。地球はここにある。土星は十三億キロメートルの彼方《かなた》です。今度はヨクタン人が宇宙旅行の手段をもっていたとでもいうんですか?」

セリーナが近づいてきて、キーンのむかい側にすわって彼を見つめた。いまや、その目のなかにあるのは、怒りではなく、もっと奥深い、もっと悲しげな感情で、一瞬、哀れみさえよぎったように思われた。

「ああ、ラン」セリーナはため息をついた。「あなたはわたしたちと同じように考えるためにたくさん努力したのに、やはり根っこのところは地球人で、先入観にとらわれているのね。

どうしても逆の考え方をすることはできないの？」

「どういう意味だ？　なにをどう逆に考えるんだ？」

「わたしたちは、ほとんど徹夜でこの問題について話し合ったわ。事実を信じて、それがなにを意味するかを受け入れればいいの。あなたが知っていると思いこんでいるものに、むりやり当てはめようとするのはやめて。そうすれば、答はひとつしかないわ」

キーンは救いを求めて弁護士たちに目を向けた。弁護士たちは、どうすることもできずに首を横にふった。キーンはクロニア人たちに顔をもどした。

ヴァシェンが手をあげ、指を折ってかぞえあげた。「第一の事実――あの物体は地球で作られた。第二の事実――発見されたのは土星の衛星だった。第三の事実――作られた時点では惑星間の移動手段は存在しなかった」

「ことばを換えると、ここからむこうへ移動することはできなかった」セリーナがいった。

ふたたび沈黙がおりた。

「では、セリーナがいったとおり、逆の考え方をしてみよう」ガリアンが、部屋の反対側からいった。

キーンには、クロニア人たちがなにをいおうとしているのかまだわからなかった。彼はセリーナに顔を向けて、首を横にふった。

「とすれば、あの物体はここではなく、むこうで作られたことになる」セリーナが締めくくった。「そして、なんらかの衝撃によって地球から飛びだし、のちにレアに落下した」

キーンは、さらに三、四秒かけて、それが可能となる状況がひとつだけあることを理解した。彼はゆっくりと目を見ひらいた。「まさか」それだけいうのがやっとだった。

セリーナがうなずいた。「あの物体は、ここからむこうへではなく、むこうからここへ宇宙を旅したの。物体を運ぶテクノロジーが存在しなかったのだから、地球といっしょにここへ来るしかなかった。地球はかつて土星の衛星だったのよ！」

ほんとうなのだろうか？　それとも、なんとか面子をたもちながら、地球の騒ぎをのがれて旅立つための策略なのだろうか？　キーンにはわからなかった。ガリアンがこの問題についておおやけの場で議論することを拒否したときも、キーンの心は揺れ動いたままだった。ガリアンは、地球の科学者たちが金星の件でどんな反応をしたかを見たあとでは、こんな問題に耳を貸してもらうために努力する気にはなれないといっていた。クロニア人たちは故郷にもどって、仲間の科学者たちといっしょに、自力でこの問題を追究するつもりだった。地球と真剣な話し合いを続ける予定をすべて放棄して、出発のための準備にとりかかっていた。

さて、クロニア人はいったい何者なのか。地球では絶対に理解されない倫理観に駆り立てられた真の夢想家なのか。あるいは、一年にわたってキーンさえもだまし続けた敗北者たちで、地球からの支援を得るためのくわだてが失敗したことがはっきりしたとたん、不自然な理屈をつけて退散しようとしているだけなのか。オシリス号のこともある。あれは、キーンが信じていたように、自由な科学がどんなことを達成できるかの好例なのか。それとも、たったひとつの目的をもつプロジェクトのためにすべてを投じて作りあげた、いちどきりの展示品なのか。クロニア人たちは、はじめから自分たちの立場が危ういことを承知していて、事態がまずい方向へ進んだときには激怒した地球の当局に出発を妨害される可能性があったから、オシリス号にも武器を積んでいたのだろうか。キーンは、一日たっても、なにを信じればいいのかわからなかった。ワシントンではもうなにもすることがなくなったので、彼は三人の弁護士たちとともに、レーガン空港でテキサスへ向かう飛行機に乗りこんだ。

22

その疑問がずっと頭の隅にひっかかっていて、キーンは数日のあいだほとんど仕事が手につかなかった。クロニア人たちは告発のとおり有罪で、キーンは生涯最大の判断ミスをしてしまったのだろうか。それとも、歴史上もっとも驚愕すべき科学的仮説が、政治とケチな虚栄心のために排除されてしまったのだろうか。もしも前者なら、キーンはまちがった側についていたということになるので、そろそろ自分の人生を見直して、これまでのがしてきたものをすこしは取りもどすべきだった。もしも後者なら、人類の未来はクロニア人のことなった倫理観とともにあるのだから、その場合、キーンのいるべき場所はここではなくむこうということになる。クロニア人たちがすでに出発の準備をしていて、キーンがそれについてなにかをするつもりなら、ただちに心を決めなければならない。

すべては、地球がかつて土星の衛星だったという主張にかかっている。それが信用できるなら、クロニア人も信用できる。では、どのていど信用できるのだろうか？　頭のなかにひっかかったこの疑問を解決するには、それなりの知識がある人物の協力が必要だ。知り合いの天文学者たちのほとんどは、ワシントンであんな事件があった直後だけに、こんな問題にはまちがっても近づきたいとは思わないだろう。結局、キーンはデイヴィッド・サリオに連絡をしてみた。はじめのうち、サリオは、本人は裏切りと感じているできごとのせいできまりが悪そうだったが、キーンがまったくべつの問題で連絡をしてきたことがはっきりすると、態度をやわらげた。簡単な説明だけでも、サリオの興味を引くには充分だったので、ふたりはその日の午後に顔を合わせる約束をした。キーンは昼の便でヒューストンへ飛び、午後から夜までサリオといっしょにすごした。サリオは、クロニア人の最新の主張が、彼らが脱出するためのでっちあげではないと保証することはできなかった。といって、ありえないこととして片づけることもできなかった。昔は金星だけではなくほかの惑星の動きもことなっていたのかもしれないと指摘されても、サリオは、キーンがこれまでに話したほかの天文学者たちのように反発することはなかった。

「火星が昔とはちがった動きをしているという推測には充分な根拠があります」サリオはキーンにいった。「クロニア人は、金星が地球のそばを通過したあとで、定期的に再接近をくりかえす軌道にはいったと考えています――もちろん、最初の遭遇ほど破滅的なものではありませんでした。だからこそ、古代文明のほぼすべてがそれを間近に目撃し、あらゆる動きを追跡して図面に記録し、その接近を破壊の前兆として恐怖の目で見つめたのです。やがて、紀元前七〇〇年ごろに、金星が火星に接近して、またもや天空における神々の戦いが世界じゅうで記録されることとなります。そのとき、火星の軌道が変化して、今日《こんにち》見られるような円形の軌道に落ち着いたのです」

「プラズマ状態から冷たくなって、電気的な影響が消えたんだな」キーンはいった。

サリオは肩をすくめた。「それについてはまだなんともいえません。しかし、それほど近い時代のできごとがとりあえず信用できそうだとすれば、クロニア人たちが話しているような遠い昔にどんな状態だったかは、だれにもわかりませんよね？　問題の人工物について真相があきらかにならないかぎり、クロニア人たちがそれを捏造《ねつぞう》したのではないと断言することはできません。それはあなたの弁護士たちが解明することです。しかし、それだけでは考慮の対象からはずす根拠にならないのもたしかです」

キーンは最終便でコーパスクリスティにもどり、空港でヴィッキーと合流した。この日はヴィッキーの車が整備工場にはいっていたので、自分の車を貸していたのだ。ヴィッキーは、しゃれた雰囲気の涼しげなサマードレス姿で、あいさつがわりにキーンを抱き締めてくれた。長い、大忙しの一日のあとだっただけに、いい気持ちだった。

「〈バンダナ〉でたまっている優待券を使えるわよ」手荷物受取所を通過して外へ出たところで、ヴィッキーがいった。「ロビンは友だちのところへ泊まりにいってるから、こっちは遊びほうだい――ずっと夢見ていた生活だわ」

「きみも心が読めるみたいだな。いいとも、ビールは大歓迎だ。飛行機でピーナッツばかり食べていると喉が渇くから」

「サリオのほうはどうだった？」駐車場のなかを歩きながら、ヴィッキーがいった。「なんていってたの？」

「すっかり心奪われていたよ。ここ数年ではもっとも興奮させられる仮説だそうだ。サリオ自身が、長年にわたって未解決だった数多くの謎を解き明かす独自のアイディアをいくつか思いついたほどだ。たとえば、太陽に近いこのあたりよりも、土星のほうが、生命が発生するにはやさしい環境だった可能性があるとかね。オゾン層が生まれるまえの強烈な紫外線で、初期の脆弱な分子が破壊されてしまうことがなかったわけだから」

「あんなに遠かったら寒すぎるとは思わなかったのかしら？　わたしとしてはそれがいちばん気にかかるけど」

「そうとはかぎらないさ。かつての土星は、核反応を起こすまでにはいたらない原始星だったとしても、衛星を温めるくらいの熱は放射していたのかもしれない」

「いつ地球が離脱したのかという点については？」

キーンは肩をすくめた。「いわゆる氷河期かもしれないな……。いずれにせよ、これまでに話してきたいろいろなことを考え合わせると、当時の土星はいまほど遠くになかったのかもしれない。ガリアンがこれから五十年は新しい科学の研究で大忙しだと考えているのもよくわかるよ」

ヴィッキーは無言で足を運びながら、ちらりとキーンを見た。彼女の顔にはまだ疑いの念が残っていた。「そんなに最近ということがありえるのかしら？　人間が目撃できるほど」

「まあ、ものごとの変化は、いままで考えられていたよりはるかに速いみたいだからな。サリオは、地質学と天文学の時間枠がすっかりめちゃめちゃになったと考えている」

「地球はやっぱり紀元前四〇〇四年に創造されたんだとかいわないでよ」

「それはないよ。でも、サリオは、いずれにしても従来の数字は大幅に修正しなければならないと考えている」

「じゃあ、地球がかつては土星の衛星だったという説も支持しているの？」

「あの人工物について真相があきらかになるまでは、なんともいえないといってる。イカサマかもしれない。ほんとうかもしれない。その点について、マーリーと弁護士たちに調べてもらう必要がある。この先どうなるかは、ぼくにもよくわからない」

ヴィッキーが車のキーを差しだした。キーンは助手席のドアをあけて、ヴィッキーが乗りこむのを確認してから、ぐるりとまわって運転席に乗りこんだ。

「弁護士たちがワシントンを離れてしまったのには驚いたわ」車が動きだしたところで、ヴィッキーがいった。「あなたやジェリーが抜けるというのはわかるの。でも、むこうでの法律上の騒ぎには配慮が必要なんじゃないの？」

「意味がないんだよ。クロニア人たちが関心をもっていないから。彼らは引きあげようとしている――自分たちの理論について研究を進めるのか、あるいは、コロニーを救うためにほかにどんな手があるかを考えるのか。どちらなのかはわからない。それはクロニア人たちの主張が事実かどうかという点にかかっている。最後に聞いたときには、イドーフ船長がオシリス号の飛行準備を進めているとのことだった」

「あらら。そんなに早いとは思わなかった。もうどうにもならないの？」

キーンはため息をついた。「まあ、きみとぼくでさえなかなか納得できないんだから、学界は耳を貸そうともしないだろうな。クロニア人たちの主張が事実だとしたら、ガリアンが法律がらみのごたごたに巻きこまれるのは時間のむだと考えるのは正解かもしれない。彼はマーリーに、どんな法律事務所もクロニア人の依頼は受けないだろうといっていた。ヴォラーの名演のあとだけに、偽札をつかまされるんじゃないかと心配でたまらないだろうから」

ヴィッキーはにやりと笑って鼻を鳴らしたが、真剣な表情を崩すことなく、しばらく無言で夜を見つめ続けた。「あのね、この問題には、わたしが思っていた以上に大きなものがかかっているわ。すべてがペテンだったとしたら、クロニア人たちがあんなに遠くからはるばるやってきたのは、ただの辺境の開拓地にとどまることなく、真の権力構造の分け前にあずかるためだったということになる。だって、彼らがここへ来て売りつけようとした計画によって地球を味方につけることに成功していたら、そういうことになっていたはずでしょ。なんだかばかげた話だけど」

キーンは首を横にふった。「すこしもばかげてなんかいないよ。それはどんぴしゃりの質問だ。もしもあれがペテンで、ぼくたちは信じても、ぼくたちがずっと愚かだと思っていた人たちが信じなかったんだとしたら、クロニアはもうおしまいだ。でも、もしもあれが事実なら……」キーンはことばをさがした。「クロニアは、人類の社会的進化において、次の段階への飛躍を遂げているのかもしれない」

ヴィッキーはふたたび黙りこみ、考えこんだ。「でも、あなたも本気で信じているわけじゃないんでしょ、ラン？　クロニア人たちのことを。心の奥底では、納得していないはずよ」

キーンは驚いてヴィッキーに目をやった。「なにを信じればいいのかわからないといっただろ。なんでそんなことをいうんだ？」

ヴィッキーは軽く肩をすくめた。「あなたはここに、テキサスにもどってるじゃない。クロニア人たちが出発するのを見届けなかった。それはなにを物語っているわけ？」

〈バンダナ〉のまえの駐車場に乗り入れて、小型トラックのとなりに車をとめた。五人から十人ほどの若者たちがたむろし、またたくネオンサインの明かりのなかで話をしている。車をおりると、店内から流れだすビートのきいたカントリーミュージックがふたりを出迎えた。ワシントンからもどったあとだけに、空気は暖かくてむっとしたが、海岸平野から吹いてくる風がさわやかな香りを運んでいた。キーンは両腕をうんとのばして、夜空を見あげた。いま見えるアテナの姿は、西の地平線にかかるうっすらとした輝きだけだった。時刻が真夜中に近づいているとはいえ、数日まえには、それは空の半分を占める光の柱となっていたはずだ。尾があんなふうに短く見えるのは、アテナが近日点を通過して、尾が灯台の光のようにぐるりと地球のそばをかすめようとしているからだ。アテナの本体は、わずか数週間後には地球の軌道を横切ることになる。それまでのあいだ、天空には人類の歴史上もっとも壮大な光景がくりひろげられるのだ――もちろん、金星の接近遭遇に関するクロニア人たちの主張が正しければ話はべつだが。

「調子はどうだい?」キーンが車をまわりこんでヴィッキーのそばへ行こうとしたとき、若者のひとりがにこやかに声をかけてきた。背が高くすらりとしていて、ジーンズと無地のシャツとベストを身につけ、白いカウボーイハットをうしろへかしげている。

「いいよ」キーンはこたえた。「きみたちのほうは?」

「ああ、最高だよ。店は今夜はおおにぎわいだぜ」

「試してみるさ」

「それじゃ、気をつけてな」

キーンはヴィッキーのあとについて数段の階段をのぼり、入口のポーチへあがった。

「帽子とブーツを買おうかなあ」キーンはまえに出てドアを押さえながらいった。「最高の美人はいつだってカウボーイといっしょにいるみたいだから」

「あなたの孫でもおかしくない歳なのよ」ヴィッキーがいった。店内にはいると、騒音がいきなり大きくなった。

「ますますいいじゃないか……。そういえば、カレンの件はその後どうなったんだ?」

「本気でダラスへ引っ越すつもりよ。ただ、本人が思っていたよりすこし早くなるかも」

「へえ」キーンは店内を見まわした。ダンスフロアは人でいっぱいで、バーのあたりにも、大半が男性で占められた人だかりができていた。手前側のラウンジでボックス席やテーブルを確保するのは容易なことではなさそうだ。キーンは店の奥へ目をやった。「レストランへはいるほうがいいかもしれないな。ここよりはゆとりがありそうだ。いまごろになって思いついたけど、きみは食事をすませたのか?」

「すませたわ――でも、お酒といっしょになにかつまむくらいなら」

バーとダンスフロアを抜けてレストランにはいり、べつのカップルが席を立ったばかりの隅のテーブルを見つけた。ウエイトレスが皿を片づけて、ふたりにメニューを渡し、ジュリーと名乗ってから、飲み物の注文をとった。キーンは、しっかり食事をとる気にも、ハンバーガーですませる気にもならなかった。ステーキサンドイッチがいいかもしれない。でなければ、もっと軽めの、サラダかなにか……。

「ウエイトレスがもどってきたら、今日の特別料理を教えてくれるだろう」キーンはメキシコ料理のところをながめながらいった。「気づいたことがあるかい? ああいう連中はなにも聞いていないんだ。『わたしはジュリー、給仕を担当します。ごきげんいかがですか?』そこできみが『自殺したい気分』とこたえると、『それはよかったですね。今日の特別料理は……』あとで実演してあげるよ……。もっとも、ウエイトレスが同じことを一日に百回もくりかえさなければならないことを思えば、驚くにはあたらないかもしれないな」

返事はなかった。キーンが顔をあげると、ヴィッキーは話を聞かずに、彼の背後をじっと見つめていた。なにかを凝視するような、奇妙な目つきだった。

「もしもし?」キーンはいった。「お留守ですか?」

ヴィッキーは、数秒おいて、百万キロの彼方から届いたような声でいった。「恐竜……」

「はあ?」キーンは待ったが、それ以上の返答はなかった。ふりむいて、ヴィッキーがなにを見ているのかをたしかめる。キーンの背後の壁に貼られていたのは一九九〇年代かそのあたりの古い映画のポスターで、題名は〈ジュラシック・パーク〉だった。ティラノサウルスと、さまざまな登場人物と、一台のトラック。さらに、小型の恐竜の群れが草原をはずむように走っている。

「あれがどうかしたか?」そういって、キーンは顔をもどした。

ヴィッキーはあいかわらず遠い目をしたまま、ひとりごとのようにつぶやいた。「当時の環境が現在と大きくちがうのでないかぎり、恐竜は生存できなかった。重力はもっと弱くなければならなかった。設計のスケールがまったくことなっていた……」ゆっくりとキーンに目の焦点をもどす。「ラン、あなたの頭のなかでこういう計算はできるかしら。地球が、土星のような巨大な主惑星のロッシュ限界のすぐ外側の軌道をめぐっていて、つねに片側だけをそちらに向けているとするわね。それはどれくらいの距離になるの? その距離で、主惑星の引力によって、地球のそちら側の表面の重力はどれくらい減少する? 恐竜たちが生きて歩きまわれるくらいまで減少するかしら? それと、もしも地球が主惑星から脱出したら、重力は増大することになるでしょ。巨大生物がすべて絶滅して、もっと小さな生物があとを継いだ理由が、それで説明できるかしら?」

キーンはもういちどポスターをながめてから、ゆっくりと顔をもどしたが、すでにその目はヴィッキーを見ていなかった。脳裏に浮かんでいたのは、巨大な怪物が徘徊し、とてつもない高さの植物や木々がはびこり、天空にはつねに謎めいた球体が浮かぶ世界だった。徐々に、だれかの声が意識のなかにながれこんできた。

「……自家製の〈バンダナ〉ペパーコーンソース……。やれやれ、こんな説明をしてもしかたがないですかね。だれも聞いていないようですから。もうすこしたってからおうかがいしましょうか？」

「ああ、うん……そうしてくれ、ジュリー。すまない、ちょっとべつのことを考えていたものだから」キーンは、いつのまにか運ばれていたビールを取りあげた。ジュリーが姿を消したあとで、ぼそりとつぶやく。「なんてこった」

「やっぱり正しかったのよ！」ヴィッキーは畏怖《いふ》の念をあらわにしていた。「あの石板が作られたとき、地球はむこうにあった。クロニア人たちは正しかった……。つまり、彼らはペテン師じゃなかったのよ。ああ、それなのに、地球であんなひどいあつかいを受けて。最後には、あなたまで彼らを信じないで、ここへもどってしまった。クロニア人の判断は正解ね……わたしだって故郷へ帰ると思う。彼らの科学だったらこの問題を解明できるかもしれない。地球では、話を聞いてもらうことさえできないんだから」

キーンはテーブルを押して体を引いた。食事のことはすっかり頭から消えていた。「クロニア人と話をしなければ。こんなやかましい店じゃ考えることも電話をすることもできない。オフィスにもどらないと」

「いますぐ連絡するの？　ワシントンは午前一時近いのよ」

「待ってはいられない。たぶん朝になったら宇宙船へ帰るはずだ。さあ、店を出ないと」

ヴィッキーはうなずき、文句もいわずに立ちあがった。キーンは札入れから十ドル札を抜きだしてテーブルに置いた。店内をもどってバーのそばに差しかかったとき、逆方向から歩いてくる困惑したジュリーと出くわした。

「あら、帰るんですか？　なにか問題でも？」ジュリーはふたりにたずねた。

「いや、きみとはなんの関係もない。チップは置いておいたから」キーンはいった。「またの機会に寄らせてもらうよ。優待券を持って」

「いつもこうなるのよ」ヴィッキーはジュリーに向かってつぶやき、キーンのあとについてドアへと向かった。

23

キーンは、代表番号にかけてクロニアの派遣団全員をこんな時間に叩き起こす気にはなれなかった。そこで、公式レベルでの付き合いだけにしようという決心をひるがえし、セリーナから教わった個人用の直通番号にかけてみた。音声モードで応答したセリーナは、眠たそうな声だった。もう眠っていたのだろう。最初の反応は驚きだった。キーンから連絡があるとは思っていなかったにちがいない――少なくとも、しばらくのあいだは。

「嘘じゃない」キーンは、明かりの消えたプロトニクス社の、自分のオフィスにもどっていた。ヴィッキーは、デスクの端に引き寄せた椅子にすわって耳をすましていた。そのデスクの上には、さまざまな図や計算式が書きなぐられたメモが散乱していた。「ぼくがワシントンを離れたのは、なにを信じればいいかわからなかったからだ。たしかに疑いはあった。それは認めるよ。思い返すと恥ずかしいけど、そういうことだったんだ。ほかにどういえる?」

「まあ……あなたがわたしたちについて考えをあらためてくれたのはうれしいわ。こうして連絡してくれたのに、邪険にしたり、気のない態度をとったりしたくはないんだけど、朝まで待つわけにはいかなかったの?」

「ごもっとも。だけど、待てないことがあったんだ。いまはヴィッキーといっしょにコーパスクリスティのオフィスにいる」

「オフィス! こんな時間に……?」

「ヴィッキーが思いついたあることが、きみたちの主張の裏付けになるかもしれないんだ。以前にもふたりで話していたことなんだけど、そのときは土星と結びつける理由がなかったから。恐竜とかそういった巨大生物が存在していた時代――きみたちが、あのスケールが意味するものについて研究したことがあるかどうかは知らないが、あれほどの大きさの生物は、地球の現在の条件では生きることができない。重力が大きすぎるんだ。でも、その条件がつねに同じではなかったとしたらどうだろう。地球がひとつの衛星で、すぐ近くにある巨大な主惑星につねに同じ面を向けていたとしたら。主惑星の引力で、地球のそちら側の重力は減少する。きみたちがレアについて話してくれたことを考え合わせると……。すべてが符合する」

長い沈黙があった。やがて、セリーナがいった。「なにか着て、ちゃんとした電話に切り替えるわ。回線はこのままにして。一分でもどるから」

「興味はもってもらえたみたいね」ヴィッキーが小声でいった。

キーンはヴィッキーに顔を向けた。「こりゃロビンがよろこぶぞ」

ふたりは待った。やがて、デスクのスクリーンが明るくなり、ホテルの部屋を背にしたセリーナの姿があらわれた。黒いローブで体を包んでいる。大急ぎで考えをめぐらしていたようだった。

「充分に筋がとおっているような気がするわ」そういって、セリーナはばつの悪そうな笑みを浮かべた。「わたしのほうこそ謝らなければいけないわね、ラン。あなたはやっぱりクロニア人のような考え方ができる人だわ」

「ヴィッキーのおかげだよ」キーンはうなるようにいった。「いや、全員でロビンに感謝するべきかもしれないな」

「ロビン？」

「ヴィッキーの息子だ。十四歳でね。ぼくたちに恐竜は存在できるはずがなかったと教えてくれたんだ」

「あなたもそこにいるの、ヴィッキー？　ロビンというのはたいした人物みたいね。あなたの家の生活はとてもおもしろそう」

「よくおわかりで」ヴィッキーがすわった場所から返事をした。「ワシントンの会議があんなことになって残念だったわ」

「まあ、命まで落とすことはないから。あの一件でわかったのは、クロニアと地球の科学が協力するのは不可能だということ。それを目にしてはっきり理解するというのは、必要なことだったんだと思う。そういう意味では、わずかとはいえ、派遣団はその目的を果たしたといえるわ。長い目で見れば、これでよかったのかもしれない。わたしたちが手をつけたばかりのこの研究は、従来の常識をそっくり書き換えることになるはず。自分たちのやりかたで自由に調査を続けていくほうがいいのかも」

「ヴィッキーのアイディアを受け入れてもいいような口ぶりだね」キーンはいった。

「大筋では受け入れられるわ。はっきり数字であらわせる問題が、とにもかくにも全体像に適合するというのはいいことだから」

「きみに連絡するまえに、こっちでおおざっぱな計算をしてみた。率直にいって、あまり有望には見えない。とりあえず理由をつけられる範囲でもっとも極端な推定をしてみても、結果はとても充分な大きさとはいえないんだ……。ただ、なにか見落としているのかもしれない。きみは惑星学者だ。あとはまかせるよ」

「でも、わたしたちにできるのは、この新しい材料をクロニアの科学者たちに引き渡すことくらいよ。土星系の力学についてはだれよりもくわしいから。その先がどうなるのかはわからない。自信をもってなんらかの回答を出せるまで、何年も待たなければいけないかも」

キーンは一年もクロニア人たちと付き合ってきたのだが、こういう新しい可能性に合わせて自分の視野をやすやすと調節してしまうセリーナにはやはり驚きを禁じえなかった。オシリス号が帰還したら、土星ではまったく新しい研究プロジェクトがはじまるのだろう。不安がおさまり、疑いの念が消え失せたいま、キーンもいっしょに旅立つべきだった。だが、もはや手遅れだった。キーンは重大な分岐点でぐらついたのであり、その事実を消すことはできなかった。いつの日か、べつの宇宙船が来たときなら――だが、今回はだめだ。とはいえ、そのときが来るまでのあいだ、土星でどんなことが起きようと、自分がある意味ではその一部に加わっていると考えられるのはうれしかった。

「じゃあ、しばらくのあいだ、この件はきみの仲間たちにまかせるしかないな。これからも連絡を絶やさずに、進捗《しんちょく》状況を教えてもらえると思っていいのかな?」

「あたりまえでしょ」セリーナは、キーンがそんな質問が必要だと思ったことに驚いたようだった。

キーンはほっとした。「出発がいつごろになるか、もうわかっているのかな?」

「まだよ。管理上の面倒な問題があるらしくて。いまは手続きが止まっている状態。くわしいことはよくわからないけど」

「一日か二日かかるんだったら、ぼくたちもそっちへもどって、みんなにきちんとお別れをしておきたいんだけど」キーンは提案してみた。

セリーナはにっこり笑った。「うれしいけど、ほんとにそんな必要はないのよ。ガリアンには伝えておくわ」

「朝になったら、きみはまたガリアンにいろいろと問題を投げかけることになるわけだ。彼はこれだけの騒ぎにどうやって耐えているのかな?」

「ああ、ガリアンは寝てないわ。ヴァシェンといっしょに、どこかでなにかの会議に出ているの。もう数時間たつわね」

「こんな時間に? いったいどんな会議なんだ? 相手は?」

「ほんとに知らないの。夜になってからだれかがここへやってきて、ガリアンとヴァシェンがいっしょに出かけていったわ。どんな用事かはわからない。なんであれ、ガリアンはひどく真剣な顔をしていたけど」

キーンはわけがわからず、意見を求めるようにヴィッキーに目をやった。

「ホテルの部屋代の支払いが残っているから、さっさと帰ったりしないように念を押したかったのかも」ヴィッキーはそっけなくいった。セリーナにはよく話が見えないようだった。

「とにかく、きみたちがすぐに出発することはなさそうだな」キーンは、セリーナの姿が映っているスクリーンに顔をもどした。「朝のうちかもしれないと思ったんだ。それで、どうしても連絡しておきたくて」

「まあ、その心配はないと思う」セリーナはこたえた。「さっきもいったとおり、なにが起きているのかほんとに知らないのよ。でも、重要なことだったら、ちゃんと知らせるから。いずれにせよ、ガリアンは出発するまえにあなたともういちど話をしたがるはず」

「そうだな。ぜひ話したいよ。さて……」キーンはなにかを投げ捨てるような身ぶりをしてみせた。「そういうことだ。きみたちが帰るまでにチャンスがないかもしれないからいっておくけど、きみたちと対面できたのはすごい経験だった。いっしょに活動したごく短い期間でも、思いがけないことを学ぶことができた。きみたちが地球であまり前向きな成果をあげられなかったのが残念でならない。ただ、ひとつわかったのは、永遠にそのままではありえないということだ。地球とクロニアとのあいだには、これからも語り合うべきことがたくさん出てくるんじゃないかという気がする。また、あんなに遠く離れて話すしかないのがすこし残念だけど」

「わたしたちにとってもすごい体験だったわ。ここはほんとうに驚くべき世界。人類そのものが驚くべき種族なのよ。こういう挫折があっても、人類は拡散と成長を続けるはず。だれもがそれを忘れず、それをめざして努力を続けないと……」セリーナは口ごもった。「誤解が解けないままつらい別れをすることにならなくてよかったわ、ラン。彼のことをよろしくね、ヴィッキー」

「わたしとランはただの仕事上のパートナーよ」ヴィッキーはにっこり笑い、立ちあがってデスクをまわりこみ、自分の姿がキーンといっしょにカメラにおさまるようにした。「でも、あなたのいったことには共感するわ、セリーナ。いつの日か、その正しさが証明されると信じてる。安全な旅を」

「じゃあ、ロビンによろしくね。いずれ、彼とは土星でじかに顔を合わせることになるかもしれない――たとえ一時的な訪問だとしても。ロビンにはクロニア人になる素質があるみたいだから」長い沈黙がおりた。やがて、セリーナが片手をあげた。「さようなら、ラン……ヴィッキー。とにかく、しばらくのあいだはね。あなたたちがしてくれたことに感謝するわ。絶対にむだにはならないから。いずれわかる」

映像がふっと消えた。

24

キーンは遅くに起きて、午前中もなかばをすぎてから、プロトニクス社にもどった。すでに、マーヴィン・カーティス、レス・アーキン、カールトン・マーリー、ハリー・ハロラン、ウォリー・ロマック、ワシントンのシャーリーなど、まえの日に不在だったキーンをさがしていたすべての人びとと話をすませていたので、それほど唐突な驚きは待ちかまえていなかった。いささか落胆したことに、ガリアンやセリーナからのメッセージもはいっていなかった。そこで、正午まで待ってから、代表番号で連絡をとってみることにした。応答した警備要員の態度は、ひややかでそっけなかった。

「申し訳ありませんが、キーン博士、おつなぎすることはできません。あなたのお名前は許可リストに載っていませんので」

キーンは仰天した。「なんだって？　そんなばかな。ぼくは彼らのゲストだったんだぞ……。ということか、そこにいたことがある。昨日はつないでくれたじゃないか」

「制限が強化されたのです。わたしにはあなたのアクセスを許可する権限がありません」

「でも、そんな……クロニア人たちは、ぼくの個人的な友人だ。こんなのはばかげている。

ただちにクロニア派遣団の代表、ガリアンに回線をつなぐことを要求する」

「申し訳ありませんが、キーン博士、厳しく命じられているのです。お望みならわたしの上司の番号をお教えしますが」

キーンはその番号をメモし、回線を切ったあとでしばらくそれをにらみ続けた。重層化した官僚世界との議論に巻きこまれるよりはと、セリーナの個人番号にかけてみたところ、録音された音声が流れてきた。

〈申し訳ありませんが、おかけになった202―555―3325という番号は、現在使われておりません。まちがいだと思われる場合は、電話帳でおたしかめになるか611にご連絡ください〉

不安が高まってきたので、自分の電話帳から、オシリス号につながる地球外コードを検索した。耳ざわりな雑音が、その回線は使用不能だと告げていた。ここにいたって、なにかおかしなことが起きていると確信し、キーを叩いて長距離専用オペレーターを呼びだした。

「申し訳ありませんが、このサービスは一時的に中断されています」女性がこたえた。

「どういう意味だ、中断してるって？　これは軌道上にいるクロニアの宇宙船への中継ビームだろう。ぼくは船長の個人的な知り合いだ」

ロボットのような声がくりかえした。「申し訳ありませんが、お伝えできるのは、このサービスが一時的に――」

キーンは悪態をついて回線を切り、椅子のアームをばんと叩いて、腹立たしげにスクリーンをにらみつけた。立ちあがってドアとデスクのあいだを行きつ戻りつ歩き、さらに何度かスクリーンをにらみつけたあとで、ようやくドアをあけ、勢いよく廊下へ飛びだした。ちょうどそのとき、ヴィッキーが、むかい側にある自分のオフィスから姿をあらわした。

「うわあ、またなの」ヴィッキーはうなるようにいって、一歩あとずさり、キーンのために道をあけた。

キーンがどすどすと受付エリアにはいると、カレンは、セリアを手伝ってなにかの数値をチェックしていた。「カレン、科学産業調整局のレオ・カヴァンに連絡をとって、どこにいようが追いかけてつかまえてくれ。話をしなければならないんだ。いますぐ、ただちに、大至急。もしもカヴァンがだめだったら、ハーバート・ヴォラーを見つけるんだ」

「ラン、今度はなにをしているの？」ヴィッキーが、オフィスへもどろうとしたキーンに向かって、絶望的な声でたずねた。

「なにかおかしなことが起きている。どうも気に入らない。クロニア人たちにも、その宇宙船にも連絡がつかないんだ。話をしたくてもできない相手には二種類ある。人目につきたくない連中か、囚人だ。クロニア人たちは、人目につくために十三億キロメートルもの旅をしてきた。となると、残るのは？」

カレンは十分後にカヴァンをつかまえた。本人がキーンに教えていた、常時開放されている個人コードで、非常時にだけ使われるものだった。カヴァンは科学産業調整局での会議に向かうところだったので、話は手短にすませなければならなかった。

「わたしもなにが起きているのかよくわからないんだ」カヴァンはいった。「こっちでも噂がひろまっているようだが、だれも話そうとはしない。はるかトップまで伝わっているのはまちがいない。情報規制が実施されていて、それにクロニア人が関係しているらしい。このわたしでさえ、今朝からガリアンとは連絡がとれないんだ。だれかが、クロニア人に世界と話をさせまいとしているようだ。ある保安関係の当局者から真夜中に命令があった。だが、わたしから見ると、それがいまだに適用されていることが重要に思える。情報規制はまだ解除されていないんだ」

「単に、クロニア人が急いで地球を離れるのを阻止しようという試みではないんですね」キーンはいった。はじめはそう考えたのだ。

「それにしてはあまりにも徹底したやりかただからな」

「なにか思いつくことは？」

「残念だがわからん。生まれてはじめて、わたしは途方に暮れているよ、ランデン」

キーンはデスクに指をとんとんと打ちつけ、すこしためらってからいった。「イドーフ船長に連絡をとるという手があるかもしれません。クロニア人の計画や土星となにか関係があるのなら、船長もかならず知っているはずです」

「むりだな。オシリス号との連絡は公式回線のみに制限されている」

「わかっています。もう連絡してみました。でも、宇宙船が地平線の上にいるときなら、アムスペース社で通常ネットをバイパスして、じかに通信ビームを送ることができます。オシリス号のファイルシステムにアクセスしたときにプロトコルを教えてもらいました。そこからメッセージリンクを確立できるかもしれません」

短い沈黙があった。

「試してみろ、ランデン。わたしへの連絡も絶やさずにな。こっちでなにかわかったら、わたしからも連絡する。もう切らないと。どうして人生はこうも波が激しいのかな？」カヴァンは回線を切った。

キーンがジュディスのオフィスへ行くと、そこにはヴィッキーがいた。戸口にたたずみ、ふたりが話を終えるのを待つ。

「あら、野獣は餌を食べたのかしら？」ヴィッキーが油断なくたずねた。

「ああ、もう安全だよ……。ジュディ、手があいたらちょっと頼まれてくれないかな。オシリス号への回線が規制されている。公的システムをバイパスして、じかに連絡をつりたい。アムスペース社の通信ビームを経由して接続できないかな？　ファイルシステムへのアクセスコードを利用して」

ジュディスは数秒考えこんだ。「できるはずよ……。ただ、オシリス号には必要最小限の搭乗員しか残っていないから、こっちの呼びかけに気づくような設定になっていないかもしれない」

「よし、じゃあ、アムスペース社に連絡して、宇宙船が上空に来る時間をたしかめて、試しにやってみてくれ。もしもうまくいったら、イドーフ船長と話をしたい」

「今度はどんなことにわたしたちを巻きこもうとしているの、ラン?」ヴィッキーが疑いをあらわにしてたずねた。

「どんなことにも巻きこむつもりはないよ。ぼくはただ、なにが起きているのかを知ろうとしているだけだ」

ヴィッキーはあきらめたようにうなずいた。「いつも最初はそうなのよね」


カヴァンは、午後のなかごろに連絡してきて、ヴォラーを含めた数人の有名な天文学者たちがホワイトハウスでの会議に呼ばれていることを教えてくれた。会議の出席者には、連邦緊急事態管理局、国務省、国防省、NASA、おもだった保安機関の幹部も名を連ねていた。マスコミの注意を引かないようにひっそりと開催されていたが、軌道上および月面の活動にかかわる各機関や、海外のさまざまな宇宙機関のあいだでは無数の暗号通信が行き交い、あらゆる種類の日常業務がキャンセルされていた。緊張が強烈に高まっていた。カヴァンにわかったのはそこまでだった。

一時間後、オフィスにいたキーンのもとに、ジュディスから連絡がはいり、アムスペース社経由でイドーフ船長と回線がつながったと告げられた。

「そうか!」キーンは立ちあがり、足でドアを閉めてから、自分の席にもどってスクリーンと向かい合った。「よくやったぞ。きみならなんとかしてくれると思ったよ」

「ちがうの」ジュディスはいった。「わたしはまだ作業中だった。かかってきたのよ。船長のほうから連絡してきたの」

数秒後、キーンの目のまえに、ほっそりした、タカのような顔があらわれた。赤い髪はもじゃもじゃで、顎ひげは不揃いだ。イドーフ船長は、とても友好的な雰囲気には見えなかったし、あいさつをする時間もないようだった。

「キーン博士、これが適切な行為でないとしたら申し訳ないが、あなたの世界でものごとがどんなふうに動くのかを理解していないもので。こうして連絡したのは、あなたなら注目を集められるし、適切な人びとにメッセージを伝えられるからだ。それだけでなく、わたしはあなたのことを信頼できる人物として尊敬している。最近になって出会った多くの人びとについて同じことをいうのはむりだが。わたしの印象では、彼らは、わたしが聞きたいだろうと思ったことを口にする傾向がある――それで自分たちが望んでいるものが手にはいる可能性があるときには。これが、あなたがたが政治と呼ぶものだと教わった」

ここは思いきり慎重に対応しないと。キーンはそう自分にいい聞かせ、冷静に見えるよう努力した。「ほめてくれてありがとう、イドーフ船長。なにかぼくにできることでも？」

「クロニアの派遣団の出発が妨害されていることを知っているかね？」

「いや、知らないな。実をいうと、通話が制限されているのがわかったから、情報を集めるために、アムスペース社経由できみと連絡をとろうとしていたところだ。いまはテキサスにもどっていて、騒ぎの中心からは遠く離れている。なにが起きているんだ？」

「派遣団をオシリス号へ連れもどすための輸送手段が確保できないのだ。しかも、移民たちが予約していた、グアテマラのタパペーケ基地への飛行機便がずっと待たされている」キーンは、ワシントンでなにか奇妙なことが起きているといいかけたが、イドーフはそのましゃべり続けた。「今日、わたしは、あなたがたの政府が派遣団を送り返すためのシャトルを提供しないのなら、こちらの着陸船をおろして仲間を連れもどすと宣言した。すると、地球の防衛機関から警告を受けたのだよ、キーン博士！　許可なく着陸を強行した場合には、敵対行為とみなされて、その着陸船は拿捕《だほ》されるだろうと。われわれは戦争をしているのか？　地球は、いかなる問題に対しても、かって思いついた唯一の解決策に飛びついてしまうのか？」

キーンは愕然とした。「なんてことを！　聞いてくれ。じつはおかしなことが――」

「ああ、しかもそれだけではないのだ。二時間まえには、オシリス号に軍の乗船部隊を受け入れて、おとなしく協力するよう助言された。〝われわれの安全と防御のため〟だそうだが、それがいったいなにを意味しているかは……」

「そんなばかな！　ぼくは――」

イドーフの手がスクリーンの前景にあらわれ、ぐいと指をつきだした。「いいだろう。彼らは自分たちのルールを明確にした。今度は、あなたのほうから、伝えるべき人びとにわれわれのメッセージを伝えてほしい。何年もまえ、ふたつの社会の関係が、ここ最近よりもずっと緊張したものだったころには、地球が遠征隊を送りだしてクロニアを武力で支配する可能性があった。われわれは、高度な防衛システムを築きあげるために、多大なる努力をはらってこのような宇宙船を建造した。それ以来ずっと、新造する宇宙船にはふたつの役割をこなす能力をあたえるというのがクロニアの方針となった。オシリス号は武装しているのだ、キーン博士。搭載されている兵器にはたいへんな威力がある。許可なく本船の百五十キロメートル以内に接近しようとする宇宙船には、たとえ人が乗っていても、発砲する——その宇宙船が警告を受け入れるかどうかにかかわらず。そろそろ、あなたがたにもわたしが冗談をいうような気分ではないことがわかるはずだ。今日話をした相手にこういうことを伝える気になれなかったのは、わたしのことばがただの駆け引きではないかと思われてしまうのが心配だったからだ——彼ら自身のことばがそうなのだから。しかし、さっきもいったように、あなたたなら適切な人びとに適切なかたちで伝えてくれるような気がする。わかってもらえただろうか？　もしわかったのなら、わたしの頼みをきいてくれるか？」

キーンは椅子にゆったりと背をもたせかけて、音をたてずに、長々と口笛を吹いた。「ああ。よくわかったよ、船長……」必死になって知恵をしぼり、ここで暴露するのはどのていど賢明なことなのだろうかと考えた。そして、率直さには率直さをもって対するべきだという結論に達した。「きみたちの宇宙船が武装していることは知っていた。そちらを訪問したとき、ぼくと、もうひとりの仲間は、見学ルートをはずれて、ハブにくっついているドームの内部を見てしまったんだ。あそこにあった機械は放出装置のように見えたし、送りだされるのが核兵器であるのは明白だった。あれはなんなんだ？　ぼくの推測では——核分裂励起式の、多照準ビーム兵器かな？　あるいは、X線レーザーか？」

　イドーフの眉がアーチを描いた。「あなたの率直さには敬服する、キーン博士。しかも、驚くほど物知りだ。それぞれのポッドの出力は一ギガジュールで、複数の独立照準式ビームを一万分の一オングストロームの精度で生成する。それが数百キロメートル先の標的にどれほどの衝撃をあたえるかを説明する必要はないだろう」

　数千キロメートル先でもな——と、キーンは胸のうちで考えた。「ぼくは原子力エンジニアだからね。一時期はプラズマ物理学の研究もしていた。実をいえば、そういうシステムの研究にたずさわっているんだ。詳細についてはどこまで公開するつもりだ？」

　イドーフは肩をすくめた。「説得に必要なら、いくらでも」

「それならなんとかなると思う」キーンは無表情にいった。「よし、いくつか具体的な数字を教えてくれ」そこでことばを切り、問いかけるような視線をスクリーンに向ける。「だが、そのまえに……」

　イドーフは待った。「なんだ？」

「いったいなにが起きているんだ？　きみはぼく以上にくわしく知っているのか？　……これはいったいどういうことなんだ？」

「まだだれにも教わっていないのか？」

　キーンはひょいと両手をひろげた。「朝からずっと調べていたんだ。きみがいったとおりだよ。ワシントンの動きは、まるでいまにも戦争が起きようとしているみたいだ」

イドーフはまじまじとキーンを見つめた。それから、心を決めたようにうなずいた。けわしい表情だった。「昨日の夜、土星からはいったばかりの情報をガリアンに伝えた。地球ではあと数日たってアテナが太陽の輝きから離れるまで不可能な観測でも、土星にあるわれわれの天文台でなら可能なのだ。どうやら、電気的環境が変化するかどうかについて、これ以上の推測を続ける必要はなさそうだ。アテナは近日点を離れたあと、軌道を変えた。これまで考えられていたように、地球の前方二千四百万キロメートルを横切るのではない。地球めがけてまっすぐに進んでくるのだ！」

キーンは守秘回線でカヴァンに連絡をとり、約束どおりに情報を伝えた。カヴァンは唖然として、しばらくまともな返事ができないほどだった。だが、イドーフのメッセージをカヴァンに伝えてもらうわけにはいかなかった。そんなことをしたら、カヴァンとキーンとのこれまでの関係について疑惑をもたれることになる。そこで、カヴァンの助言に従い、大統領の防衛顧問をつとめるロイ・スローンに連絡をとって、イドーフのメッセージを伝えた。裏付けとして、イドーフがあきらかにしたさまざまな数字を引用し、キーンとウォリー・ロマックが宇宙船を訪問したときに目撃したものについて説明した。あくまでも、イドーフから頼まれた内容を伝えることに専念し、アテナのことはなにもいわなかった。スローンは、キーンの名前を知っていたので、この警告を真剣に受け止め、この件はわたしにまかせてほしいといった。三十分後、スローンから連絡がはいった。

「きみと、きみの仲間のウォリー・ロマックは、その兵器をじかに見たというんだね、キーン博士?」スローンは確認した。

「はい、そうです」

「構成やレイアウトを説明して、中心となる機器について詳述し、その性能を評価することができるかね?」

「ポッドそのものについては、シールドされた容器におさまっていたのでむりです。しかし、巻き上げや送出のシステムについてなら説明できます。専用の補助制御ステーションを見たので、機能についても多少は推測できます」

「きみたちふたりにこちらへ来てもらいたい。ミスター・ロマックに連絡をとって、今夜出発する準備をしておいてくれと伝えてくれるかな? それとも、こちらのほうから連絡をしたほうがいいかな?」

「今夜? いまから飛行機をおさえられるかどうかわかりませんよ」

「ああ、それはこちらで手配する。大統領に会いにくるのだから、すべて連邦政府にまかせておけばいい」

キーンは、ウォリー・ロマックに連絡をとり、現段階で必要な最小限の情報を伝えた。ヴィッキーになにもかも話してしまおうかとも思ったが、もうすこしくわしいことがわかるまでは、あまり意味がないだろうと判断した。そこで、ヴィッキーにはイドーフの警告の部分だけを伝え、ふたたびオフィスの管理をまかせて、車で自宅へもどった。なんとか荷物をバッグに詰め直したとき、中尉と女性隊員の運転手が乗った迎えの車が、フラワ・ブラフ半島の先端にあるコーパスクリスティの海軍航空基地からやってきた。ロマックの自宅へ移動して、ウォリーをひろい、飛行場へ行くと、海軍のマークがついた幹部専用ジェット機がエンジンをかけたまま待機していた。そこからワシントンのアンドリュー空軍基地まで飛んで、ホワイトハウスから来た迎えの車に乗りこんだ。ラジオから流れる番組が、夏の残りと秋をすごすのに最適な南米の観光スポットを紹介していた。アテナが地球の進路に立ちふさがるまで、すでに三週間を切っていた。

訳者紹介　1961年生まれ。神奈川大学外国語学部卒業。英米文学翻訳家。主な訳書に，ホーガン「量子宇宙干渉機」「ミクロ・パーク」，レズニック「サンティアゴ」，ソウヤー「イリーガル・エイリアン」，ロビンスン「永遠なる天空の調」，コーディ「イエスの遺伝子」ほか。

検　印
廃　止

揺籃《ようらん》の星　上

2004年7月25日　初版
2004年8月20日　再版

著　者　ジェイムズ・P・ホーガン
訳　者　内《うち》　田《だ》　昌《まさ》　之《ゆき》
発行所　(株)　東京創元社
代表者　長谷川晋一

162-0814/東京都新宿区新小川町1-5
電　話　03・3268・8231-営業部
　　　　03・3268・8204-編集部
URL　http://www.tsogen.co.jp
振　替　00160-9-1565
製　版　フォレスト
光印刷・本間製本

ISBN4-488-66323-0　C0197

完全新訳で贈るスペース・オペラの金字塔！

レンズマン・シリーズ
《全7巻》

E・E・スミス◎小隅 黎 訳
カバーイラスト■生頼範義

「この小隅訳には、私が初めて
E・E・スミスと出会ったときの
瑞々しい興奮が生々しく渦巻いている」
――野田昌宏

①銀河パトロール隊
②グレー・レンズマン
③第二段階レンズマン
④レンズの子供たち
⑤ファースト・レンズマン
⑥三惑星連合
⑦渦動破壊者